KB042716

잇츠
빌런스 코리아

잇츠 빌런스 코리아 **11** 완결

초판 1쇄 인쇄일 2023년 10월 11일 | **초판 1쇄 발행일** 2023년 10월 16일

지은이 초촌 | **펴낸이** 곽동현 | **담당편집 팀장** 이범수
편집부 정요한 김승건

펴낸곳 (주)조은세상 | 출판등록 제2002-23호
주소 서울특별시 동작구 동작대로1길 27 5층
TEL 02)587-2966 | FAX 02)587-2922
E-mail bukdu@comics21c.co.kr

ISBN 979-11-391-2440-8 | ISBN 979-11-391-1390-7(set)
값 9,000원

결
1

두
세상

잇츠 빌런스 코리아

초촌 현대판타지 장편소설

초촌 현대판타지 장편소설

MODOERN FANTASY STORY

CONTENTS

Chapter. 81

Chapter. 81

두 달이 지나갔다.

그사이 21세기에 식민지는 안 된다는 여론의 격렬한 반대든, 채권국으로서 빚을 받아 내야 한다는 명분이든, 국익을 위해서는 무엇이든 해야 한다는 지지 선언이든 뭐든 상관없이 신탁 통치에 관한 법령을 선포, 정비한 미국, 영국, 프랑스, 중국, 러시아는 주관하는 지역에 총독을 파견했다.

군대를 투입시키며 어수선한 정국을 잡았고 민생을 안정시키려 총력을 다했다. 재건을 위한 막대한 재화가 한국에 배상금으로 쏙 빠져나갔지만, 조사할수록 생각 외로 멀쩡한 곳이 아주 많았다.

아니, 시간이 갈수록 감탄이 나왔다.

어찌나 얄밉게도 핵심만 골라 타격했는지 재건할 것도 거의 없었다.

어차피 식량 기지 및 경공업 산업으로 돌릴 일본이라면 예전의 성세로 일으킬 이유가 없었고 남은 건 일본인의 인식을 어떻게 우호적으로 돌릴지만 고민하면 된다.

그 와중에 몰랐던 보물도 얻었다.

빠칭코. 일본의 빠칭코 시장이 1년에 20조 엔에나 달한다는 것이다.

이 사실을 접한, 총독이 소통의 창구로써 활용할, 천재일우의 기회를 잡은 재일 한국인들은 자기네 지역으로 들어오는 국가에 충성을 맹세하며 성실한 세금 납부와 약간의 기름칠로 호의를 샀다.

그들은 어차피 한국 국적이었다.

몇 대를 살아도 일본이 일본 국적을 내주지 않았던 게 지금은 천운으로 작용하였다. 일본 전문가로서 당당히 그들과 함께했고 해당 국가도 이들이 아직 한국 국적임을 알고 쓰다 버릴 용도가 아닌 일본 통치의 파트너로서 이용할 계획을 새로이 짰다.

100년 차별과 설움을 갚을 기회를 얻은 재일 한국인들은 총독의 지근거리에서 입 안의 혀처럼 굴며 그 전위 부대로서 입지를 탄탄히 했고 일본의 핵심만을 파헤쳐 결과물로써 자기의 쓸모를 증명했다. 이렇게 일본 통치의 노하우를 공유했다.

분위기도 좋았다.

전쟁에 참패하며 제조업에 치명적인 일격을 맞았다 하더라도 일본은 기본적으로 저력이 있는 국가였다. 각 나라가 전해 주는 약간의 지원 물품만으로도 순식간에 복구되는 등 자국 내 여론의 반대를 무릅쓰고 신탁 통치에 들어온 보람이 있게 점점 더 안정화되는 모습에 다섯 개국은 벌어진 입을 다물지 못했다.

꿀이 샘솟고 있었다. 이 땅은 기회였다. 통치 지역에 만족한 만큼 한국과의 긴밀한 협조도 가시화됐다.

협의한 바에 의해 7공화국 설립까지 기다려 준 다섯 국가는 일본에서의 성공적 안착만큼 좋은 얼굴로 한국과의 약속을 이행했다.

미국은 2025년까지 기다려 줄 것 없이 전시 작전권을 돌려주었고 기타 불합리한 조약을 파기 혹은 수정에 돌입했다.

러시아는 자국 로켓 기술과 인공위성 기술, 자원 사업권을, 영국과 프랑스는 한국 문화재 반환 및 몇몇 기술과 석유 회사 지분을, 중국은 통 크게 북한 지역이 대한민국의 영토임을 인정했다.

러시아조차 북한이 한국의 영토라 하여 북한을 발칵 뒤집히게 했지만, 러시아 철도를 통해 식량과 기름을 지원받느라 정신없는 세계 최빈국이 할 수 있는 일은 없었다. 그저 무서운 아줌마가 방송에 나와 중국과 러시아를 불바다로 만들겠다고 소리치는 것밖엔.

이때쯤 일본으로 향하는 교통편도 일부 열렸다.

화물선을 통해 마이즈루 함대 소속 자위대원들이 고향으로 돌아가게 됐고 한국에 머물던 재한 일본인들도 돌아갈 수 있었다.

"일본인 소개 작업은 어떻게 돼 가고 있나요?"

"대부분 도서 지역에 살던 어민들뿐이라 어렵지 않습니다. 주민 총조사도 시행했고 거동이 불편한 노인과 그들의 보필할 가족 외 나머지는 전부 내보냈습니다."

"한국 국적이 되겠다는 이들은 없던가요?"

"많죠."

"어떻게 했나요?"

"되고 싶다고 쉽게 받아 주는 국가는 없습니다. 한국인이 되려면 한국인으로 갖출 기본적인 소양 즉, 의무적으로 우리 글과 말, 역사, 문화 등을 공부해야겠죠. 기존 귀화 시험을 보게 할 작정입니다. 1년간 추방 유예를 줬습니다."

"호오, 그것도 괜찮네요. 1년간 아주 빡세게 공부해야겠어요."

"공짜는 없습니다."

재밌었다. 신청자 중 얼마나 많은 이가 머리 싸매고 공부할지. 떨어진 이는 또 어떻게 될지.

"한 번 떨어져도 재수까진 가능하게 해 줘요. 우리가 그 정도의 인심은 있잖아요."

"예, 알겠습니다. 근데 문제는 옛 오키나와, 지금의 유구도입니다."

"유구도가요? 미군 주둔 협상도 잘 마무리되지 않았나요?"

들여다보니 미국은 제7함대 기항지부터 미군 기지 등이 들어간 지역을 미국령으로서 전용으로 사용하고 있었다.

유구도가 한국에 편입되며 재협정을 맺었는데 굳이 건드릴 필요가 없어 철수 시 부대 이동 비용과 환경 분담금은 미국 측이 전부 책임지는 조항만 추가했다. 주한 미군이 땅을 너무 더럽게 써서.

"그 문제가 아닙니다. 아주 극소수만 일본행을 택했다는 겁니다."

"……?"

"대부분의 주민이 한국 국적을 택하겠다 신청했다고요."

"시험 봐야 한다는 걸 알렸는데도요?"

"예."

"아이고야……."

쉽게 볼 일이 아니었다.

유구도의 인구가 140만 명이었다. 광역시 수준.

이게 일일이 관리 되나?

"군을 투입해야 할 문제군요."

"예, 우리도 총독을 보내야 할 판입니다."

140만에 관한 문제였다.

귀화 시험 떨어진다고 누군 내보내고 누군 안 내보내고가 가능할까? 더구나 강제 집행은 합격해 유구도에 살게 된 이들에게조차 한국에 대한 인식을 바닥으로 떨어뜨릴 것이다. 바로 옆집이, 이웃이 혹은 가족이 쫓겨날 테니.

그렇다고 140만이 공고히 지켜 나갈 일본 문화를 이대로 냅 둬야 하나? 그건 그것대로 또 다른 재앙의 불씨가 될 것이다.

"유구도를 대양으로 나갈 전초 기지로 삼으려 했는데……."

그 계획이 초장부터 박살 나는 중이다.

"사면초가로군."

유구도를 병합한 지 벌써 몇 개월이었다. 이제와 전면 소개 작전을 펼칠 수도 없고 이대로 저들을 인정하는 것도 안 된다.

그리고 또 하루라도 빨리 결단을 내려야 했다.

"우리가 우유부단했습니다. 너무 잘 될 것만 고려해 버렸습니다."

"맞아요. 실수였어요. 하아~~ 문제예요."

"……."

실수였다. 명백한. 한 번도 다른 나라를 지배해 보지 못한 데서 온 크나큰 오류다.

"그렇다고 이대로 놔둘 수도 없으니 방식을 조금 달리해 볼까요?"

"예? 어떻게 말입니까?"

"140만 전부를 상대하기엔 무리가 있겠죠."

"예, 거의 전쟁 수준일 겁니다."

"그러나 시군별로 조지는 건 가능하지 않을까요?"

"아! 순차적으로 하자는 말씀이시군요."

"일본은 유구도와 그 제도를 시, 정, 촌 단위로 구분해 놨던데 우린 인구수별로 더욱 세분화시키자고요. 1년 후 귀화 시험을 시행할 때 말이죠."

"기준은 같다는 거군요."

"같아야죠. 재수까지 딱 2년만 기회를 주는 겁니다. 그게 싫은 사람은 지금 나가라고 하세요. 이건 순전히 우리가 기회를 주는 것이어야 합니다. 다만 동거하는 가족에 한해서 한둘이 시험을 통과 못 했을 때는 마지막으로 1년을 더 주는 거죠. 삼세번."

"아아, 그러면 우리도 충분히 기회를 준 게 되겠군요. 알겠습니다. 군에 그리 알리겠습니다."

"후우~~ 한번 해 보자고요."

일단 마무리 짓긴 했지만.

짐작하기에 상당한 부분에서 삐걱거릴 것이다.

자칫 잘못했다간 상당한 소요가 일 만큼.

이게 우리가 저들 다섯 개국과 다른 점이었다. 저들은 신탁 통치이기에 일본의 문화를 인정해 줘도 무방하지만 우리는 우리 땅이기에 일본색을 남겨선 곤란하다.

'좋게 좋게는 통하지 않는다는 게 역사를 통해서도 증명됐어. 일본에 대해서만큼은 잔인할 정도로 철저해야 해.'

유구도에 대한 생각을 다시 정립하려는데 도종현이 불렀다.

"왜요?"

"규슈 때문입니다."

"규슈요? 규슈라면 중국이 들어갔잖아요."

"초장부터 사고가 많습니다. 그 성토가 우리에게까지 닿을 정도로요."

"그야…… 모두가 행복할 순 없지 않나요?"

"그도 그렇지만 뭉갤 수준이 아닙니다. 중국은 지금 규슈를 대양도로 부르며 온갖 시스템을 다 고치고 있습니다."

어느 정도 예상은 했다.

중국은 어느 곳에 정착하든 중국색을 입히니까.

"급격한 중국화를 시도하나 보네요."

"이럴 줄 알고 계셨습니까?"

"그도 그렇지만 전쟁에서 진 주제에 너무 평화롭잖아요."

"예?"

"우리가 졌다면 어떤 일이 벌어졌을까요?"

"아……."

"미국, 영국, 프랑스, 러시아. 이 네 나라와 중국은 그 입장부터 출발선 자체가 달라요. 유감이 많죠. 당한 게 많은 만큼 꽤 많은 곳에서 화풀이가 진행될 거예요. 우리에게는 희소식이죠. 더구나 규슈는 한반도 침략의 첨병이잖아요. 중국 같은 나라가 하나 있어야 우리의 병합 작업도 탄력받을 겁니다."

규슈 꼴을 보며 세계도 재각성하게 될 것이다.

중국에 먹혔다간 어떤 꼴을 당하는지.

일단 이 의도는 숨기고.

"그럼……!"

"쉿, 방금 생각난 건데 유구도 귀화 시험에서 떨어진 자는 무조건 규슈로 보내겠다는 방침을 내려요. 아 참, 대마도에서 버티는 일본인들 아직 많죠?"

"예."

"그놈들도 전부 규슈로 보내요. 일본 경제 제재 때 최일선에서 한국인을 욕했다면서요? 한국인이랑 개랑은 안 받는다고 써 붙이고요. 규슈에 보내세요. 좋아할 겁니다."

"아~~~."

"그리고 그쪽은 이제 신경 끕시다. 신탁 통치에 들어갔잖아요. 지지고 볶든 말든 우리가 뭔 상관이래요?"

"알……겠습니다."

"우린 유구도나 집중합시다."

◇ ◆ ◇

【충격! 한일전쟁을 미국이 사주했다?】

어느 날, 하늘에서 툭 떨어진 헤드라인이었다.

미국 CNN 뉴스가 독점으로 보도하였는데 한일전쟁이 미국의 음모로 발발했음을 알리는 것도 놀라운데 온갖 그럴싸한 정황 증거들을 들이대며 대대적으로 의혹을 부풀리고 있었다.

이미 끝난 전쟁이고 사뭇 흘려버릴 수도 있는 내용이었지만. 그 정황과 그로 비롯된 결과가 너무도 상세하여 논란이 일었고 이에 동조한 다른 미국 언론도 뛰어들며 삽시간에 불길이 커졌다. 세계 언론도 또한 충격 보도로 이 뉴스를 실어 날랐다.

일이 삽시간에 커지자 백악관은 절대 부정하며 억측에 의한 보도는 더 이상 안 된다며 일축했지만, 한번 문 CNN은 도사견처럼 후속 보도를 이었고 하나하나 지난 한일전쟁에서 미국이 보인 조치에 대해 조목조목 따져 들었다.

여론이 술렁였다. 이쯤 되니 공화당도 감히 외면하지 못하고 진상 조사단을 꾸렸고 언론도 여기저기 들쑤시며 괴롭히기 시작했다.

결국 버티다 못한 바이든은 한국으로 핫라인을 연결했다.

[이게 어떻게 된 겁니까?!]

"내용은 봤는데 우리 쪽이 아닙니다."

[그걸 믿으라는 겁니까? 나랑 협의했지 않소!]

"흥분한 건 알겠는데 다시 말하지만, 우리 쪽이 아닙니다. 난 이런 방식으로 움직이지 않아요."

[…….]

장대운이 재차 부정하자 바이든도 잠시 심호흡을 했는데 진정되는지 점차 숨소리가 잦아들었다.

[그렇군요. 이건 장대운 대통령님 방식은 아니죠.]

"맞습니다. 내가 했다면 단순 의혹 제기가 아니고 목에 칼부터 들이댔겠죠."

[하지만 일부러 냄새를 흘린 걸 수도 있잖습니까.]

"우리 사이에 신뢰가 없는 건 일찍이 확인했어도 누구와는 달리 난 상황에 따라 입장이 바뀌는 사람이 아닙니다. 계약도 철저히 이행하고요."

[……좋습니다. 한국이 아니라고 한다면 누가 이런 일을 저지른

겁니까? 대체 누가요?!]

"그걸 찾으셔야죠. 결과적으로 한일전쟁은 벌어졌고 결론이 났어요. 그 내막을 살피자면 한국은 오히려 변방에 있겠죠. 한국이 원한 전쟁이 아니었으니."

[……]

"말마따나 CNN의 말대로 음모와 직접적으로 연관된 이들 소행 아니겠습니까? 모든 게 잘 돌아가고 있는 한국이 이런 짓을 할 이유가 있나요?"

[……]

"다시 말하지만, 한국은 아닙니다. 지금 한국은 당신의 오점 따윈 관심도 없고 건들 여력도 없어요. 영토를 안정시키는 것만도 바쁩니다."

[……알겠소. 내 제대로 알아들었소.]

이렇게 핫라인이 닫히고 채 이틀이 지나지 않아 뉴스 하나가 또 세계를 강타했다.

【일본 간노 고이치 전 총리. 거리에서 피격! 생명 위독!】

신호받아 잠시 선 차량에 누가 접근해 총을 쐈다.

현장에서 체포된 자는 뿔테 안경을 쓴 평범한 남자였다.

흉기는 사제 제작된 총. 생명이 위독하다 알려진 간노 고이치는 사실 총탄을 가슴과 머리에 맞고 즉사했다.

【나는 내 조국 일본을 망가뜨린 주범을 절대로 용서할 수 없다!】

테러범의 외침이 일본 언론 헤드라인을 장식하며 세계로 퍼져 나갔다. 세계는 또 한 번 비극에 경악을 금치 못했고 자기 가슴을 쓸어내렸다.

간노 고이치는 역대 일본 총리 중 최장기간 총리였다. 압도적인 지지를 받으며 일본 현대사 최고의 지도자로 일컫던 자.

비록 한일전쟁의 패배로 나락으로 떨어졌지만, 지금도 확고한 지지층으로 일본 정계에 강력한 영향력을 끼치는 자였건만.

너무도 어이없는 죽임을 당했다.

한창 전후 패전에 관한 책임론으로 잘잘못을 따지고 있을 때. 그 책임론의 꼭대기에 선…… 너 때문에 전쟁이 났냐느니, 네가 주범이라느니 온갖 악담에 상대의 약점을 들쑤시고 생채기 내느라 정신없는…… 철군 명령을 내렸고 군도 충분히 인식했다는 명분으로 제 마음대로 독도를 포격한 군을 쥐 잡듯이 잡으며 기세등등하던 간노 고이치가 이렇게 한순간에 시체가 될 줄 누가 알았던가.

간노 고이치 진영은 단박에 범인을 군의 소행으로 몰았고 군은 또 반발했다. 도쿄도 지역이 긴장감으로 고조되자 치안의 주재자이자 통치국인 미국 또한 참견하지 않을 수 없게 되었다.

이때 CNN에서 한 방의 핵폭탄을 터트렸다.

누군가의 인터뷰 영상이었다.

영상의 주인공은 간노 고이치 전 총리.

그가 살아생전 남긴 마지막 인터뷰가 TV 통해 담담히 흘러나왔다.

≪……글쎄요. 모든 게 허망하죠.≫

≪질문드리기 민망하시만, 패배의 원인을 뭐라고 생각하십니까?≫

≪지도층의 오판입니다. 한국이 어느새 일본과 어깨를 견주고 어느 분야에서는 이미 넘어섰음을 인정하지 않았으니까요. 거기에서부터 일본은 패착이었습니다. 패배의 기운이 드리우고 있음을 몰랐으니까요.≫

≪그 오판이라는 걸 구체적으로 들려주실 수 있겠습니까?≫

≪흠…….≫

≪너무 무거운 주제입니까?≫

≪아닙니다. 이제 와 무엇을 감추겠습니까? 결국 교육입니다.≫

≪교육이요?≫

≪일본은 잘못된 걸 감추고 민족적 우월성을 인위적으로 강조하기 위해 역사마저 비틀었어요. 그걸 스스로에게 세뇌시켰어요. 세뇌되지 않으면 성공할 수 없는 사회를 만들었어요. 그 와중에 지도층들은 분열하여 조금이라도 더 큰 이권을 차지하기 위해 싸우기 바빴죠. 일본의 옛 영광은 점점 요원해졌고요.≫

≪내부의 적이 패배의 원인이었다는 뜻이군요.≫

≪그리고 상대가 너무 강했습니다. 장대운 대통령의 대한민국은 이전의 대한민국이 아닙니다. 어쩌면 Kallipolis에 가장 가까운 형태가 아닐까 생각됩니다.≫

≪Kallipolis라면 혹시 플라톤이 말한 '철인이 통치하는 이상 국가'를 뜻하는 건가요?≫

≪잘 아시는군요. 돌이켜 보면 그렇다는 겁니다. 저 한국도 장대운 대통령이 있고 없고가 너무도 극명하게 나뉘니까요.≫

…….

…….

≪마지막으로 '왜?' 냐고 묻고 싶습니다. 왜 한국과 전쟁하길 원하셨습니까?≫

≪일본은 멈췄습니다. 90년대부터 쭉. 어느 누구도 '변화와 향상을 꿈꾸자' 말하지 않아요. 복종과 순응을 강조합니다. 너무 말 잘 듣는 국민을 만들었어요. 말 잘 듣는 국민은 스스로 생각하길 거부하죠. 그 덕에 권력을 유지하기가 쉬웠습니다. 그리고 고정되었죠. 저로선 어떻게 됐든 타개책이 필요했습니다.≫

≪그 말씀은 저 먼 옛날처럼 전쟁으로 한국을 식민지화하겠다는 뜻인가요?≫

≪전쟁은 늘 잔악합니다. 누군가를 죽여 결과를 얻어 내는 관철이니까요. 결론이 어떻게 나왔을지는 몰라도 한국은 패배 시 처절한 고난을 겪어야 했을 겁니다. 다만 문제는 한국의 패망을 원한 이가 단지 우리만이 아니라는 것이겠죠?≫

≪예?! 한일전쟁에 영향을 끼친 또 다른 세력이 있다는 겁니까?≫

≪훗, 기자님도 눈 가리고 아웅 하시네요. 동아시아에서 이 정도의 영향력을 끼칠 수 있는 나라가 여러 개 있습니까? 우리 일본을 움직일 정도로 강력한 나라가 또 있나요?≫

≪설마…… 미국입니까?≫

≪백악관이 한국의 반도체와 배터리를 원했습니다. 점점 말 안 듣는 한국이 고분고분해지길 바랐습니다.≫

≪예?! 말도 안 됩니다. 미국과 한국은 70년 혈맹국 아닙니까?! 어째서…….≫

≪장대운 대통령의 한국이 된 이후 한국은 전혀 다른 나라가 됐습니다. 그들이 가진 미래 먹거리가 탐났겠죠. 그것만 탈취하면

향후 50년은 걱정 없었을 테니까요. 우리 일본도 마찬가지였습니다. 한국을 점령했다면 제일 먼저 반도체와 배터리부터 챙겼을 겁니다. 저 미국이 플라자 합의로 우리 일본의 반도체를 망가뜨린 걸 복구할 생각으로요.≫

≪아아…… 놀랍습니다. 당혹스럽습니다. 너무도 거대한 음모의 일면을 본 것 같은데……. 혹시 증거가 있습니까?≫

≪이런 일에 증거를 남겨 둘 위인이 어딨겠습니까? 증거는 없습니다. 증인만 있을 뿐. 그러나 조사해 보면 정황 증거는 넘쳐날 겁니다.≫

≪그……렇군요. 마지막으로 하나만 더 물어도 되겠습니까?≫

≪예.≫

≪어째서 이걸 밝힌 겁니까? 조용히 계셨다면 아무도 몰랐을 텐데요. 저 한국도 조용한 걸 말이죠.≫

≪세상에 영원한 비밀이 어딨습니까. 이 일과 관련된 자들이 한둘인가요? 무엇보다 우리 일본은 배신당했습니다. 미국의 부추김과 간접 지원이 아니었다면 감히 시작될 일이었겠습니까? 그래서 지금 미국은 어디에 있습니까? 그렇군요. 여기 있군요. 바로 우리 일본을 식민지로 삼았습니다. 이게 바로 미국이란 나라의 진면모입니다.≫

쿵.

세계인의 심장은 물론 백악관 바이든, 민주당 당권 인사들 전부 심장이 내려앉았다.

미국이 한일전쟁의 배후라는 것이 다른 사람도 아닌 간노 고이치 전 총리의 입으로 증언됐다.

이 인터뷰가 시사하는 건 하나였다.

일본이 미국의 부추김을 받아 전쟁을 일으켰다.

미국이 전쟁을 획책했다는 것.

자유 민주주의를 수호하는 나라가 동맹국 간 전쟁에 영향력을 끼쳤다는 것.

그 사실이 일본 최고 권력자였던 자의 입에서…… 이제는 테러로 죽어 버린 자의 마지막 인터뷰에서 나왔다.

그 담담한 음성과 표정, 패배의 원인과 결과를 인정하는 공손한 태도 또 미국으로 향한 처절한 분노의 일갈이 세계인의 심금을 울렸다.

그 화살이 미국으로 날아갔다.

초대형 스캔들이었다. 미국 역사상으로도 유례를 찾아볼 수 없는 희대의 대폭풍.

이른바 바이른 게이트라. 대국적 조사단 발족은 수순이었다. 온 미국이 난리가 났다.

불이 번져 산꼭대기로 치솟듯 처음 성기던 그물마저 차례차례 관련자들을 소환하며 촘촘해졌고 걸리는 순간 단순히 커리어가 망가지거나 하는 수준이 아님을 깨달은, 두려움에 사로잡힌 각료들은 일제히 바이른의 지시에 의해서라는 증언과 증거를 밝혔다.

자신은 시켜서 한 짓이라고.

다시 모든 화살표가 바이른에게 향하자 미국 의회는 일치단결로 탄핵 절차를 밟았다.

속수무책으로 당한 바이른은 직무 정지를 당했다.

그 과정에서 나온 부산물로도 미국은 혼란의 소용돌이 속으로 밀려갔다.

다시는 돌아오지 못할 깊은 수렁으로.

◇ ◆ ◇

세계가 혼돈의 도가니에 빠지고 있을 때.

정작 주인공인 한국은 매우 조용했다.

초반 한일전쟁의 배후에 미국이 있었다는 소식이 알려지자마자 주한 미국 대사관으로 사람들이 몰려갈 시점. 장대운이 던진 일갈 때문이었다.

"안 바빠요? 몰려가서 뭐 어쩌자고요? 그래서 한일전쟁이 없던 시절로 되돌리자고요? 일본이야 패배해 조각조각 났으니 입이 남산만큼 튀어나왔다고는 하지만 우리나라가 왜 난리죠? 이겼잖아요. 이 전쟁 한 방으로 우린 수백 년 우리 곁을 괴롭히던 악당을 응징했어요. 그놈들이 차지하던 드넓은 영토를 가져왔어요. 죽을 때까지 우려먹을 배상금도 뽑아 왔어요. 4인 가정에 2,400만 원씩 들어갔어요. UN 상임 이사국이 됐어요. 그래서 다 되돌리고 토해 내요?"

국민도 마음에 안 들면 똥멍청이라고 부르는 대통령이라.

일순 벙찐 국민도 가만히 되돌아보니 우리가 나설 일이 아니란 걸 알았다. 결과적으로 우린 1도 피해가 없었으니까.

물론 온라인상으로는 여전히 논란이긴 했다.

→ 우와~ 씨, 다 토해 낼 거냐는데 나 입이 쑥 들어갔다.

└ 나도 그랬어요. 순식간에 조용해지더라고요.

ㄴ이러면 우리도 똑같이 먹은 게 된 건가요? 공범?

→ 배상금을 왜 뿌리냐 했더니 이런 한 수가 있었구만. 전 국민 공범화. 대단해. 대단해!

ㄴㅋㅋㅋ 너희들도 먹었으니 닥쳐라? 신의 한 수네요.

→ 사실 할 말 없긴 하죠. 일본 애들만 불쌍하지 우린 먹을 만치 빼먹었잖아요. 한 명도 안 죽고. 이게 고무적이죠.

→ 어쩐지…… 대통령이 일본 본토 점령을 안 하더라. 나는 확 점령하고 일본 땅을 우리 땅으로 만들고 싶은 1인이었는데 요새 흐름을 보면 대통령의 선택이 옳은 것 같기도 하고.

ㄴ에이, 그건 아니죠. 최소한 규슈라도 가져왔어야 맞죠. 쓸 만한 땅이라고는 대마도랑 유구도뿐이잖아요. 죄다 부스러기뿐.

ㄴ바다 영토가 얼마나 넓어졌는데 부스러기래요. 댁네 부스러기는 몇백 km씩 돼요?

ㄴ대통령이 그랬잖아요. 일본 점령해서 뭐 할 거냐고? 식민지 만들 생각이냐고? 난 식민지 건설 반대입니다.

ㄴ착한 아이 딜레마에요? 뭐에요? 일본 놈들은 되고 우린 안 되는 이유가 있나요? 난 그놈들 죄다 조졌으면 좋겠던데.

→ 솔직히 좀 충격이죠. 미국이 그런 짓을 하다니. 배신당한 기분입니다.

→ 미국에 실망입니다. 어떻게 동맹국에 이런 짓을 할 수 있죠?

→ 전쟁을 일으킨 게 우리 반도체랑 배터리를 가져가기 위해서랍니다. 그 죽은 양반의 증언이 아니었다면 영원히 묻혔을 거 아니에요? 어이가 없어서.

→ 잘 들어라. 내가 정리해 줄게.

한일전쟁으로 한국이 얻은 것.

1, 일본을 단죄함.

2. 오욕의 세월에 대한 사과를 받음. (진심일지는 의심스러움)

3. 배상금 회수분 주머니 획득. (이건 진짜 깔 데가 없음)

4. 현대적 개념의 영토 확장. (그 덩어리들을 놔두고 섬 쪼가리라니. 어휴~)

5. 잃어버렸던 문화재 복구 + 역사 바로 잡기. (이건 찬성)

6. UN 상임 이사국 선출.(난 이것이 향후 우리의 큰 카드가 될 거란 예감이 옴)

ㄴ그럼 난 한일전쟁으로 한국이 잃은 것을 정리해 줄게.

1. 거대한 일본 땅을 차지할 기회를 스스로 버림. (바다에 대한 이권 외 실질 점령지 전무. 영토는 여전히 홍어 X만 함.)

2. 간악한 일본 놈들을 통치해 볼 기회를 날림. (사이다 김빠짐. 한풀이라도 해야 했는데.)

3. 5대 강국과 나란히 설 기회 잃음. (바이른 스캔들에도 한마디 못 하는 게 그 증거)

4. 나의 지지.

ㄴ댁의 지지는 없어도 돼요.

→ 대통령은 일본 본토를 할양받는 순간 우리는 발목을 잡히게 될 거라는 걸 강조했어요. 제 생각도 같고요. 잊지 마세요. 그놈들이 우리 국민이 되면 우리가 먹여 살려야 합니다.

ㄴ맞아요. 나도 반대입니다. 왜 우리가 일본 애들을 먹여 살려요? 그럴 거면 차라리 중국에 주는 게 맞죠. 참고로 지금 규슈는 중국 때문에 곡소리가 난답니다.

ㄴ이 시점, 우리가 일본을 식민지로 삼아서 남는 게 없어요. 20세기 초나 수탈이라도 했지 지금 그런 짓을 해 봐요. 온 세계가 난리 날 겁니다.

ㄴ맞아요. 일본은 수렁이에요. 적당히 먹고 잘 빠져나온 겁니다. 국방부 쪽도 별 불만이 없던데. 재고로 썩어 가던 무기를 이번에 소진했다네요. 실전 훈련도 해 보고 일본 함대를 두 개나 얻었대요. 완전 꿀.

ㄴ구한말이 아니잖아요. 먹어도 적당히 먹는 게 맞습니다. 매년 500조 원이 넘게 들어온다는데 괜히 일본 땅 얻었다가 골치만 아플 겁니다. 그 돈을 우리에게 써야죠.

→ 그래도 바이른 스캔들에 단순 유감 표명만 하는 건 좀 아니지 않나요? 우리가 졌으면 어쩔 뻔했어요?

ㄴ이겼잖아요.

ㄴ그 얘기가 아니잖아요.

ㄴ이겼으면 된 겁니다.

→ 그만 좀 하고. 우리 장대운 대통령을 믿읍시다. 섬나라 죽은 양반도 철인(哲人)이라 말하는데 여태 우리보다 훨씬 현명했잖습니까. 사실 장대운 대통령 이후 속 시끄러웠던 적 있습니까?

→ 대단하긴 합니다. 장대운 보유국. 적장마저 감탄을 금치 못한 남자가 우리 대통령이라잖습니까. 나는 무조건 장대운 대통령입니다.

술렁술렁.

때로는 사숙하고 때로는 부속하다 하고.

괜찮다 하고 안 괜찮다 하고. 좋다 하고 싫다 하고.

서로 얼굴만 맞대면 싸우는 듯 보이지만 장대운은 이도 건강하다고 봤다.

적어도 불법 시위나 혐오 도배는 없지 않나.

물론 어떤 일이든 불만이 없을 리 없었다.

한일전쟁 불만 중 최고는 어째서 일본 땅을 점령하지 않았냐는 것인데……. 어째서 저 다섯 개국에 고스란히 바쳤냐고? 섬 몇 개와 배타적 경제 수역으로 만족했냐고.

의문은 당연했다.

우린 승리했고 전리품은 승자에 귀속되니까.

하지만,

'귀찮아.'

가진다 한들 언제 저 땅을 한국화시키고 한국에 동질감이 생기게 만들까?

저들이 납득이나 할까?

그 기회비용은 어디에서 나오고?

잘못 건들면 큰일 난다. 아니, 옳게 통치해도 시도 때도 없이 악질적 메시지가 SNS상으로 퍼질 것이다.

한국이 이러쿵저러쿵. 한국이 이랬느니 저랬느니.

지들끼리 살아도 해결 못 한 문제조차 전부 한국 탓으로 돌릴 게 뻔했다. 그리고 한국은 아직 이 모든 걸 감당할 체력이 안 된다.

'무엇보다도 우리 한민족은 식민지 통치 경험이 없어.'

상상도 못 할 문제가 터질지 모른다.

단순히 통치하고 통치당하고 이상의 무언가로.

'당장 재개발만 해도 온갖 이권이 난립해 지랄을 떨어 대는 세상에 나더러 일본 땅에 식민지를 운용하라고? 그 오물을 나더러 덮어쓰라고? 섬 몇 개 소개하는 데도 이 난린데?'

못 한다. 안 한다. 때려 죽어도 안 한다.

'수시로 화산 폭발에 지진으로 흔들리는 방파제 따윈 없어도 충분히 잘 살 수 있어. 저 넓은 북녘땅을 두고 왜 해마다 너덧 개씩 태풍이 지나는 땅을 가져가.'

차라리 북한에 더 집중할 생각이었다.

북한만 잘 요리하면 된다고 판단했다. 신에게는 500조 원의 공돈이 생겼으니까요.

생각난 김에 김정운이랑 통화나 해 볼까? 씨익 웃으며 전화기를 꺼내는데 집무실 문이 열리며 김문호가 들어왔다. 어깨가 축 처져서.

"오늘도 갔다 왔냐?"

"……예."

"……수고했다."

이 시점, 김문호는 길 가는데 누가 빰 때려도 너그러이 용서될 만큼 풍요로움 속에 송곳처럼 뾰족한 유일한 부글부글이었다.

그러게 내가 진작 잘하라고 했지? 뿌리가 깊은 여자기에 잘만 맞으면 평생을 해로할 거라 확신했는데 니가 뻥 찬 거잖아 자식아.

'어휴~.'

뿌리가 깊은 여자라서 더 마음 돌리기가 어렵다.

이정희가 일본에서 돌아온 후 매일 출근하다시피 하건만 돌아올 때마다 절인 배추가 된다.

속마음을 삼킨 장내운은 말없이 김문호의 어깨를 토닥였다.

침묵의 집무실.

띠리리리리리리. 느닷없이 전화기가 울렸다.

김정운이다. 영상 통화네. 이 자식은 타이밍도 기가 막히다.

"어, 안 그래도 전화 한 번 할까 했는데 잘 지내냐?"

"요새 노 났다고 들었소. 어떠시오?"

"키키킥, 뭘 어때? 이제 우릴 막을 놈이 없다는 게 중요하지."

"좋겠소."

"좋을 게 뭐냐. 늘 하던 일인데. 아 참, 식량 잘 들어갔지?"

"딱딱 틀림없이 들어오고 있소."

"인민들 배곯으면 안 된다."

"……."

김정운이 힘없이 미소만 짓는다.

이쯤에서 당근 투척.

"이번 달에 10억 달러 부쳐 줄게. 그거로 애들 용돈이나 줘."

"또 다 풀란 거요?"

"아니, 절반은 네 마음대로 써."

"절반이라…… 내래 돈 쓸 데가 없어서."

"땅굴 놔뒀다 뭐 하냐? 필요한 목록 보내. 그 돈으로 사면 되잖아."

"그래도 되오?"

"된다."

"하하하하하하, 이것 참, 도깨비방망이도 아니고."

"내가 원래 도깨비방망이다."

분위기가 좋았다. 약속된 일도 착착 진행되고.

종전 이후 약속한 식량 지원이 끊기지 않았고 때때로 기름칠을 위한 현금도 들어간다. 물론 대외적으로 알려진 건 범죄자 수용 협정으로 중국인 수용소가 순차적으로 북한으로 들어가고 있다는 건데.

좋은 점은 수용자들이 울며불며 싫다고 하며 북한 땅으로 넘어가는 걸 봤는지 범죄율이 확 줄었다는 점이다. 국민을 어째서 타국에 맡기냐는 논란도 있었지만 강행시켰다. 처음엔 무슨 난리가 난 것처럼 굴더니 지금은 대체로 만족하는 듯.

어차피 범죄인이잖나.

그리고 그 조치는 어느덧 제7공화국 사법부의 제일 관건이 됐다. 북한으로 가느냐 마느냐 이 한 가지를 갖고도 범죄인들의 협조가 눈 깜빡할 새 이뤄졌으니 체포율이 확 올라갔다. 온통 순풍이었다.

"이제 슬슬 인정해 주시면 좋갔소."

"뭘?"

"그거 말이요. 핵."

"아!"

김정운과 새끼손가락 건 수많은 약속 중 하나였다. 종전 후 북한을 핵보유국으로 인정하겠다.

흔쾌히 대답했다.

"좋아. 바로 해 주지."

"에?"

일본인처럼 깜짝 놀란다.

"왜?"

"정말 바로 해 주기오?"

"해 주기로 했잖아. 아니. 진즉 해 줘야 했지."

"그거이 전쟁 때문에 미뤄진 건 그렇다 해도 몇 번 핑계 댈 줄 알았소.”

“뭐야? 날 떠본 거야?”

“허허허허허허.”

호쾌하게 웃는다.

“그러지 마라. 나 슬프다.”

“근데 말이오. 남조선이 전쟁 전이랑은 입장이 달라지지 않았소. UN 상임 이사국 지위도 그렇고.”

그러긴 하네.

이 시점, 북한의 핵무장을 인정하겠다는 건 빅5의 심기를 건드릴 확률이 높았다.

“그래서?”

“조율하고 그런 시간이 필요한 게 아니냐는 거요?”

“너라면 그랬을 거라는 얘기로 들린다?”

“흠…… 나라면 그리 했을 것 같소. 조금만 기다려 달라고.”

캬아~ 농담도 다 하고.

억지로라도 친해진 보람인가?

“그들이 반대하면 그만둬?”

“…….”

“자식아, 뭘 그렇게 어렵게 가냐. UN 상임 이사국 지위 없이도 잘 살았어. 그리고 이제 한국은 UN 상임 이사국이야. 그 지위에 오른 이상 누구도 함부로 터치 못 해. 걱정 말고 내일 발표할게.”

“허어…… 진짜로 하기오?”

“다 인정해 줄게. 너희 체제, 너희 핵무장. 없는 걸 인정하겠다는 것도 아니고 있는 걸 인정하겠다는데 누가 지랄이야. 다만 핵무기

수량은 어느 정도 조절하자."

"……그러겠소."

"그럼 된 거지?"

"됐소."

"그래, 좋은 밤 보내라. 필요한 게 있으면 언제든 전화하고."

"……고맙소."

"짜식은."

약속은 확실히 한다.

다음 날로 정부는 대국민 브리핑을 통해 앞으로 대한민국은 북한의 체제, 북한의 핵무장을 인정하고 새 시대, 새로운 길로 접어들어 갈 것을 천명했다.

논란에 대비했으나 생각보다 반향은 적었다.

일부 단체나 시위대가 일어서며 국가 안보를 위기에 빠뜨리는 결정이라며 반대했지만, 국민 대체로는 그럴 거라 생각했다는 반응들이었고 각 나라도 이 일에 대해 언급하기를 자제했다. 북한의 핵무장에 알러지 반응을 일으켰던 미국마저 단순 유감 표명으로 끝났다.

바이든 스캔들이 아니었다면 조금 더 다른 액션이 나왔을 수도 있겠지만.

결론적으로 보면 이렇게나 쉬웠다. 그냥 끝.

북한은 이제 미국, 러시아, 중국, 인도, 파키스탄, 영국, 프랑스 등 핵무장이 가능한 몇 개국 중 하나가 됐다.

끝, 끝, 끝.

"힘 대 힘이 균형을 이룬 순간 역리는 순리로 돌아서기 마련이시. 시스템이란 결국 쓱대기에 앉은 자들을 위한 통제 도구임이 밝혀진 사건이기도 하고."

"예?"

"누가 어떤 성향이냐에 따라 이렇게 술술 풀릴 수도, 엉킨 실타래처럼 될 수도 있는 게 국제 역학이라는 거야. 참으로 허망하지."

"대통령님?"

"으응?"

아차차!

눈앞에 김은혜가 있었다. 교육부 장관.

장대운은 정신이 번쩍 들었다.

우리 역사 세우기 프로젝트 완료에 대한 교육부 보고를 받는 와중인데 딴생각을 해 버렸다.

"예, 말씀하십시오."

"20년도 말 공모를 마무리 짓고 21년도까지 교차 검토한 내용을 22년도 학기에 적용시키겠다는 데까지 했습니다."

"그렇군요. 각 1학년부터인가요?"

"초등, 중등은 이참에 전부 갈아 버리고 고등만 1학년부터 바꾸기로 했습니다."

"으음, 초등, 중등은 그나마 충격이 적다고 판단한 거네요."

"그도 그렇지만 사료가 계속 업데이트되고 있습니다. 이번 국사 교과서 개정안의 핵심은 우리 민족 역사의 큰 줄기를 밝히는 데 의의를 두고 있고요. 매년 수정에 들어갈 수 있게 고대 국가에 대해서는 되도록 분리했습니다."

삼국시대라 뭉개지 않고 고구려, 백제, 신라를 고유 분야로 따로 다루었다는 뜻이다. 삼한도 그렇고.

“이번에 일본에서 나온 사료도 상당하다죠?”

“일본인들의 수집욕이 자칫 맥이 끊길 뻔했던 우리 역사의 상당수를 이어 놓았습니다. 현재 일본 내 한국 역사와 관련된 사료는 현상금과 함께 신고 포상 제도도 운용하고 있으니 갈수록 늘어날 겁니다.”

“하여튼 악랄한 놈들이라니까요. 증거는 증거대로 갖고 있으면서 왜곡은 서슴지 않고. 알겠습니다. 이대로 진행해 주세요. 그나저나 우리 김은혜 장관님의 노고가 큽니다. 이 일과 관련하여 반드시 최상단에 그 이름이 남게 해드리겠습니다.”

“아아, 감사합니다.”

“계속해 주세요.”

7공화국 개국 후 대한민국은 국가 여러 요소에서 몸살을 앓을 만큼 개혁의 폭풍을 맞았으나 행정부 내각만큼은 고요하다 할 만큼 안정적이었다.

물론 청운마저 거르지 못한 일본 매국노 장·차관 인사부터 국무위원, 민정 수석, 청와대 행정 직원까지 전부 갈고 또 맨몸으로 일본 도쿄로 내쫓아 버리긴 했는데.

일단 역적질한 민태준 전임 국방부 장관 후임으로 한일전쟁 중 장관 대리를 맡아 수행했던 마대길을 앉혔다. 추가로 미국과 UN의 것까지 온전한 전작권을 회수한 대한민국군은 원수직이 신설되며 잠깐 혼란이 있었는데 대통령이 국군통수권자로서 겸임하기로 하며 일단락됐다.

즉 장관 중 정상적으로 바뀐 자는 딱 한 명이었다.

통일부 장관 홍주명.

노환으로 너는 국성을 수행하기 힘들다며 사퇴 의사를 밝히는데 도저히 만류할 수 없었다. 덕분에 말년에 이 늙은이가 말도 못 할 영광을 맛봤다며 길바닥에서 절을 하시는데도…….

참 많이 울었다.

그래서 현 행정부 장·차관직 인사들의 충성도는 역대 최강이라 할 수 있었다.

법으로 정해진 임기가 2년인데 짧으면 몇 개월, 길어 봤자 1년 넘기기 힘든 자리가 장관이라는 직인데.

장대운 정부는 잘하면 유임이다.

그 말은 장대운만 건재하면 장관직도 15년을 할 수 있다는 뜻이다.

몸이 단 장관들은 알아서 예하 부청들을 들쑤셔 댔고 부조리를 찾으려 애썼다.

그 과정에서 걸린 직장 내 왕따, 내부 고발자 차별, 수당 부당 청구, 지역 업자들과의 유착 등을 밝혀 대통령 앞에 가져다 놨다. 나 이만큼 일한다고.

그러면 장대운은 잘했다고 쓰담 쓰담. 금일봉도 척척.

이 금일봉이 또 상상 초월인 게 사안에 따라 200억 원짜리 수표를 받은 인간도 나왔다. 세금 신고까지 완료된 깨끗한 돈으로 다 말이다.

그러면서 장대운은 모두 앞에서 이렇게 밝혔다.

"곳간 앞에서 인심 나는 법이죠. 일 잘하면 대우해 주는 게 인지상정 아니겠습니까? 유지만 해 줘도 잘한다는 판이 이쪽 바닥인데 개선점마저 들고 와요. 이 얼마나 이쁩니까. 행정부 인사권자로서 말씀드리건대 이분은 나와 임기가 같을 겁니다. 그리니 앞으로 문제만 일으키지 마세요. 나머지는 내가 책임집니다."

그 주인공이 바로 김은혜 교육부 장관이었다.

장대운은 쩨쩨하게 굴지 않았다.

예산이 넘쳐 나는 대한민국이라도 일절 손대지 않고 사재로 금일봉을 지급.

참으로 아름다운 장면을 연출했다.

참으로 일할 맛 나는 대한민국이라고.

"땅굴 개발은 어떻게 되고 있나요?"

"안전 검사 마치고 전기 공사에 들어갔습니다. 기존 길에 트램을 설치하자는 요청이 올라왔는데 승인해 줄 생각입니다."

"오호라, 트램이면 좋겠네요. 북한과는 공조가 원활합니까?"

"이래도 되나 싶을 만큼 호의적입니다."

"쿠쿠쿠쿠, 쿠쿠쿠쿠쿠쿡."

마구 웃어 버리는 장대운이라.

도종현이 물었다.

"왜 웃으시죠?"

"결국 선택이 옳았다는 거잖아요. 대가리부터 조지자."

"아, 김정운 말씀이시군요."

"부족 사회 때나 현대나 똑같다는 얘기입니다. 족장이 누구냐? 사장이 누구냐? 국가수반이 누구냐? 에 따라 그 부족의 운명이, 기업의 운명이, 국가의 운명이 갈린다는 것이죠."

"동의합니다. 김정운이 호의적으로 돌아서지 않았다면 우린 아직도 총칼을 겨누고 있었을 테니까요."

"손이 많이 가는 놈이긴 한데. 자기도 살려고 애쓴 거 아니겠습니까. 결국 이 상황을 만들고 방치해 둔 놈들을 응징해야죠."

"응징이요?"

"도 비서실장님은 중국을 믿으세요?"

장대운의 은근한 말에.

"……!"

도종현은 일순 몸을 경직시켰다.

"지금은 조용하겠죠. 입에 큼지막한 사탕을 물려 놨으니. 그런데 말이에요. 그놈들은 절대로 우리가 흥하는 꼴을 못 봅니다."

"설마……."

"아! 만약이에요. 만약. 저놈들이 이빨을 들이민다면? 을 가정해서요. 그게 우리 할 일 아닌가요? 끊임없이 미래를 준비하자."

"으음…… 맞습니다. 바다가 고요할 때 갑판에서 사고가 터지는 법이죠."

"맞아요. 긴장감을 푸는 순간 절망이 그 틈을 파고드는 겁니다."

"하아…… 참……."

"왜요?"

"우리나라가 대통령 하나는 정말 기깔나게 둔 것 같아서요."

도종현이 웃는다.

"에엑! 언제는 안 그랬어요?"

"그렇다 해도 이 순간에 다음을 기획하기는 어렵지 않습니까? 즐기기도 바쁠 와중에요."

"음, 다 내가 뛰어난 이유겠죠."

"알겠습니다. 그건 그렇고 오늘 밤 건은 계획대로 진행하시는 겁니까?"

바로 끊는다.

장대운은 웃으며 받았다.

"당연하죠."

"아직 쌀쌀한데요."

"그 쌀쌀한 맛에 하는 겁니다."

"알겠습니다. 준비해 두겠습니다."

"고마워요."

◇ ◆ ◇

청와대 본관 앞 너른 잔디밭에 난데없는 캠핑장이 꾸려졌다.

글램핑의 따귀를 때릴 초호화 캠핑 장비들이 들어서며 사진처럼, 그림과 같이 배치됐고 어스름해지는 저녁이 되자 한 명, 두 명, 가벼운 옷차림의 사람들이 나와 캠핑장으로 들어섰다.

장대운의 가족도 마찬가지였다.

"아빠! 캠핑장이에요!!"

"우와~ 캠핑이다!"

아들 둘이 제일 먼저 튀어 간다.

영부인의 손을 잡은 장대운도 설레는지 걸음이 빨라졌다.

꽤 오래전에 기획된 이벤트였다.

원래 작년 가을쯤 하려던 건데 전염병 때문에 미루고 한일전쟁이 터지고 다섯 개국과 조율하고 또 개헌에 선거까지 겹치며 뒤로 밀리다가 오늘에야 겨우 자리를 폈다.

처음 계기는 가벼웠다. TV를 보는데 차박이니 뭐니 누군가가 돌아다니며 캠핑하는 장면이 나왔다.

문득 나는 우리 아이들과 캠핑해 봤나? 란 의문이 들었다. 한 번도 없다.

대통령직이라 마음대로 여행은 못 다니더라도 캠핑은 할 수 있잖나. 그래서 경치 좋은 캠핑장을 수배하려 했는데 이게 또 만만치 않은 작업이었다.

대통령이 움직이면 경호팀은 난리가 난다. 그 일대도 경직되고. 캠핑장을 전세 내는 것도 우습고 주변 일대를 돌며 두 눈 시퍼렇게 노려볼 경호원을 보는 것도 좋지 않았다.

이런 분위기에서 고기 굽고 소시지 굽고 가 과연 재미있을까?

또 고작 캠핑하려고 이 사람들을 움직이게 하는 게 맞는지도 의심스러웠고. 고로 기각했다.

그러다 본관 앞 너른 잔디밭을 봤다.

캠핑동 수십 개를 세워도 남을 만큼 넓다.

"……."

하자. 그냥 여기서 하자 했던 게 오늘의 시작이었다.

"굽자. 굽자. 굽자. 고기는 굽는 게 맛이지!"

"마시자. 마시자. 마시자. 술은 야외가 제격이지!"

"끓이자. 끓이자. 끓이자. 김치찌개는 큰 손에 끓어야 죽이지!"

청와대 안마당에서의 캠핑이라. 해외 토픽감인데.

알 게 뭔가. 최소한의 경비 인원만 두고 전부 달라붙어 고기랑 술을 즐겼다. 1인분에 5만 원씩 하는 최고급 한우부터 소고기 못지 않게 육즙 터지는 돼지고기에, 소시지에, 커다란 들통에서 보글보글 끓는 김치찌개 냄새가 한층 분위기를 올렸다.

"크아~~~ 좋다."

훅 넘어가는 소주 한 잔에 만면에 미소를 띤 장대운이 일어섰다. 숨겨진 이벤트가 하나 더 있다.

DG 인베스트에서 늘 하던 그것 말이다. 돈 잔치.

"자자, 오늘의 하이라이트. 특별 시상이 있겠습니다."

"……?"

"……?"

"……?"

모두의 머리 위로 파바박 물음표가 떴다. 그러든 말든 도종현이 가방 하나를 들고 장대운 곁에 섰다.

장대운은 안주머니에서 명단을 꺼내 한 명씩 불렀다.

"뭐 해요? 빨리 안 나오고."

뭔가 하여 쭈뼛쭈뼛, 머리를 긁적이며 나온 이는 경호원이었다. 막내 경호원.

장대운은 가방에서 꺼낸 봉투를 그에게 건네준다.

"금일봉입니다."

"예?!"

놀라는 경호원을 두고 또 다른 이름을 부른다.

"자, 다음 오세요."

얼떨떨 돌아온 경호원에게 다른 경호원들이 붙었다.

"뭐야? 진짜 금일봉이야?"

"얼마야?"

"자, 잠만. 꺼내 보고요."

봉투를 열어 안에 든 걸 꺼내는데 그냥 A4용지 잘라 놓은 거였다. 다만 50,000,000원 정이라고 프린트돼 있었다.

"오천만 원?"

"수표가 아닌데?"

"이거 그냥 종이잖아."

"뭐지?"

장·차관들 금일봉을 수표로 지급했다는 일화는 일찍이 들은 적 있었다.

금일봉이라길래 수표를 기대했건만.

그때 도종현이 크게 외쳤다.

"퇴근할 때 수령해 가세요. 적힌 금액만큼 현금이 나갑니다."

눈이 번쩍. 경호원들의 입이 떠억 벌어졌다.

이 종이가 진짜 오천만 원이라는 얘기 아닌가?

이걸 들고 가면 현금 오천만 원을 바꿔 주겠다는 것.

도종현의 외침이 또 들렸다.

"아 참, 교환권을 잃어버려도 상관없습니다. 어차피 기분 내는 거니까요."

퇴근 때 이름만 말해도 돈 준다는 것.

통장으로 쏘는 것이 아닌 두 손에 안겨 준다는 것.

막내 경호원은 웃으며 이 큰돈을 나눠 주는 장대운을 보았다.

2년 전, 병환 중인 어머니 수술비까지 내주셨는데…… 또 이렇게나 큰 은혜를. 오천만 원이면 동생 학자금 대출을 갚고도 남는다. 안 그래도 맥스까지 찼다고 여겼던 충성심이 한계를 뚫고 승천한다.

대통령님, 우리 대통령님.

제가 목숨 바쳐 대통령님을 지키겠습니다.

고롬고롬, 청와대의 밤은 언제나 그렇듯 달콤해야 한다.

Chapter. 82

Chapter. 82

한일전쟁의 여파가 겨우 가라앉을 즈음 세계인의 앞으로 또 한 번의 빅엿이 터졌다. 특별 군사 작전 개시 명령을 선언한 러시아가 결국 우크라이나를 침공했다.

이에 청와대 및 각 부처도 긴급회의를 열었다.

"뭐래요?"

"나토와의 신경전이 번진 것 같습니다."

"나토는 왜요?"

"우크라이나는 오랫동안 나토 가입을 추진해 왔는데 종주국이라 할 수 있는 러시아가 반대했습니다."

"그거야 당연한 거 아니에요? 우크라이나는 러시아의 식량 창고인데."

"국민적 열망이 컸다고 합니다. 이전 대통령이 묵살했다가 추방

당할 정도로요. 현 대통령이 강력한 국민적 지지를 얻고 나토 가입을 추진했고요."

무슨 얘기인지 대략의 흐름은 알겠다.

그러나 문제는 전쟁이 터졌다는 거다.

그것도 우크라이나 자기네 영토에서.

"우크라이나 대통령은 러시아가 쳐들어올 줄 몰랐답니까?"

"전쟁의 기미는 몇 달 전부터 있었습니다. 미국과 나토는 러시아의 핵심 요구 사항인 우크라이나의 나토 가입 금지와 나토의 동진 중단을 수용할 수 없다는 태도를 고수합니다."

"그 꼴을 보고 우크라이나 대통령은 미국과 나토가 지켜 줄 줄 오판한 거고요?"

"그런 셈입니다."

"이런 멍청한……."

전쟁은 어떻게든 막았어야 했다. 특히나 자국 영토에서 벌어지는 전쟁은 무슨 수를 써서라도. 전쟁 중에서도 제일 더러운 게 자국 영토 내 전쟁이기 때문이다.

졌다간 국가 존립 자체가 흔들리고 이겨도 남는 건 국민적 피눈물과 폐허뿐. 한국전쟁이 그걸 증명한다.

"제아무리 국민의 염원이 나토를 향한단들 너무 섣불렀어요. 러시아가 군까지 국경에 배치했다면 물러서는 제스처라도 취해야 했어요. 싸울 작정이었다면 러시아군에다 먼저 폭격을 가하든가."

한숨이 나왔다. 먼저 처맞고 국민을 다독이고 세계 여러 나라에 도와 달라 고하는 우크라이나 대통령을 보고 있노라면 한국전쟁 때의 참상이 오버랩됐다.

소 잃고 외양간 고치는 격이 아닌가.

잠시 한탄하던 장대운은 신색을 바로 하고 냉철한 눈을 떴다.

"그래서 전쟁이 왜 필요했대요?"

전쟁이 일어난 진짜 이유가 뭐냐?

"러시아에 대한 금융 제재가 본격화되면서 루블화 가치가 30%나 급락했습니다. 이에 러시아는 달러 유출과 인플레이션을 막기 위한 조치로 금리를 10% 이상 올려야 했고요."

루블 달러 환율이 119.50까지 올랐다. 달러 대비 루블화의 가치가 하루 만에 30%나 급락했다는 것.

러시아 국민으로선 하루 사이에 자산 1/3이 삭제된 것이다.

"이러면 국민은 보통 지도자를 원망하겠지만, 러시아는 반독재입니다. 이럴 때 독재 체제가 위협받지 않는 선에서 전쟁을 수행한다면 얻는 게 더 크겠죠."

"그리고요?"

"미국이 부추긴 면도 있습니다."

미국도 인플레이션으로 골치가 아팠다.

미국인들이 제일 사랑하는 톱 3라는 아마존, 스타벅스, 맥도널드가 일제히 가격 인상에 들어갔다.

아마존은 4년 만에 프라임 멤버십 가격을 13달러에서 15달러로 올렸고 연회비마저 119달러에서 139달러로 다시 책정했다.

스타벅스는 지난달 아메리카노 가격을 4,100에서 4,600원으로 올리더니 또 올린다고 예고한다.

맥도날드도 지난해 평균 6% 가격을 올린 데 이어 올해도 가격 인상 내일에 합류하겠냐고 선언했다.

"이들 기업 모두 가격 인상 이유로 임금과 물류비 상승 때문이라고 짜고 치듯 똑같이 이야기하고 있습니다."

더해 집과 기름값도 난리다. 유가는 하늘 무서운 줄 모르고 치솟고 주택 가격 상승 또한 어마어마하다.

인플레이션이 심하니 이를 제어하기 위해서라도 FED는 금리를 올려야 했고 여기서 중요한 건 속도와 정도였는데. 파월 의장이 공격적인 금리 인상에 대한 가능성을 열어 놓자 지난 한 달간 시장은 혼돈의 도가니가 됐다. 연쇄적인 파국으로 치닫는 중.

게다가 빅 테크 기업들이 실적에 따른 주가도 예민하게 반응하고 바이든 대통령이 탄핵 심판을 앞두고 하야론까지 대두하면서 미국은 총체적 난국에 돌입했다.

"카밀 로리스 대통령 대행이 아주 신났겠네요."

"인플레이션에 대한 확실한 합리화의 근거가 나타났으니까요."

정리해 보자면, 러시아 입장에선 우크라이나와 갈등이 터지면 유가와 천연가스 가격이 올라서 좋다. 러시아는 세계 2위 원유 수출국이자 천연가스 매장량 세계 1위 국가니까.

러시아의 1년 정부 예산 가운데 36%가 원유와 천연가스 수출에서 나온다나 뭐라나. 우크라이나의 나토 가입을 영구 금지시킨 것도 이득이 될 테고.

"이번 사태로 러시아는 세상에 미국과 중국만 있는 게 아니라고 존재감을 드러냈습니다. 하등 나쁠 게 없죠."

"흠……."

무난한 승리를 쟁취하면 그렇겠지만, 그것이 아니라면 러시아군의 민낯만 드러내는 꼴이 되겠지.

"미국의 입장도 보죠."

"예."

앞서 언급한 대로 우크라이나 전쟁은 높은 인플레이션에 대한 합리화 근거가 될 수 있었다.

인플레이션 이유가 유가 급등 때문이라 이 책임의 상당 부분을 러시아로 돌릴 테니.

원래 바이든 행정부는 인플레이션의 핵심 이유로 반도체나 수출입 공급망 문제를 근거로 들려 했다. 한일전쟁부터 일본 도쿄도 신탁 통치로 인한 변변찮은 핑계를 대며 책임을 전가하려 했는데.

우크라이나 갈등이 축포를 터트린 것이다.

"이쯤이면 미국이랑 러시아랑 서로 도움을 받는 공생 관계가 아닌가요?"

"그렇게 봐도 무방하죠."

한마디로 우크라이나가 잘못 걸렸다는 뜻이다.

두 나라가 어디 쓸 만한 타개책이 없나 두 눈 시뻘겋게 뜨고 돌아다니고 있을 때 앞에서 알짱거린 것.

미국은 나토 가입을 미끼로 우크라이나를 부추겼고 러시아는 그걸 막겠다는 명분으로 군사적 갈등을 일으킨다.

나토 가입하면 미사일 쏜다.

유럽의 일원으로 나토 가입을 받아 줄 수도 있다.

살살 약 올리며 둘 사이의 갈등을 수면 위로 끌어올리는 것만으로도 유가는 요동칠 테고 소소한 인플레이션 문제 따윈 쑥 들어가 버린다. 이렇게 몇 달만 끌어 주면 이보다 좋은 꽃놀이패가 없다.

그런데 주인공 역할이었던 우크라이나가 그 맡은 배역대로 갈팡

질팡하며 오도 가도 못하는 우유부단의 절정 연기를 펼쳐야 했는데.

느닷없이 대형 사고를 쳐 버렸다.

하필 배역을 맡은 연기자가 정치력 쪼렙의 망둥이 대통령이었다는 것. 그가 대책도 없이 홀딱 나토에 붙어 버린 것. 이럴 걸 누구도 예상 못 했다는 것.

"황당했겠네요."

"그렇죠. 앞에서 미사일을 겨누고 있는데 이런 사고를 칠 줄은 누가 계산했겠습니까?"

"이게 러시아-우크라이나 전쟁의 진실이겠죠?"

"맞습니다."

"에효~ 그 나토가 뭐라고."

"우크라이나로선 숙원 사업일 겁니다."

"유럽 버스 타려다 전쟁이 터진 게요?"

"어쩔 수 없는 일이죠. 한쪽을 누르면 한쪽이 튀어나오기 마련 아닙니까?"

"그렇긴 한데. 국민만 불쌍한 거죠. 승리한단들 배상금이나 받을 수 있나요? 부서진 삶의 터전은요? 죽은 사람들은요?"

따지자 도종현이 화제를 돌려 버린다.

"다음 우크라이나 전쟁으로 인한 중국의 행보 예상 분석은 하지 말까요?"

"해야죠. 이제 러시아가 비빌 데라고는 중국밖에 없을 텐데."

안 그래도 중국의 움직임도 심상치 않았다.

러시아와의 협력 체제를 강화하려는 듯 대놓고 외교부장을 모스크바에 급파했다.

곧 러시아에 대한 경제 제재가 시작될 텐데.

이유는 뻔했다. 대만이다. 러시아의 우크라이나 공략이 성공적으로 끝난다면 다음 차례는 대만일 테니.

"첩보로는 중국이 러시아산 천연가스와 원유를 위안화로 결재하게끔 유도하려는 것 같습니다."

"기축 통화 만들려다 지금껏 개박살 나 놓고 아직도 미련을 못 버리네요."

"걔들이야 늘 같죠. 문화 자체가 남의 것을 빼앗는 게 미덕이니까요."

"지금 중국으로 들어오는 원유 루트는 어떻게 되죠?"

"이란산 원유 외……."

러시아산, 카자흐스탄산, 파키스탄산, 미얀마산이 있었다. 전부 다 국경을 가까이 걸친 국가들이다. 중국은 이들로부터 송유관을 연결하여 원유를 들여온다.

"카자흐스탄 쪽으로는 아티라우부터 신장 위구르를 지나는 2,228km에 달하는 송유관이 있습니다. 연간 2,000만 톤을 수입한다네요. 미얀마는 차우퓨항과 윈난성 쿤밍을 잇는 771km의 송유관이 있는데요. 이놈을 통해 연간 2,200만 톤의 원유를 수입하고요. 파키스탄도 과다르 항구에서 티베트를 지나는 4,000km에 달하는 송유관으로 원유를 들여온답니다. 이도 대략 2,000만 톤은 되겠죠."

"아이고……."

중국도 참 처절하였다. 이렇게나 자기 약점을 드러내 놨으면 조심하고 살 만한데…….

러시아산은 그렇다 치더라도 나머지 세 곳을 틀어막으면 중국은 정지한다. 한 곳만 막아도 팔다리 중 하나가 제 기능을 못 한다.

이런 형국이라면 도와주는 자기편이라도 견고하게 만들든가. 그 간교한 속내를 이기지 못하고 공멸로 가고 있었다. 전부 다 일대일로의 폐해였다.

얼마 전, 세계은행(WB)이 발표한 자료에 따르면 2022년까지 세계 최빈국 74개국이 갚아야 할 채무(350억 달러) 가운데 40% 이상이 중국에 상환해야 하는 부채라고 하였다. 이를 상환하지 못하면 항만 · 공항 등 운영권을 중국에 넘겨줘야 한다고.

'예전, 일대일로 계획을 중국 정부에 넘겨준 게 나인데.'

잘만하면 세계 최고의 경제·군사 벨트를 꾸릴 거대한 사업이라.

주면서도 이게 잘하는 짓인지 망설인 적이 있었는데 믿었다. 일대일로의 주체가 중국인이니까. 중국인은 머릿속에 공생이란 개념 자체가 없는 종족이니까.

반드시 실패할 거라고.

대표적인 사례가 바로 스리랑카였다.

스리랑카는 2010년 중국에서 대규모 차관을 들여와 '함반토타항'을 건설했지만, 항구 운영만으로는 차관을 상환할 수 없게 됐고 결국 항구 운영권을 중국 업체에 넘기게 됐다. 이런 상황에서 감염증 팬데믹까지 겹치면서 경제난에 허덕이다 결국 지난해 디폴트(국가 부도 · 채무 불이행)를 선언한다.

파키스탄 과다르 항구도 마찬가지였다. 빚 못 갚으면 항구를 넘겨야 한다. 이걸 깨달은 주민들이 뒤늦게 항의하나 계약은 계약이다.

잠비아, 에콰도르, 레바논, 가나, 이집트, 튀니지, 페루, 에티오피아, 미얀마, 방글라데시, 캄보디아, 우간다 등도 같았다. 얼마 안 가

자국의 인프라를 중국에 넘겨야 할 판이다. 중국이 스치면 나라에 망조가 든다는 속설이 진실임이 드러나는 자료였다.

"장리쉰 리스크가 슬슬 나타나고 있네요."

"머지않았습니다."

"그건 그렇고 이번 우크라이나 전쟁에서 우리의 관전 포인트는 뭔가요?"

"크게 네 가지로 들 수 있습니다."

1. 미국과 유럽은 러시아를 암묵적으로 도와주는 중국에 추가 제재를 가할 것인가?

2. 중국은 러시아의 천연가스와 천연자원을 언제까지 사 줄 것인가?

3. 러시아를 도와주는 중국이 국제 사회로부터 인정을 받을 수 있을까?

4. 우크라이나를 이용한 유럽과 미국이 국제 사회로부터 여전히 그 지위를 인정받을까?

"좋네요. 추가적으로 봐야 할 건 뭔가요?"

"우린 이 전쟁이 장기화됐을 때를 대비해야 합니다."

"금방 끝나지 않을까요?"

"대체로 그렇게 예상하겠지만, 의외로 우크라이나 국민의 의기가 강력합니다. 예상외의 접전이 벌어질 수도 있습니다."

"옛날 우리 민족과 같이요?"

"충분히 고려해 볼 만한 사안입니다. 러시아도 총력전이 아니고요."

"그럼 무엇을 중점적으로 봐야 할까요?"

"무기입니다."

"무기요?"

"무기입니다."

"왜죠?"

"궁극적으로 나토는 절대 끼어들지 못하기 때문입니다."

"우크라이나가 나토 가입 전이라서요?"

"그것도 있고 러시아가 핵 카드를 꺼낼 수 있기 때문입니다. 물론 이도 전쟁이 장기화된다는 전제하에서지만."

"흐음, 무슨 말인지 알겠네요. 결국 지원은 미국이 해야 할 텐데. 미군이 가진 재래식 무기로는 한계가 올 거란 뜻이죠?"

"예, 유럽산 무기는 절대 들여오지 못하니까요."

"나토니까?"

"그것도 있고 유럽인들이 쓰는 가스의 상당 부분이 러시아산입니다. 대놓고 싸울 게 아니라면 함부로 못 움직이죠. 그래서 제3세계 무기가 필요하게 될 겁니다."

"그게 한국산이다?"

"설정 가능한 가설 아닙니까?"

충분히 가능한 추론이었다.

세계 6위의 군사 대국. 게다가 자국 무기를 직접 생산하는 국가는 세계에도 몇 없다. 그중에서도 미군이 신뢰할 수 있는 무기 체계는 더더욱.

"이거 우크라이나 전쟁이 우리에게 미칠 영향이나 분석하려 했는데 무기를 더 생산해야 한다는 결론까지 가네요."

"러시아와의 관계도 있고 직접적인 지원은 불가능하겠지만, 미군이 쓸 무기를 판매하는 건 상관없으니까요."

"혹여나 우크라이나에서 무기 지원 얘기가 나오더라도 입 다물어야 한다는 거고요."

"미국과 나토가 만든 전쟁입니다. 의약품이나 식량 등 인도적인 지원 외 절대로 손대선 안 될 수렁이죠."

"알겠어요. 대략 우리 정부 방침이 세워졌네요. 전달하시고요. 무기 생산도 추가적으로 일러두세요."

"아주 유익한 시간이었습니다."

"문호만 제정신으로 돌아오면 완벽했을 텐데요."

"하하하하하, 금방 돌아올 겁니다. 믿으십시오."

"믿죠. 믿죠. 우리가 문호를 안 믿으면 됩니까. 하여튼 그 자식 돌아오기만 해 봐요. 아주 혼쭐을 내 줄 겁니다. 하하하하하하하."

"저도 한 손 거들겠습니다. 하하하하하하하."

웃어넘겼지만. 우크라이나 전쟁은 초반 예상과는 달리 점점 장기화 조짐을 보이고 있었다.

개전 후 속수무책으로 밀리던 우크라이나군이 조금씩 반격을 시작했고 미국의 무기가 대량으로 지원됨에 따라 그 사실을 접한 우크라이나 국민 상당수가 군에 지원하면서…… 물론 이 와중에도 가까운 폴란드로 토끼는 이들도 많았지만, 국가 전반으로부터 불타오르는 애국심이 반격의 불씨를 당겼다.

장대운도 이제부터는 명철한 판단이 어려웠다.

그가 알던 과거는 22년 1월부로 끝났다.

대한민국 20대 대통령에 취임하며 끝.

그동안 역사도 꽤 많은 부분에서 달라졌고 앞으로의 대한민국은 원 역사의 대한민국과 천차만별일 것이다. 즉 이제부턴 순전한 분석과 추정으로 밟아 가는 길이라 어느 것에도 확신을 두기 힘들었다. 눈먼 장님이 된 기분.

'내 무기의 효용이 끝날 줄이야. 언젠가 이런 날이 올 줄은 알았지만, 이토록 무기력증을 느낄 줄은 몰랐네.'

겁이 덜컥 났다.

과거의 기억+판단력. 단 두 개만으로 세계가 좁다 하며 종횡무진했건만, 날개 한쪽이 꺾이니 아무것도 못 하겠다.

관성과 캐릭터 빨로 밀어붙이는 건 분명 한계에 부딪힐 테고 그 사실이 집무실에 앉아 평안하게 숨 돌리는 이 순간 해일처럼 크게 다가왔다. 이제부터 찐 현실이라고.

'우와~ 공황 올 것 같네. 그러고 보면 참으로 많은 일이 있었어.'

엄마한테 맞다가 기절한, 암울했던 7살로 회귀해 부모의 이혼을 막기 위해 스스로를 드러내고 그 이름값으로 푼돈 좀 벌려고 접근한 음악계가 인생 전반의 디딤돌이 될 줄 누가 알았나?

그래미 어워드를 휩쓸고, 20세기 최고의 아티스트로 이름 높이고, 기업을 세우고, 정치를 논하고, 직접 정치에 참여하고…….

'그중에서도 가장 큰 업적은 뭐니뭐니 해도 우리 민족의 손톱 밑에 낀 가시 같았던 일본 정벌이겠지.'

너무도 뿌듯하고 영광스러운 사건에.

사사건건 참견하던 미국도 제정신을 못 차리고 시간 날 때마다 사람 열받게 하던 중국도 대차게 처맞고는 몸을 낮춘 형국이다.

무엇을 하더라도 걸리적거릴 게 없는 최적의 상태를 맞이했건만. 도통 마음이 잡히지 않는다.

네가 지금 서 있는 곳이 어디 뫼인지. 앞으로 나타날 역경은 어떤 것인지. 거기서 넌 또 어떤 선택을 하게 될 건지. 도무지 모르겠다.

모르는 것이 이토록 암담할 줄은 진정 몰랐다.

"견뎌 낼 수 있다고 생각했는데 오산이었나?"

기억의 끝을 맞이한다는 게 이런 절망일 줄이야.

온갖 폭풍으로부터 지켜 주던 배리어가 사라진 느낌이다. 사방이 적으로 둘러싸인 백척간두의 형상 같다.

아무리 마음을 굳게 다잡으려 해도 미꾸라지처럼 잡히지가 않는다.

이것이 요즘 장대운을 괴롭히는 가장 큰 화두였다.

미지에 대한 두려움.

"후우……."

"걱정이 있으십니까?"

모처럼 김문호가 곁으로 왔다. 아마도 할 말이 있다는 거겠지. 그만둔다는 얘기만 아니면 좋겠는데.

"오늘은 안 가나?"

"이따 가려고요."

"고생한다."

"다 제가 저지른 일인데요."

씁쓸해하는 김문호의 어깨를 토닥였다.

"이정희 씨를 잃을까 두려웠어?"

"예."

"얼마나 두려웠어?"

"제 존재가 흔들리는 걸 경험했습니다. 뿌리부터."

일본 테러 사태가 벌어진 이후 이정희의 신변이 도쿄에서 끊겼다는 소식을 들은 후 김문호는 넋이 나간 사람처럼 안절부절못했다. 두려움에 몸서리쳤다. 어쩌면 지금 내가 그때 문호의 상태와 비슷할지도…….

"그래서 매달리는 거야?"

"매달리기보다 확인하는 겁니다. 하나하나 세세히 차근차근."

"으응? 무슨 말이야?"

"처음엔 파도처럼 밀려드는 격정에 제 자신마저 쓸려 가는 듯했습니다. 죽을 것 같았고 불 속에라도 뛰어들어야 살 것 같았죠. 하지만 지금은 조금 다릅니다. 정면으로 마주 서서 비바람을 맞습니다. 관찰합니다. 그 본질이 무엇인지. 그것이 어떤 식으로 저에게 영향을 끼치는지."

"……대단하구나."

김문호가 구도자처럼 보였다.

"아닙니다. 지금도 두렵습니다. 그렇지만 분명한 건 한 발씩 나아가고는 있는 것 같습니다. 그것에만 집중해서요. 그래서 대통령님께 더 죄송합니다."

"아니야. 아니야. 넌 잘하고 있다. 그래 네 말대로 일단 눈앞의 것만 집중하자. 맞아. 나에게도 도움되는 말이었어."

"……?"

무슨 뜻이냐고 쳐다본다.

"그렇잖아. 나도 앞이 막막하지. 일은 잔뜩 벌여 놨는데 뭐 하나 똑바로 선 게 없잖아. 잘못 삐끗했다간 민족의 대업을 망칠 수도 있는 거고.”

“아~ 너무 저만 생각하고 살았네요. 죄송합니다. 빨리 복귀하겠습니다.”

“아니야. 네가 필요한 건 확실한데 그보다 네가 더 소중해.”

“대통령님…….”

김문호의 눈시울이 붉어진다.

장대운도 어금니를 앙~물었다.

“그래, 넌 너의 사랑을 찾고 난 나의 사랑을 지키는 거야. 어때?”

“예.”

“반드시 이겨 내자.”

“옙!”

시선을 맞춘 두 사람은 서로를 응원하였다.

무수한 사선을 헤쳐 온 전우로서 한 치 어긋남도 없는 의리로.

그때 김문호의 표정이 살짝 변했다.

“아 참, 오늘 들어온 목적은 따로 있습니다.”

“전할 말이 있어?”

“아무래도 우크라이나 전쟁이 장기화될 것 같은 조짐이 보여서입니다.”

그만둔다는 얘긴 아니구나. 후우…….

“그래? 그래서?”

“러시아군의 전력이 생각보다 허접해요. 추가 병력이 도착할 테지만 그도 그렇게 신뢰가 갈 만한 전력은 아닐 거란 판단입니다. 반면, 우크라이나는 일치단결한 것처럼 보입니다. 틀림없이 백중세, 전쟁이 장기화에 들입할 겁니다.”

"으음……."

"이때 우리는 중국의 움직임을 잘 살펴야 합니다."

"중국을? 러시아가 아니라?"

"세계의 시선이 우크라이나로 쏠린 이때, 특기인 오판을 발휘할 수도 있으니까요. 대만 말이죠."

"으음, 대만이라……. 러시아가 깨끗하게 승리했다면 그럴 수도 있겠지만, 지금은 좀 아니지 않아? 분석에 따르면 중국군이 러시아를 도와 파병 나갈 수도 있다던데."

"아닙니다. 중국은 절대로 파병 못 합니다."

"절대라고?"

"장리쉰은 겁쟁이입니다. 압도적인 승리에 대한 확신이 없다면 무슨 일이 벌어져도 움직이지 않을 거예요."

"압도적 승리라……."

"그런 면에서 몇 년 전, 중국에 대한 승리가 고무적입니다. 중국이 우리 한국을 상대로 오판할 확률이 상당히 줄어들었으니까요. 하지만 대만은 아닙니다. 장리쉰 입장에서 보면 지금이 절호의 기회일 수도 있으니까요."

"흐음……."

"그래서 부탁드리러 들어왔습니다. 부디 대만과 동맹을 맺어 주십시오."

"뭐?!"

"대만과 반도체 동맹을 맺어 우리 민족이 또 한 번의 성장할 수 있는 계기를 만들어 주세요."

반도체 동맹……? 또 한 번의 성장……?

"……으응?!"

가만……. 이거…… 뭔가 느낌이 온다. 돈 냄새다.

할 만했다. 아니, 대박이다.

반도체 동맹.

세상에는 이미 수많은 동맹이 있다. FTA도 경제 동맹이다. EU연합도 경제 동맹에서 시작되었다. 석유도 OPEC이 있다. 반도체라고 동맹이 없을 이유가 없다.

한국과 대만이 동맹을 맺는다면…. 그것도 반도체 동맹이라면…!!

"아아……."

반도체 패권!

시기도 딱 좋았다. 대만의 안보 불안이 극도로 치달을 때다. 동아시아에 한국의 영향력이 최고점일 때다.

게다가 한국은 UN 상임 이사국이다. 동맹까진 아니더라도 반도체 협력은 충분히 가능하다. TSMC와 오성, SY가 손잡는다면 저 미국도 절대 함부로 못 군다.

"좋은데! 타진해 볼 만해."

"들어주셔서 감사합니다."

겸손하게 허리 숙이는 김문호의 손을 덥석 잡았다.

"아니다. 네가 또 하나의 열쇠를 들고 온 거야. 심란한 와중에도 이런 걸 생각해 냈네."

"24시간 정희만 보는 건 아니니까요."

"그렇지. 맞아. 알았다. 내 조금 더 검토해 보고 결정을 내리마."

"감사합니다. 저는 이만 들어가 보겠습니다."

"비시실 동생들 만나고 가시?"

"아니요. 그냥 가려고요."

"……알았다. 조심히 가라."

"예, 다음에 또 들르겠습니다."

쓸쓸히 돌아서는 김문호의 등을 쳐다봤다.

고독하다.

"내 등도 저러려나?"

장대운은 피식 웃었다. 아무렴, 대통령은 저런 등이어야지. 어설프게 위로받으려 해선 안 된다. 견고한 성체로서 우뚝 서야 한다. 제일 먼저 채찍질을 받아야 한다.

일어났다. 두려움은 이제 그만. 어차피 갈 곳도 없다. 가다가다 안 되면 콱……. 아니, 안 되지. 안 될 때까지 가는 거다. 무조건. 나에겐 오직 그 길뿐이다.

◇ ◆ ◇

≪남북경협이 개성 공단 재개시를 합의함에 따라 2016년 폐쇄된 개성 공단의 문이 활짝 열리게 되었습니다.≫

≪이번 개성 공단이 전과 다른 점은 기업의 일방적인 희생만을 강요하지 않기 위한 보험 제도를 따로 운용하고 있기 때문입니다. 행여나 정치 문제로 일방적인 손해를 당하게 됐을 시 국가가 기업의 투자 금액을 전액 배상하겠다는 내용입니다. 이에 개성 공단에 입주하겠다는 기업들이…….≫

≪우크라이나 전쟁이 장기화됨에 따라 미국과 유럽 정상들이 한자리에 모여 대책을 논의하기로 했습니다. 이에 러시아는 세계 3차

대전을 예고하며…….≫

≪규슈도 지역 일본인들의 탈주가 가속화됨에 따라 주변 통치국의 민원이 속출하고 있다는 소식입니다. 특파원에 따르면 중국의 일본 문화 말살 정책이…….≫

≪바이든 대통령이 결국 하야를 선택했습니다. 이에 미국은 절차에 따라 다음 대통령 선거를…….≫

≪정부의 강력한 물가 안정 정책에 올해 소비자 물가 상승률이 3% 미만으로 자리 잡을 것 같다는 전망이 나왔습니다. 세계 평균이 8% 이상 상승이라는 이때 무척 고무적인데요. 정부는 우크라이나 전쟁으로 불안해진 물류를 핑계 삼아 가격을 담합하거나 임의로 올린 걸 적발해 5,000억 원에 달하는 추징금을 징수…….≫

≪택시비 인상에 신데렐라 족이 양산되기 시작했다는 소식입니다. 24시 할증이 붙기 전에 집으로 돌아간다는 뜻인데요. 택시 업계는 가격을 올린 건 좋지만 도리어 손님이 줄었다고…….≫

TV를 껐다.

"나름대로 선방하고 있네요."

"선방뿐입니까? 이런 태평성대가 없습니다."

태평성대까진 모르겠지만, 재정이 윤택해졌고 민생이 안정화에 돌입했다. 돌이켜 보건대 집권 이후 이 정도의 안락함은 처음이었다.

"개성 공단 입주 신청 마감이 어떻게 되죠?"

"내달 5일까지입니다."

"분위기는 어때요?"

"국가 보증 제도를 신설한 게 주효했는지 성황입니다."

"기술은 있으나 가격 경쟁력이 떨어지는 업체를 위주로 잘 선별해 주세요. 그런 업체는 연 1%의 이자로 대출도 알선해 주고요."

"예, 민족은행과 함께 진행하겠습니다."

"북한 측은 어때요?"

"아주 협조적입니다. 개성을 아예 특별 경제 구역으로 만들려는 뉘앙스를 받았습니다. 아직 정해진 건 아닌데 분위기가 그렇습니다."

"제대로 해 볼 모양이네요. 정운이가."

"좋은 출발이죠."

개성으로 시작해 점차 북진할 계획이다. 한낮의 따뜻한 볕을 북으로, 북으로, 저들을 전부 녹일 때까지.

신 햇볕 정책이었다.

세뇌돼 꽁꽁 언 마음을 녹이고 총칼로 무장된 두꺼운 옷을 벗기려면 급하게는 안 된다. 따뜻한 빛으로 지속적으로 비춰 자기가 더워서 벗지 않고는 못 견디게 함이 옳았다. 천천히 아주 천천히 말이다.

"그건 됐고 바이른이 하야했네요."

"예상대로입니다. 도쿄도 신탁 통치라는 공이 있다 해도 전부가 그걸 공으로 돌릴 수 있는 것도 아닌 데다 한일전쟁의 촉발과 간노 고이치 전 총리의 살해 혐의도 있지 않습니까? 탄핵감이죠."

"안타깝네요. 돌아보면 도움이 많이 된 사람이긴 한데요."

"예?"

"그가 엿같이 굴지 않았다면 한국의 이만한 성장이 있었을까요?"

"아…… 그런 측면이라면 인정합니다. 으음, 이거 그 공로가 상당한데요. 챙겨 줘야겠어요. 죽을 때까지 피눈물 흘리게."

"쿠쿡, 그나저나 매디슨 라이트에게 연락 온 건 없나요? 소식이 올 때 됐는데."

"아, 오늘 아침 비공식적으로 감사 인사가 왔습니다. 이번에 공화당 대선 후보가 된 것에 대한 내용으로."

"잘됐나 보네요. 평범하게만 해 줘도 우리한테 도움이 될 겁니다. 아, 그리고 마이클 댐프시도 접촉해야 해요. 혹시 모르니까 비밀리에 말이죠."

"그가 부통령이 될 거라 보시는군요."

"매디슨은 민주당에서 뽑지 않을 거예요."

"알겠습니다."

"다음으로 넘어가죠. 뭐가 있죠?"

"물가 안정화 대책에 관한 후속타입니다."

후속타?

"3% 미만으로 잡았다면서요? 또 어떤 놈이 장난쳐요?"

"그것이 아니라 이쯤 해서 유통 단계에 대한 혁신을 준비하시는 게 어떨까 해서요."

"아, 유통 단계요?"

보고서를 보니 괜찮으면 4단계이고 심하면 7단계를 거치기도 한다더라.

농가 → 중간상 → 협력사 → 대판 → 중간상 → 중간상 → 점포.

대형 마트들도 아무리 줄인들 농가 → 협력사 → 점포 이상은 불가능하다고.

"예, 생각난 김에 유통 단계에 대한 진지한 고찰 없이는 소비자 물가는 언제든 요동칠 겁니다. 제가 보기에 현재의 절반 수준으로만 줄여도 상당한 효과를 볼 것 같던데."

"중간 상인들은 어떡하고요?"

"대판들이 흡수하게 해야죠. 그놈들이 쥐고 흔드는 돈이 수백억대입니다. 결코 쉽게 보시면 안 됩니다."

"흐음……."

"하는 김에 손보시죠."

"알았어요. 배현식 시민 사회 수석에 맡겨요."

"아아, 좋은 생각이십니다. 안 그래도 얼마 전 저에게 찾아와 이런 말을 하더군요. 웬만한 재단과 시민 단체를 다 조져 버렸더니 할 일이 없다고 말이죠. 일 좀 달라고요."

각성한 배현식은 히어로 못지않았다.

각 시민 단체와 재단의 방만한 운영과 비리 등 범법 사실을 낱낱이 뿌려 아예 햇볕에 말려 버리는 통에 시민 단체와 재단들은 그 그림자만 스쳐도 몸살을 앓아야 했다.

"잘됐네요. 대판이든 뭐든 말 안 듣는 놈 있으면 본보기로 조지라 해요."

"하하하하하, 배현식 수석이 옛날 그 배현식 수석이 아닙니다. 이젠 도사가 됐습니다. 조 단위 굴리는 재단들도 다 박살 냈는데 그깟 몇백억 굴리는 대판 따위가 견뎌 낼 수 있을 리 없잖습니까."

"잘됐네요. 이참에 사회 부조리가 넘실대는 곳마다 배 수석을 보내세요. 하나씩 하나씩 깨부수라고요."

"쿠쿠쿡, 좋아하겠네요."

"나도 좋아요. 쿠쿠쿠쿡."

휴식 겸 잠시 웃은 두 사람.

다시 정색하기 시작한 건 도종현부터였다.

"대만과의 동맹 건은…… 확실히 장점이 많습니다."

"역시 그렇군요."

"우선 한국전쟁 때의 도움을 갚는다는 측면에서 접근도 좋겠고요."

한국전쟁 때 대만의 도움이 아주 컸다는 건 간명하다.

"한국은 은혜를 잊지 않는다. 알리자는 거죠?"

"예, 세계정세가 불안합니다. 특히나 바이든 탄핵 정국 땐 중국 전함이 대만해협에 자주 출몰했다고 합니다. 중국 전투기의 방공 구역 침범도 예삿일이 아니었다 하고요. 대만으로선 우리 제안이 언감생심일 겁니다."

"반드시 우리 손을 잡을 것이다?"

"일본은 박살 났고 미국은 혼란에 빠졌습니다. 대만이 믿을 곳은 현재 없습니다."

"좋아요. 알겠어요. 대만에 연락해 보세요. 우리 한국과 상호 방위 조약을 맺을 의향이 있는지."

"알겠습니다. 이 건은 제가 정홍식 장관께 책임지고 전달하겠습니다."

◇ ◆ ◇

"예? ……지금 누가 온다고요?"

며칠이 지나지 않아 대만에서 사람이 날아온다고 했다. 생각도 못 한 아주 거물이.

약속도 안 잡고 외교적 절차도 다 무시하고 그냥 날아온단다. 어떤 교류도 없었는데.

"반응을 보일 줄은 알았지만, 이토록 급발진할 줄은 몰랐는데요."

"저도 놀랍습니다. 의중이나 떠볼까 가볍게 접근했는데 차이링 총통이 움직였습니다."

"왜요? 왜 이렇게 갑자기요?"

"저도…… 잘……."

정홍식이 머리를 긁적이는 걸 보는데.

장대운은 낚싯대 던지자마자 월척이 덥석 문 것 같은 묘한 기분이 들었다.

보통이라면 대박을 외쳤겠지만.

친구들과의 대결이 아닌 한 이틀 고정하고 주말을 즐길 요량으로 자리 잡은 상태라 이게 또 굳이 그렇게 달갑지가 않다는 것이었다.

밥이 익을 시간을 기다리며 미국과 중국에 대한 스탠스를 결정하려 했는데 순식간에 결론으로 치달은 느낌. 바랐지만 바라지 않았던 것 같은 요상하고도 간질간질 야리꾸리 우헹우헹.

우려도 됐다. 예상에서 벗어난 결과는 늘 좋지 못한 것에 대한 징조였으니.

"그러니까요. 그 말은 중국으로부터의 압박도 그렇고 대만의 사정이 우리 생각보다 훨씬 심각하다는 뜻 아닌가요?"

"그런 것 같습니다. 저도 좀 얼떨떨합니다."

"다른 이유는 듣지 못한 겁니까?"

"외교 채널을 열자마자 한국으로 오겠다는 통보를 받았습니다. 대통령님과 만나고 싶다고요. 부디 부탁드린다는 전언과 함께요."

"부디 부탁드린다라……."

시계를 보니 두어 시간이면 청와대에 입성할 것 같았다. 답답했지만 이런 마당에 정홍식을 잡는단들 이유가 나올 리 만무하고.

일단 일부터 처리하자.

"알았어요. 도 비서실장님은 의전을 준비해 주세요."

"정상급으로 말입니까?"

"아니요. 이런 유의 움직임은 전격전을 요한다는 거잖아요. 그에 걸맞게 해 주세요. 최대한 비밀로요."

"알겠습니다. 저는 나가 보겠습니다."

"예, 수고해 주세요."

도종현이 일어서자마자 정홍식이 자료를 내놨다.

대만에 대해 알고 있어야 할 건들을 추린 거였다.

조용히 공부하는데.

"으응? 친중 성향이 33%가 넘어요?"

"예."

"외성인들만 친중 아니었나요? 난 그렇게 알고 있었는데."

"아닙니다. 그 자료가 최신입니다."

자료엔 친중이 33%, 반중이 28%, 중립이 39%로 돼 있었다.

대만 인구는 그 성분별로 본래 자리 잡고 살던 원주민이 2%, 꽤 오래전부터 자리 잡고 살던 본성인이 74%, 장제스가 데려온 외성인이 24%라고 했다.

"난 장제스가 데려온 이들이 다시 중국으로 돌아가고 싶어 한다고만 알고 있었는데 이대로라면 문제가 심각한데요."

자료는 국민의 1/3이 언제든 총부리를 돌릴 수 있다고 가리킨다.

"얘들은 정말 생각이 없나요? 홍콩은 중국인이 아니라서 저 꼴을 당하는 줄 아니?"

"그게 그렇게 간단하게 볼 문제는 아닙니다."

"예?"

"대만과 중국의 관계를 흔히 양안 관계라고 표현하곤 하는데 일반적으로 양안 관계에 있어, 대만의 정치는 반중 성향의 민주진보당(民主進步黨)과 친중 성향의 중국국민당(中國國民黨)으로 나누어져 있다고 소개되지만, 내막은 훨씬 복잡합니다."

"……말씀하세요."

"예."

정홍식은 대만을 옳게 이해하려면 청나라까지 올라가야 한다고 한다.

옹정황제 재위 시기 대갑서사항청사건(大甲西社抗清事件)으로 청나라가 대만을 차지하기 전까지 대만은 엄연하게 중국과 독립된 문명을 이룩한 국가였다고. 그렇기에 대만은 중국의 한 지방이라기보다는 티베트나 위구르처럼 복속된 국가에 가깝다고.

이런 구도는 19세기와 20세기, 그리고 국민당 정권의 패망을 통해 대륙의 중국인들이 대만으로 이민을 오게 되며 다시 급변하게 된다는데.

"이때 들어온 이들이 군부 세력이라는 게 문제였습니다. 단숨에 대만의 모든 것을 휘어잡게 되죠."

"그놈들이 현재의 친중국파를 양성했다?"

"최근 두 번의 정권 교체 전까지 외성인이 주류였던 중국국민당이 1대 장제스(1948년)부터 9대 리덩후이(2000)까지 52년을 집권하게 됩니다."

"아……."

그제야 장대운도 머리가 환해졌다.

이놈들도 독재 아닌 독재의 길을 걸어왔다는 뜻이다. 대만의 주요 요직과 경제를 전부 집어삼키며 따르지 않는 대다수(본성인)를 요리했고 그 앞잡이를 대거 키운 것.

조금 더 심하게 말하자면 본성인이 외성인의 식민 지배를 받고 있다는 것이다. 본성인이 원하는 방향성을 알 것 같았다. 몽골처럼 중화 문명의 색채를 지우고 대만인만의 국가를 만들자는 것.

현 총통이 어떤 싸움을 벌이고 있는지 와닿았다.

"더 큰 일은 대만의 젊은이들입니다. 오는 6월, 대만 미려도전자보(美麗島電子報)의 조사에 따르면 대만 청년층은 대만 독립이나 중화사상과 관련된 문제에 별로 관심을 두지 않는다고 합니다."

"애국심이 없다는 건가요? 이래도 흥, 저래도 흥?"

"시간이 지날수록 중화사상이냐 대만 독립이냐 하는 문제가 중앙 정치의 아젠다에서 뒤로 밀려나고 있다는 겁니다. 중국과 대만의 전쟁을 심각한 위기로 받아들이고 있는지조차 의문이 들 정도로 말입니다."

자료에는 최근 TVBS에서 실시한 여론 조사에서, 대만인의 65%가 2027년 이전 양안 전쟁(대만-중국 전쟁)의 가능성이 있을 수도 있다고 답했지만 동시에 62%가 양안 전쟁이 일어나면 입대할 생각이 없다고 적혀 있었다.

대만인들이 대만과 중국의 전쟁을 진지하게 생각하고 있지 않다는 걸 여실히 보여 주는 케이스였다.

그리고 같은 조사에서 대만군을 신뢰한다는 의견은 18%에 그쳤고 불신한다는 의견은 81%를 기록하였나고.

언론에서 전쟁이 난다고 얘기하니까 일단은 일어날 수도 있을 것 같긴 한데 막상 내일 당장 전쟁이 터질 거라고 생각하지는 않는다는 게 대만 사람들의 일반적인 심리라는 것.

안일하다는 뜻도 되지만, 대만인들이 중국과의 전쟁을 비현실적인 것으로 받아들이고 있음으로 판단하는 게 훨씬 정확할 듯했다.

"후우……."

숨이 턱 막혔다. 예전 한민당을 상대할 때처럼.

"다짜고짜 총통이 날아올 만하구나."

해법이 필요할 때다.

물에 빠졌을 때, 승냥이 무리를 만났을 때, 한국이 손 내민 것이다.

한국은 달랐으니까. 한국은 끊임없이 자신을 침탈한 국가에 맞섰고 결국 응징까지 해냈으니까.

"알겠습니다. 대략의 그림은 그려지네요."

"다행입니다."

"그걸 기준으로 두고 대대만 정책을 고민해 보죠."

"감사합니다."

총통 차이링은 차분한 인상의 중년 여인이었다. 화려하진 않지만, 공무원 스타일의 안정감을 주는…….

그녀와 같이 온 자는 비서장, 외교부장, 시위장이었는데 우리로 치면 비서실장, 외교부 장관, 경호처장이었다.

그나저나 완전한 비밀은 없는 법이니 대만 총통이 한국에 날아온 건 알려졌을 테고 지금쯤 미국과 중국이 난리 났으려나?

내색하지 않고 반겼다.

"어서 오세요. 먼 길 오시느라 고생 많으셨습니다."

"저야말로 약속 없이 날아와서 미안합니다."

대만에서 총통직은 대통령과 같았다. 중국에서 대통령을 뜻하는 단어가 총통이다.

국격은 다르나 급은 같다는 것.

"환영입니다. 안 그래도 만나 뵙고 싶었는데 이리 오셨으니 다음엔 제가 대만으로 넘어가야겠죠?"

"아아, 그러십니까? 그리 말씀해 주시니 한결 편해집니다."

"대만의 창펀이 그리 맛있다고 들었습니다. 우육탕면도 말이죠. 살며 그리 인연이 없어 접하진 못했는데 궁금한 게 참 많습니다."

"대만에 이리 관심을 가져 주실 줄은 몰랐습니다. 저도 한국의 갈비찜을 좋아합니다."

"갈비찜은 진리죠."

"예?"

"불호가 없다는 뜻입니다."

"아~~ 호호호호호, 그렇군요."

"음식이란 모름지기 불호 없는 게 최고죠. 하하하하하하."

분위기가 조금 누그러지니 장대운은 슬슬 용건을 꺼내도 된다고 문을 열어 주었다.

무엇이 문제입니까?

무엇 때문에 이리도 급하게 날아오셨습니까?

차이링이 표정을 굳히고는 입을 열었다.

"사실 우리 대만 사정이 좀 급합니다."

"……."

"대만을 도와주십시오."

단도직입적인 화법이었다.

도와 달라면서도 전혀 무너지지 않는 차이링.

생각보다 강단이 좋았다.

이런 유는 오고 감이 확실하다.

첫인상이 인식에 상당한 비중을 차지한다.

장대운도 여유로운 미소를 지우고 자세를 바로 했다.

"먼저 대전제를 두고 가야겠군요. 대한민국은 아직 대만의 도움을 잊지 않았습니다."

한국전쟁.

"아……."

"구체적으로 말씀하시지요. 애초 그 마음으로 외교 채널을 열었습니다."

단호한 태도로서 다가가자 차이링도 이내 고개를 끄덕였다.

"그렇군요. 이 시점, 우리 대만과 손잡는 것이 어떤 의미인지 알고 계시다는 거군요."

"물론입니다. 자신이 없었다면 시작도 하지 않았을 겁니다."

"전부를 걸어야 하는 거겠죠?"

"관철해야 한다면 30%를 죽이는 한이 있더라도 가야겠죠. 나머지 70%를 위해서."

"크으음…… 그렇게까지…… 아니군요. 오히려 제 각오가 부족했군요."

"전 이 자리에 앉은 순간부터 목숨을 내놨습니다. 한국이 걸어온 길도 그리 만만치는 않습니다."

"부끄럽군요."

"총통만 부끄러우시면 됩니다. 대만 국민을 위해."

"……예."

"어떻게든 일이 시작되면 저들은 무슨 짓을 저질러서든 막겠죠. 얼마 전, 인신매매 사건을 잊으신 건 아니죠?"

사기 업체 몇몇이 캄보디아, 미얀마 등의 하청 공장에 취업을 시켜 주겠다며 수천 명 단위로 가난한 청년층을 속여 사기 범죄에 가담시키거나 장기를 적출시키는 등 패악을 저질렀다. 대만 역사상 최악의 사기 사건이라 불렸는데.

어이없게도 정치 쟁점은 '정부가 사전 대응에 부실했다'가 아니라, '정부가 동남아시아와의 교역을 무리하게 늘리느라 노동자의 권리나 불법 단속 등에 대해 주의 깊지 못했다'라고 한다.

정부가 대중 의존도를 줄이기 위해 무리하게 신남향 정책을 추진했고 그것의 부작용으로 이런 심각한 사기 사건이 터졌다는 게 친중 진영이 재기한 비판이었고 결국 민주진보당은 지방 선거에서 패배한다.

"지금 총통께서 걸으려는 길이 그놈들 죽이는 길입니다. 세상 어느 누가 곱게 죽어 줄까요? 잘 아시겠지만, 그놈들은 50년 넘게 똬리를 틀고 자산을 쌓아 왔어요. 얼마나 많은 이들이 그들을 위해 일하는지도 모릅니다. 그 힘으로 그들은 대만을 중국에 들어 바치려고 하죠. 더 망설일 이유 있습니까?"

그들이 너를 죽이려 들 것이다.

"……."

"결정은 총통이 하시면 됩니다."

한국은 그 사이에서 이득을 취하면 그뿐이다.

나머지는 대만이 알아서 할 일. 그 의기가 어디까지 닿을진 알 수 없는 일이지만 우리가 신경 쓸 이유는 없었다. 계약대로만 하면 될 테니. 그렇기에 현재 대만과 중국의 갈등 요인이 아주 중요했다.

1. 장리쉰이 부르짖는 하나의 중국이라는 정책
2. 반도체를 둘러싼 중국 vs 미국 대결

이 두 가지를 두고 대만과 중국의 입장을 머릿속으로 정리했다.

a. 대만은 청나라 때 일본에 먹히며 본성인들은 식민 지배를 당한 경험이 있다. 2차 세계 대전에서 일본이 패망하면서 해방된다.

b. 해방 직후 본성인들끼리 잘 사는데 중국의 국민당이 공산당에 패하면서 대만으로 도주, 이후 국민당이 대만을 장악. 이때 중국에서 넘어온 사람들을 외성인이라고 한다.

c. 친중국파인 외성인이 박힌 돌이던 본성인인 몰아내고 중요 요직을 차지하자 이를 둘러싼 갈등이 다소 있었다. 본성인들은 외성인에 식민 지배를 당하고 있음을 인지하지 못한다.

d. 장리쉰 집권 이후 하나의 중국 정책으로 지속적인 압박이 들어왔고, 2020년 반중국파가 정권을 잡으면서 본격적인 갈등이 시작된다.

e. 미국에 반도체 산업(중웨이)을 요격당한 중국에 반도체 세계 최고의 기술력(TSMC)인 대만은 절대 놓쳐선 안 될 사안이 됐다. 미국 입장에서도 대만이 중국에 먹히는 것을 막아야 한다.

f. 중국은 군사를 움직여 대만해협을 위협하고 미국도 마찬가지로 각 동맹과 함께 중국을 둘러싸며 군사·경제·외교적으로 압박의 수위를 높이는 중이다.

g. 대만은 반중국파가 정권을 잡은 이후 TSMC를 내세워 미국 라인을 타려 한다. 미국과 갈등으로 반도체 쪽에서 견제당하던 중국은 대만을 먹어 반도체를 가져오고자 한다.

반도체가 가진 현시대의 전략적 가치는 두말하면 입이 아프다.

미국이 중웨이를 때린 것도 중국이 대만을 침공해서라도 반도체를 먹겠다는 것도 전부 생존이 달린 문제였기 때문이다.

세계 1, 2위를 다투는 국가마저도 TSMC를 누가 갖느냐에 따라 향후 향방이 달라질 정도라.

그 사이로 대한민국이 스며들려 한다.

"예전에는 석유로 전쟁이 났다면, 앞으로는 반도체로 전쟁이 날 겁니다. 어떻게, 죽을 각오는 되셨나요?"

차이링 총통의 의기는 높았지만, 현실의 벽은 더 높았다.

대만 뉴스에서 흘러나오는 건 한국과 동맹을 맺겠다는 게 아니라 표결을 하려는 자와 막으려는 자들 간의 공성전이었다.

정원 113석 중 과반수 61석의 민주진보당은 일기당천 중국국민당의 철옹성에 막혔다. 의장의 망치를 빼앗고 옷을 찢고 깍지를 끼고 둘러싸 민주진보당 의원들의 진입을 막았다. 주먹만 휘두르지 않았지 난장판이 따로 없었다. 예전, 우리나라에서 자주 보던 국회 모습. 왠지 공성전은 저런 식으로 하면 안 된다고 훈수 두고플 만큼 익숙하고도 재미있었다.

중국국민당 의원으로 보이는 인터뷰도 나왔다.

≪한국과 동맹이라뇨. 무슨 말도 안 되는 얘깁니까? 한국이 뭔데요? 거지의 나라 아니었습니까?! 세계 최강의 중국이 가까이 있는데 어째서 한국 따위와 동맹을 맺는답니까? 이는 차이링 총통이 우리 대만을 한국에 팔아먹으려는 수작입니다!!≫

보통 뉴스라면 양편의 주장을 같이 싣게 마련인데도 민주진보당 인사의 인터뷰는 나오지 않았다.

TV를 껐다.

"결국 무산됐네요."

"대만이 한국을 아주 싫어한다는 방증이겠죠."

"아니죠. 아직 국민당의 세상이라는 거겠죠."

"어떻게 하실 생각이십니까?"

"목숨 건 자의 각오가 보이지 않네요. 그렇지만 괜찮습니다. 우린 우리대로 갑니다. 대만이 혼란스러울수록 우린 좋겠죠."

장대운은 곧바로 대만 언론을 불러 인터뷰를 했다.

"보니까 요새 대만이 우리 한국 때문에 시끄럽더군요."

"아……예."

기자의 태도가 조심스럽다.

장대운 무서운 것 정도는 안다는 것.

"방송을 보니 어떤 의원 놈이 우리나라를 거지의 나라라고 하더라고요. 또 그런 거지의 나라에 대만을 팔아먹으려 한다고 소리치더라고요. 기자분도 그렇게 생각하세요?"

"아……닙니다. 말도 안 되는 헛소리입니다."

"헛소리죠. 거지의 나라가 어떻게 대만을 사겠어요? 근데 말이에요. 한국이 대만보다 못삽니까?"

"그건……."

"객관적으로요."

"더 잘삽니다."

맞다. 더 잘산다. 훨씬 더 부강하고.

"대만의 젊은이와 주부들이 어느 국가의 문화를 동경하죠?"

"……한국입니다."

"그렇군요."

K팝, K드라마, K영화…… 요즘엔 K푸드까지 대만의 젊은이들과 주부가 좋아라 한다.

고개를 끄덕인 장대운은 기자를 다시 봤다.

"그럼 왜 대만은 한국에 관한 악의적 찌라시들을 양산하는 거죠? 청산리 대첩의 김좌진 장군을 중국계 인물이라 하지 않나. 안중근 의사를 중국 조선족이라지 않나. 한글이 중국의 것이라 하지 않나. 한복의 중국의 복식이라 하지 않나. 김치를 중국의 것이라 하지 않나."

“예?!”

“모르는 얼굴이시네요. 계속 그런 태도면 기자님은 특종을 놓칠 겁니다. 이대로 청와대에서 나갈 생각이세요?”

“아, 아닙니다. 그게 좀…… 부끄러워서.”

“참고로 나는 지금 중국에서 횡행하고 있는 한국에 대한 악의적 찌라시의 상당수가 대만발인 걸 알고 있어요.”

“…….”

고개를 푹 숙인다.

기자도 알고 있다는 것.

혹은 그것에 동참했다는 것.

“물어보죠. 우리가 언제 공자를 한국 사람이라 했나요? 한자를 우리 글자라고 했나요? 한국에 주재하니 더 잘 알 것 아닙니까. 한국 사람 백 명을 붙잡아 놓고 물어도 나오는 답이 똑같다는 걸요.”

“…….”

“무슨 안건만 나오면 한국의 것은 중국의 속국이었으니 전부 중국에서 유래됐다고 하네요. K팝, K푸드, K화장품, K의류, K스타일 등등 전부 중국의 것이었다고 해요. 예전 일본이 그랬죠. 그 지랄하다가 무슨 꼴을 당했나요?”

“…….”

“나는 늘 대만에 묻고 싶었어요. 그렇게 중국을 좋아하고 사랑한다면 국민 투표를 하면 되잖아요. 중국으로 돌아가자. 홍콩처럼 되자.”

“…….”

“중국이 세계 최강대국이래요. GDP도 탑이래요. 그거로 으쓱대요. 중국과 대만이 무슨 관계길래 대만이 자랑스러워하죠? 인구 절반이 월에 300달러도 못 버는 세계 최빈국이 부럽나요? 정치 발언에 대한 자유가 없는 나라가 좋아요? 장리쉰 한 명을 못 당하는 14억 인구에 속하고 싶은가요? 공산주의 독재의 나라로 들어가고 싶은가요?"

"아……닙니다. 절대 아닙니다."

"그럼 모든 일에 대한 원흉은 중국국민당이겠군요. 이래도 흥, 저래도 흥인 중도파 39%는 아닐 테니. 독립국이라 주장하는 민주진보당이 아닐 테니."

결국 대만의 불안 요소는 외성인이 주축으로 된 중국국민당이라 할 수 있었다.

그들의 자금에 움직이는 멍청한 세력들이 말이다.

"……하지만 중국도 무조건적인 억압만 있는 게 아니잖습니까. 시장 경제를 받아들여 상당한 발전을 이뤘습니다."

"구글을 못 하잖아요. 너튜브는 해요? 세계인이 중국의 민주화 운동이라 일컫는 천안문 사태마저 언급도 못 하게 막잖아요. 여기 어디에 자유가 있다는 거죠? 아니, 자유라는 단어를 언급할 수나 있나요?"

"……."

"대만의 33%가 이런 중국에 편입되고 싶답니다. 지금껏 누리던 모든 것들을 포기하고 말이죠."

"그렇지 않습니다. 대만은 독립국입니다."

"그럼 어째서 중국국민당의 당세가 저리도 강세이죠? 따지고 보면 나라 팔아먹자는 놈들이잖아요."

"그건……."

"아직도 미국을 믿나요?"

"……."

"대만이 미국과 어떤 조약이라도 맺었나요? 유사시 미국이 싸워주겠다는 어떤 문서를 남겼나요?"

"……."

없다.

"반면 중국과는 온갖 조약으로 묶여 있던데요. 그럼 중국을 더 믿는다는 건데. 대만은 어째서 중국이 쳐들어오지 않을 거라 확신하죠?"

"……."

"중국이 대만을 탐내는 이유가 뭔가요?"

"그건……."

"이도 답을 안 하면 내쫓깁니다."

"반도체와 바다입니다."

"미국이 도와주겠다는 근본적 이유는요?"

"……반도체일 겁니다."

"이런 마당에 대만은 미국에 반도체 공장을 짓는대요. 그거 짓고 나면 그때도 미국이 대만을 필요로 할까요? 대만 혼자서 중국과 싸울 수 있어요?"

"……."

절대 못 싸운다.

총성은 며칠 터지겠지만, 압도적인 군사력 앞에 항복을 외치겠지.

Chapter. 83

Chapter. 83

“중국이 제 마음대로 영토와 영공을 침범하는 건 대만이 아무리 난리 쳐 봤자 다칠 염려가 없기 때문이잖아요. 왕따 하나 잡아 놓고 마음껏 요리하는 일진 같은 짓 아니에요?”

“너무 심한 말씀이십…….”

“다시 물을게요. 중국이 쳐들어오면 미국이 대만을 위해 싸워 준대요? 그런 조약이 있나요? 세계 모든 지표가 2027년쯤 중국의 침공이 예상된답니다. 2027년이면 미국에 대만의 반도체 공장이 완공될 즈음 아닌가요? 이래도 위기감이 없어요? 이래도 넋 놓고 괜찮겠느니 할 겁니까? 당신은 대만 언론인 아닌가요?”

“…….”

“미국은 아마도 아프가니스탄처럼 철수하고 우크라이나처럼 먼 산 보듯 할 거예요. 대만엔 더 이상 욕심날 게 없을 테니. 아니, 되레

CIA를 보내 TSMC의 그 기술자들을 회유하거나 암살하겠죠. 다 털리고 난 대만은, 대만 국민은 중국에 무슨 꼴을 당할까요?"

"……."

"나는 도무지 이해가 안 갑니다. 홍콩 건을 봤잖아요. 반환 후 50년간 체제 유지의 약속이 고작 10년 만에 헌신짝처럼 버려졌어요. 대만은 어떨까요? 미국에 붙었던 사람들 말이에요. 무사할까요?"

"……."

"우리 한국 얘기가 아닙니다. 너희 대만 얘기예요. 당신이 진정 대만을 위한 우국충정이 있다면 이러면 안 되겠죠. 아닙니까?"

"……어째서, 어째서 갑자기 이런 말씀을 해 주시는 겁니까?"

"우리 한국을 도와줬잖아요. 1950년. 우리가 저 간악한 공산주의자들에게 먹힐 뻔할 때 최일선에서."

"그럼……."

"너희 대만이 곧 공산주의자들에게 먹힐 예정이라서요. 살길을 열어 주려는 거죠. 중도를 표방하는 멍청한 39%는 자기 유리한 쪽으로 몰려갈 겁니다. 중국이 승세를 보이면 중국 쪽에 붙겠죠. 물론 기필코 중국에 편입되길 원한다면 다른 얘기겠지만 원하지 않는다면 도울 의향이 있다 나선 것뿐입니다. 안타까워서요."

"진……심이십니까?"

"아니면, 뭐 대수가 있다고 대만에 손 내밀어요? 지금 한창 북한 개발만도 골치 아플 판에."

"반도체는……."

"대만이 살아남아야 반도체도 있죠. 우리 한국은 오성과 SY가 있어요. 두 기업의 기술력은 TSMC를 넘어섰어요. 이제 국제적으로 인정만 받으면 됩니다."

"무례한 질문이지만. 한국이…… 도움이 됩니까?"

"우린 UN 상임 이사국이랍니다. 지금이라도 내 명령 하나면 중국은 20세기 초로 돌아가야 할 겁니다."

"……!"

"가세요. 가셔서 무지몽매한 대만인들부터 계몽하세요. 이제 5년 남았네요. 어쩌면 2년도 남지 않았을까요? 남은 기간 행복하게 살든지 싸우라고요."

만면에 미소를 띠며 인터뷰를 마치려는데 도종현이 뛰어왔다. 얼굴에 환희가 가득했다. 좋은 소식이다.

"뭐죠? 무슨 일이 있나요?"

"대통령님, 7광구에서 연락이 왔습니다. 드디어 터졌다고요."

"그래요?! 정말입니까?!"

"됐습니다. 됐어요. 이제 우리도 산유국입니다! 아하하하하하하하하하~~~~~."

다음 날로 대대적으로 기사가 떴다.

【대한민국, 산유국 되다!】

【우리 대한민국도 이제 자원 부국이다!】

【원유 1,000억 배럴. 천연가스 600Tcf(1Tcf는 1조㎥, LNG 환산 시 2,100만 톤)의 매장량 확인】

【원유는 미국 내 매장량의 4.5배이고 천연가스는 사우디아라비아의 10배다. 7광구에서 초대형 유전 개발 성공!】

【20조 달러 이상의 경제 효과 예상. 7광구 유전 개발은 신의 축복이다!】

【한국의 1년 원유 사용량 102억 배럴. 향후 100년은 문제없다】

원유도 원유지만, 천연가스가 대박이었다.

600Tcf면 계산상 LNG 129억 톤이 나온다.

한국의 1년 천연가스 사용량이 4,000만 톤으로 봤을 때 약 300년을 쓸 양이었다.

물론 지분 40%가 미국 석유 카르텔에 있지만. 대신 안전을 보장받잖나. 걸린 이권이 많을수록 불안하지만, 걸려 있는 이권이 많기에 또 안전해지는 법이라.

석유 시추 경험도 없는 나라가 60%라도 얻는 게 어딘가? 대성공이었다.

"휴우~ 한숨 돌렸습니다. 참으로 장합니다. 하하하하하하하."

"이 와중에 죄송한데 일이 하나 남았습니다."

"아아, 큼큼, 뭔가요?"

"송유관과 가스관입니다."

"아!"

"이 마당에 석유 화학 공업 지대를 새로 건설할 수 없으니 후보지가 결국 인천과 울산, 두 지역인데요. 어느 쪽으로 가는 게 맞을까요?"

"울산으로 하시죠. 인천은 도신유전이 있으니까요."

이 한마디에 7광구의 원유과 천연가스가 울산으로 향하게 되었고 울산은 또 한 번의 부흥기를 맞이하게 됐다.

어쨌든 온 나라의 경사라. 7광구 유전이 향후 우리나라에 어떤 결과를 미치게 될지에 대한 홍보가 중요했다.

"관련된 내용 정리해서 언론부에 주세요. 신나게 떠들라고요."

"좋아할 겁니다. 신설 후 오권 분립의 효용성에 대해 의문을 갖는 부류들이 있었는데 쏙 들어가겠네요."

"익숙해지면 됩니다. 어차피 방송과 신문은 각 방송사와 신문사 장비를 활용하잖아요. 소속만 바뀌었을 뿐이지."

"제가 걱정인 건 삼권도 감당이 안 됐는데 오권의 고인물화가 과연 의장과 부의장의 권한 견제만으로 막아질 성질이라 보시냐는 겁니다."

"그렇다고 언론과 종교가 개인의 사적 수단으로 활용되는 걸 계속 두고 볼 수는 없잖아요."

"그렇긴 하죠. 열심히 마련하긴 했는데 솔직히 전 잘 모르겠습니다. 또 다른 엉킨 실타래가 되는 건 아닌지."

"나아가면 돼요. 계속 진화하면 돼요. 가다 보면 돼요."

언뜻 무책임하게 들릴 수도 있지만.

국민의 균형감이 조정해 줄 거라 믿기에 이런 혁신이 가능하다.

"알겠습니다. 제 노파심이 과했습니다."

"아니에요. 당연히 나올 수 있는 우려죠. 그래서 더 안심됩니다. 도 비서실장님이 경계하고 계셔서."

"뭘요."

멋쩍은 듯 살짝 얼굴을 붉히는 도종현에 장대운은 미소 지었다.

"이제 원래 하려던 건을 살펴볼까요? 유전 때문에 밀린 그것."

"아, 핵 재처리 시설 말이시군요."

"예, 언제쯤 볼 수 있을까요?"

"보고대로라면 반년 정도면 완공될 수 있다고 했습니다."

"예?"

"왜 놀라십니까?"

"생각보다 빨라서요."

개정된 한미 원자력 협정에 따라 한국은 핵연료 재처리에 대한 주도적인 권한을 얻었다.

한일전쟁의 승전으로 2015년 개정 이래 20년간 우리를 묶을 예정이었던 기존 협정이 대폭 수정됐고 이는 전쟁의 승리가 가져다준 또 하나의 쾌거로 불려도 무방하였다.

"이게 그렇게 빨리 건설될 수도 있는 건가요?"

"우리 한국은 기본적으로 세계 최고의 원자력 기술력을 가졌습니다."

응, 인정.

"그렇다 해도 사용 후 핵연료 재처리 기술만큼은 심하게 낙후됐다고 알고 있었는데요."

"그래서 미국의 기술력을 전수받은 거 아니겠습니까."

24시간의 선점, 네 개국이 부랴부랴 달려올 때 미국과 한국은 고요한 가운데에서 협상을 마쳤다. 도쿄도를 넘겨주며 얻은 여러 가지 이득 중 하나가 바로 사용 후 핵연료 재처리 기술이었다.

한미 원자력 협정은 핵에 대한 네 가지의 주요 현안을 다루었는데, 사용 후 핵연료 관리, 원전 연료의 안정적 공급, 원전 수출 증진, 핵 안보였다.

이번 기회에 한국은 핵 안보를 제외한 모든 제한에 대한 금제를 풀었다. 핵 안보는 한국의 핵무기 개발과 보유에 관한 건이라 미국도 절대 사수라고 하여서.

"시간문제였긴 하나 그래서 더 고무적이기도 합니다. 우리나라는 시간이 부족하고 미국의 재처리 기술은 최소 5년의 시간을 벌어줬으니까요."

"시간문제였으나 고무적이라."

"왠지 이율배반적인 느낌이 들긴 하지만 그게 맞습니다. 현재 우리나라는 사용 후 핵연료가 처치 곤란한 수준으로 쌓여 있습니다."

"처치 곤란하다고요? 대체 얼마나 되는데요?"

"한국 원자력 안전 기술원 자료에 따르면 첫 원전인 고리 1호기를 가동한 이래 40년이 넘는 기간 동안 쌓인 사용 후 핵연료가 무려 2만 톤에 달한다고 합니다."

"2만 톤이요?"

장대운은 순간 이게 얼마나 되는 건지 감이 잡히지 않았다.

"현재 사용 후 핵연료 저장률이 고리 1호기 100%, 2호기 94%, 3호기 96%, 4호기 94%, 신고리1호기 69%, 신고리2호기 74% 수준입니다."

"평균 85%가 넘었다는 건가요?"

"이외에도 한울, 새울, 월성 등이 있는데 이놈들은 아직 버틸 만하여 제외하였습니다."

"결국 그것도 가득 찰 거 아닌가요?"

"예, 그래서 한국 수력 원자력 공단 이사회가 2030년까지 임시 건식 저장 시설을 건립하기로 결정했는데요."

"건식 저장 시설은 또 뭔가요?"

"기존에는 습식 저장 시설을 운용하였습니다. 고온의 연료봉을 수조에서 식혀 저장하는 방식인데 건식은 공기 중에 식힌다는 점이 다릅니다."

"공기 중에서요? 그게 돼요?"

사용된 연료봉은 엄청난 고열을 뿌린다고 들었다.

"간단하게 콘크리트, 금속 용기에 저장한다는 겁니다. 하지만 문제는 보관 자체가 아닌 주민들의 원성이 커지고 있다는 겁니다. 그들의 말도 일리가 있고요."

"뭐라는데요?"

"물속에 두는 것도 불안한데 지상에 따로 건물을 두고 보관한다는 게 불안하다는 겁니다. 지하 땅굴을 파도 불안한 판에 바깥에 두는 게 맞냐는 거죠. 피폭되면 순식간에 목숨을 잃을 만큼 강렬한 방사선을 내뿜는 사용 후 핵연료를 고작 건물 하나로 방어할 수 있냐는 질문은 당연하겠죠. 참고로 사용 후 핵연료가 안전해지려면 최소 10만 년 이상 관리해야 합니다."

"헐~."

10만 년이나 담아 둘 용기는 이 세상에 없었다.

언젠가 사고가 터질 거라는 것.

"이런 물건이 계속 바깥에 쌓입니다. 그냥 둬도 불안한데 어떤 미친놈 하나가 묻지마 폭탄이라도 터트리면, 누가 미사일이라도 날리면 아니, 진도 6 이상의 지진이라도 난다면 어쩌냐는 거죠."

"다른 곳으로는 못 옮겨요?"

"현행법상 원전 내 이동밖에 못 합니다."

"그럼……!"

"임시 저장 시설도 원전 내에 있다는 겁니다. 그것도 주차장에 짓고 있다고. 후쿠시마의 악몽이 경주에서 안 벌어지리라고 누가 자신할 수 있겠습니까? 짓는 건물도 콘크리트 두께가 겨우 40cm라던데요."

"40cm라고요? 120cm가 아니라?"

혹여나 사고가 생겨 방사선이 새어 나오더라도 100cm 이상 두께의 콘크리트 벽이 있다면 상당 부분 상쇄하거나 막아 낼 수 있다. 40cm라면 안 된다. 너무 불안하다.

그렇다고 어디로 옮길까? 법이야 바꿀 수 있다지만 대체 어디로? 누가 이 혐오 시설을 받아 줄까? 안 그래도 원전이 들어선 마을엔 사람이 들어가질 않는데.

"세계는 어떻게 하나요?"

"뚜렷한 대책이 있는 나라는 없습니다."

"……."

"이 시점, 영구 폐기장이 한 방편이 될 수 있겠지만, 이 좁은 땅덩이 어디에 그걸 짓고 또 허락받을까요?"

"……머리 아프네요. 방사능 폐기물을 자연 상태로 돌리는 기술이 없다면 하나 마나 한 논의잖아요."

"그래서 재처리 기술이 중요하다는 겁니다."

"보관이 아닌 재사용이 가능하니까요?"

"처리에 대한 완벽한 해결은 아니지만, 저장고의 포화를 억제시킬 큰 수단이 될 겁니다."

"하아…… 짜증 나네요. 진작 이게 풀렸으면 이런 고통을 덜 겪이도 됐을 것 아닙니까."

"예."

"하여튼 미국…… 미국…… 미국……."

과거 유신 정부에서 핵 개발을 시도했다는 건 인정하겠다. 이 때문에 온갖 음모론이 나돌았고 신군부는 백곰 미사일 프로젝트마저 포기하기에 이른다.

그런데 미국은 이 일을 빌미로 잡아 한국을 핵무기 제조에 있어 위험 국가로 분류, 온갖 제약을 가하기 바빴다. 바로 작년까지도 한국의 사정을 감안하지 않은 채 수십 년 전의 일로 압박해 댔으니.

그래서 세계 최고 수준의 원자력 기술을 보유했음에도 한국은 사용 후 핵연료 문제에서만큼은 후진국 수준에서 벗어나질 못했다.

"2차 세계대전을 일으키고 진주만을 공격한 일본에는 재처리를 허용해 놓고 개망나니 새끼들."

이쯤 되니 슬슬 꼬라지가 올라왔다.

"신경질 나는데 이참에 핵무기 제조에 있어 위험 국가로서의 면모를 제대로 보여 줄까요?"

"예?"

"사용 후 핵연료 처리 기술은 방향성을 잡기에 따라 고농축 우라늄도 얻을 수 있고 20% 미만의 저농축 우라늄으로 원전의 연료로 삼을 수 있는 거 아니에요?"

"그……렇습니다."

"지금 우리에겐 러시아에서 들어온 핵 잠수함 기술이 있어요. 뜯어낸 김에 핵 항공 모함 기술도 받았죠."

이도 국방부에 한국형 핵잠, 한국형 핵 항모에 대한 논의를 넘긴 상태다.

"대통령님, 설마……."

"핵무기 정도는 막 찍어 내도 되는 거 아니에요?"

"NPT에서 탈퇴하시겠다는 겁니까?"

"NPT 10조 1항 모르세요?"

- 각 당사국은 당사국의 주권을 행사함에 있어 본 조약상의 문제에 관련되는 비상사태가 자국의 지상 이익을 위태롭게 하고 있음을 결정하는 경우에는 본 조약으로부터 탈퇴할 수 있는 권리를 가진다.

"3개월 전 통보만으로 탈퇴가 가능하잖아요. 중국을 조금만 자극해도 탈퇴는 어렵지 않아요."

"미국과는……요?"

"고민해 보자는 거죠. 플루토늄이 자체 수급이 된다면 우리가 스스로 날개를 꺾을 이유가 있나요?"

"그야…… 계산상으로 월성 원자로에서 추출한 폐연료봉에서만 플루토늄 26톤을 얻을 수 있다고 합니다만. 이게 과연 괜찮은 방법인지……."

"그거면 핵무기 몇 기나 나오나요?"

"그게…… 전략이냐 전술이냐에 따라 다르겠지만, 최소 5천 기일 겁니다."

"에엑! 5천 기나요?"

오필승 디펜스에 있는 미사일 3천 기 전부를 핵미사일로 전환시킬 수 있다는 얘기였다.

그것이 아니더라도 지금 국방부에서 생산하는 모든 현무 미사일에 장착할 수 있다는 것.

"와우! 답이 여기 있었네요. 대한민국의 국방력을 단숨에 세계 톱클래스로 이끌 방안이."

"사실 그렇긴 합니다. 우리나라는 마음만 먹으면 1년 안에 최소 몇백 기의 핵미사일을 보유할 수 있는 강대국입니다."

한국의 경제력과 기술력이 이 정도 수준이란 것이었다. 일본을 신탁 통치하느라 바쁜 미국, 러시아, 중국, 프랑스, 영국이란 다섯 개 핵 강국에 꿀릴 것이 없다는 것. 모든 게 마음먹기에 달렸다는 것.

"진짜 그렇다는 거죠?"

"예."

"오케이."

손바닥을 비비기 시작한 장대운은 이 결정이 훗날 어떤 영향력으로 돌아올까 계산하였다. 긍정적, 부정적, 여부를 떠나서라도 감당 가능한 수준인지.

그때 문이 열리며 정홍식이 들어왔다.

"중국의 왕슈 외교부장이 급히 면담 신청을 넣었습니다. 어떻게 할까요?"

"왕슈가 뜬금없이 왜요?"

"막무가내로 입국부터 했답니다. 지금 중국 대사관으로 들어갔답니다."

"아 씨, 바빠 죽겠는데."

"돌려보낼까요?"

돌려보낼까?

"아니에요. 오라고 하세요. 뭔 일로 찾아왔는지 들어나 보게."

"옙."

30분이 지나지 않아 조금은 야윈 왕슈가 들어왔다.

"어서 오세요."

"급하게 요청했는데 허락해 주셔서 감사합니다."

"뭘요. 내가 늘 집에 있는 거 세상이 다 아는데."

직간접적으로 본론이나 꺼내라고 하니 왕슈가 잠시 좌우를 훑었다.

좌편에는 정홍식이, 우편에는 도종현이 서 있다.

"크흠……."

조금은 불편한 기색이다.

그러든 말든.

"뭐 하세요?"

"아, 예. 사실은 정식 항의차 방문했습니다."

"정식 항의요?"

정식 항의의 개념이 언제 바뀌었나?

뭐지?

"일전 신탁 통치에 대한 협상 때 대통령께서는 분명 하나의 중국을 존중한다고 하셨습니다. 아닙니까?"

"맞아요. 존중한다고 했죠."

"그런데 어째서 대만과 상호 방위 조약을 맺으시려는 겁니까? 대만을 싫어하지 않으셨습니까? 이상한 가짜 뉴스를 자꾸 뿌린다고요."

아아, 이 얘기구나.

언젠가 한 번 찾아올 줄 알았다. 예전, 밀실 협의 때 중국과 이런 대화를 나눈 적이 있긴 했다.

∽ 간단합니다. 하나의 중국을 존중하기 때문이죠.

∽ 아아, 그렇습니까? 몰랐습니다. 우리의 기조를 지지하시는지.

∽ 북한만 건들지 않으면 중국이 어떻게 가든 한국은 변하지 않을 겁니다.

∽ 아아, 명심하겠습니다.

∽ 물론 그것도 있지만, 사실 대만이 원체 한국을 싫어하잖습니까. 무슨 억하심정이 있는 건지 있지도 않은 이상한 가짜 뉴스를 대량으로 뿌리더라고요. 중국에 떠도는 한국 관련 가짜 뉴스의 대부분이 대만발인 건 아시죠?

∽ 그야…….

∽ 전이라면 모르겠지만, 우리 한국은 이제 대만 따위에 신경 쓸 겨를이 없습니다. 무지막지한 예산이 들어와요. 영해가 말도 못 하게 넓어졌어요. 국가를 발전시키고 새로 생긴 영토를 확고히 하는 것도 벅찹니다.

∽ 영명하신 판단이십니다. 하하하하하하, 역시 백 년에 한 번 나올까 말까 한 영웅답게 화통하시군요.

∽ 영웅이요?

∽ 아니 그렇습니까? 저 미개한 섬나라 놈들을 일벌백계로 징계한 거로 모자라 세계 최강대국을 상대로도 아주 많은 것들을 얻어

내시지 않았습니까. 이를 영웅이라 부르지 않으면 누굴 영웅으로 부를까요? 하하하하하.

ᔕ 감사합니다. 그리 말씀해 주시니 마음이 한결 편해지는군요.

너흰 대만을 가져라. 대신 북한은 내 거다. 센카쿠 열도에 관해서도 다시는 영유권을 주장하지 마라. 규슈 줄게.

딜에 성공해 현재의 구도가 만들어졌다.

이게 진실이긴 한데.

"이것 참, 어이가 없네요. 아무리 구두라고 해도 약속은 나만 지킵니까?"

"예?"

"왜 아직도 선양군구가 압록강 근처에서 얼쩡거리죠? 그 이름에 맞게 선양으로 물러가야 옳은 게 아닌가요?"

여기에서 중국의 속내가 드러난다.

규슈도 욕심나고 신탁 통치에 참여하는 다른 네 개 국가에 뒤질까 봐 얼른 딜을 하긴 했는데 가만히 생각해 보니 북한의 잠재력과 한국의 기술력이 합쳐지는 게 두렵다. 그 순간 벌어질 중국의 영향력 축소가 걱정된다.

중국을 위협하는 새로운 생산 기지 건설에 한 손 들어 준 꼴이 된 게 아닌가? 그걸 방해하기 위해 긴장감을 해소시키지 않는 것이다.

"오해입니다. 그리고 정정하셔야 합니다. 선양군구는 개편에 따라 정식 명칭이 바뀌었습니다. 북부전구로. 지금 절차에 따라 부대를 옮기는 수순에 돌입했습니다."

"그래요? 바뀌었군요. 근데 사령부 건물도 다시 짓는답니까?"

"그건……."

"원래 있던 자리로 돌아가라는 거잖아요. 협약한 지 벌써 반년이 넘었어요. 선양군…… 북부전구가 중앙의 말을 안 들어요?"

"그렇지 않습니다. 모든 절차를 안전하게 수행하기 위한 준비 작업이 조금 길어졌을 뿐입니다."

"거참, 이상하네요. 압록강 근처로 올 땐 채 며칠이 걸리지 않더니."

"그거야……."

"우리도 안전을 위해 대만과 동맹을 맺으려는 겁니다. 중국이 언제 쳐들어올지도 모르는데 넋 놓고는 못 있죠."

"대통령님! 방금의 발언은 외교적으로 문제가……."

장대운이 정홍식을 보았다.

"정 장관님, 왕슈가 나한테 소리치는데요."

"안 그래도 아까부터 비위가 틀어지던 참입니다. 건방진 놈이 감히 누구한테."

정홍식이 성큼 앞으로 나서자 왕슈가 흠칫 놀라 입을 다물었다.

"왕슈야, 너 지금 누구한테 소리친 거냐?"

"뭐, 뭐요?"

"한 번만 더 까불면 내가 끌고 간다. 마지막 경고다. 조심해라."

"……."

결국 왕슈는 더 이상 아무 말도 못 하고 청와대를 나갔다. 이 일로 한국과 중국은 다시 살얼음을 걷는 관계로 바뀔 것이지만.

상관없었다. 중국을 철저히 믿느냐고 묻는다면 나는 절대 아니라고 답할 인간이니까. 그런 인간을 보면 일대일로의 말로를 대뇌에 직접 박아 줄 인간이니까.

언젠가 벌어질 일이었다. 그걸 주도적으로 이끌었다는 게 다를 뿐.

“대만도 사실 죽든 말든 상관없지. 그 일이 중국의 바닷길을 넓히지 않는다면, 중국의 반도체 굴기를 완성시키는 게 아니라면 영원토록 모른 척해도 되겠지.”

국제 역학이란 이런 것이었다.

힘이 없으면 이렇게나 처참했다.

◇ ◆ ◇

대만이 한국 동맹이라는 이슈로 한창 소용돌이를 일으키고 있을 때 미국은 매디슨 라이트가 승리하며 백악관의 주인이 되었다.

그리고 대략의 소감과 업무 보고, 방침을 밝힌 그가 제일 먼저 택한 건 한국행이었다. 적어도 몇 달은 바이든이 싸놓은 똥을 치우느라 바쁠 줄 알았는데.

곧장 날아와 앞에 앉는다.

“당선을 축하드립니다. 미스터 프레지던트.”

“하하하하하하, 모두 장 대통령님 덕분입니다.”

“내 덕분이 어딨나요? 모두 라이트 대통령님의 능력이시죠.”

“그러지 마십시오. 이렇게 제일 먼저 달려오지 않았습니까. 나는 내 그릇을 잘 압니다.”

“…….”

"앞으로도 많이 도와주십시오. 나는 장 대통령님의 한국과 공생을 길을 가고 싶습니다."

살다 보니 이런 날도 다 만나 보는구나. 미국 대통령이 직접 와서 잘 부탁한다고 고개를 조아리다니.

조지 부시도, 찰스 그랜즐리도, 막상 대통령에 당선된 후부터는 미국 대통령으로서 권위를 세우려 했다. 동등 혹은 조금은 우선한 관계.

그것이 맞기에 인정해 주었건만, 이 녀석은 초장부터 그럴 뜻이 없음을 밝힌다. 새로운 유형의 캐릭터였다.

"미국과 한국, 진정한 혈맹의 길로 가길 원합니다."

가려운 곳까지 긁어 주고.

"……."

그러나 맥락을 읽어야 했다. 이 녀석이 대체 무엇을 원하기에 자세를 이리도 낮출까?

우선 머리에 걸리는 걸 던져 봤다.

"혹시 중국 때문입니까?"

"……!"

반응이 있다.

"중국 때문이군요."

"하아…… 뭐 여지가 없군요. 어떻게 단박에 아실 수 있습니까?"

굉장하다는 듯 표현하지만, 아직 여유가 있다.

이 반응을 믿으면 안 된다는 것.

겪어 본 미국 정치인이란 마트료시카 인형 같아서 의도에 의도를 또 그 속에 의도를 숨긴다.

"중국은 표면적인 이유로군요. 무엇이 라이트 대통령님을 이곳까지 오게 만들었을까요?"

"……."

"일본은 아닐 테고 남은 건 북한인데. 북한 시장을 더 빨리 열라는 겁니까?"

"……."

미간이 꿈틀. 이게 진퉁이다. 그렇지만 혹시 모르니 여기에서 한 번 더 들어가 본다.

"공화당과 무엇을 합의 본 겁니까? 북한으로 다시 민주당의 20년을 지울 대계획을 세우랍니까?"

"……."

"답을 안 하시네요. 도움을 바란다면서."

"……아닙니다. 너무 황당해서요."

"무엇이 말입니까?"

"공화당 심처에 장 대통령님의 사람이 있습니까?"

"내 말이 맞나 보네요."

"이렇게 된 거 더 감춰선 안 되겠네요. 그것마저 알 것 같다는 위기감이 돋았어요."

"말씀하세요."

"후우~~ 정확히 말씀드리자면 미국을 위한 20년 계획을 세웠습니다."

"그 중심에 한국이 있다?"

"……예."

물어보지 않아도 알겠다. 중국을 견제하고 북한을 키워 놓아시아에 새로운 구도를 짠다.

이 과정에서 중국의 견제 카드로 한국을 내세우고 미국은 지원격으로 머물다 결정적일 때 단물을 빤다.

나쁘지 않은 계획이었다. 미국 입장에선.

한국도 나쁘지 않았다. 미국의 인정이 뒤따를 테니.

"어떻게 이렇게 쉽게 꿰뚫을 수 있습니까? 정말 장 대통령님은 무섭습니다."

"추측은 어렵지 않았습니다."

"그……래요?"

말도 안 된다는 표정이다.

"한국을 병합하겠다는 계획이 아니라면 나올 만한 건 뻔하죠. 그중에서 미국의 이익에 가장 부합하고 실현 가능한 걸 뽑으면 됩니다."

"허어……."

너희 미국이 내 손안에 있다. 그리고 인정해 줬다.

"결론적으로 말해 환영입니다."

"예?! 거부 안 하시고요?"

"그럴 이유가 없죠. 동아시아 역사를 잘 모르셔서 그런가 본데. 우리 민족은 원래 저 중국 민족을 발아래로 두고 호령하던 민족입니다."

"……예?"

무슨 말인지 못 알아듣겠다는 표정이었다.

매디슨이 동아시아 역사에 무지하다는 뜻이다.

"잘못된 위정자를 만나 쇠락을 거듭하고 급기야 20세기 초에는 식민지로 전락하는 수모를 겪은 거로 모자라 허리까지 동강 잘렸지만, 지금 보십시오. 여기 어디에 전쟁의 폐허가 있나요?"

"아……."

"고대의 한국인은 대륙을 질타했어요. 그 기상 때문에 주저앉지 않고 다시 일어선 겁니다. 원래 뛰어난 민족이었으니."

"그……렇습니까?"

여전히 잘 모르겠다는 표정.

"예를 들어 보죠. 현재의 중국은 미국과 세계 패권을 두고 다투는 나라예요. 맞습니까?"

"감히 그런 행동을 하죠."

"이런 중국을 어려워하지 않는 나라 보셨나요? 저 유럽을 포함해서."

"못 봤습니다."

"그럼 한국은요?"

"그야……!"

"정치, 경제 분야를 떠나면 민중은 중국을 개무시하죠. 더러운 떼놈들의 나라라고. 한때는 일본도 그랬습니다. 세계 최고의 경제대국을 두고도 쪽바리 정도는 간단하게 이길 수 있다고 말하고 다녔죠."

"……."

이걸 믿어야 하는지 말아야 하는지 모르겠다는 표정이 나온다. 그러든 말든.

"이 자신감이 어디에서 출발했을까요? 역사를 통틀어 1천여 번의 침략을 받은 국가가 어째서 두 강대국을 두고도 이런 자신감을 품고 있을까요? 그 이유가 뭘까요?"

"설마…… 그들을 지배해 본 경험이 DNA 속에 있다는 겁니까?"

"잊지 마세요. 중국이 현재의 중국으로 확립된 건 고작 200년밖에 되지 않았습니다. 그도 만주에서 유래한 민족의 통치를 받았습니다. 지금 중국이 생산하고 있는 역사는 거짓이에요."

"아…… 청나라 때부터란 말씀이시군요."

청나라까지는 아는지 매디슨도 고개를 끄덕끄덕하였다.

"우리 민족은 세계 어느 민족과 비교해서도 아주 특별한 본능을 갖고 있어요. 다른 지역은 새로운 지배자가 등장하면 백성도 순응해 그들을 받아들여요. 중국은 200년마다 지배자가 바뀌었고 일본도 그렇고 저 유럽도 물론입니다. 힘없는 백성은, 민중은, 늘 그래야 했어요. 그런데 말입니다. 우리 민족은 외세의 침략을 받으면 위정자가 아니라 백성이, 민중이 먼저 일어나요. 새롭게 등장한 세력에 맞서 싸워요. 전 세계를 지배한 몽골로부터도 세 번이나 침략받았죠. 올 때마다 계속 싸웠어요. 일본과도 보세요. 지금까지 싸웠습니다. 중국이랑은 안 그럴까요? 저 중국이 바보라서 이 땅을 흡수하려 들지 않았을까요? 중국 역사에서 한반도를 건들다 망한 국가가 한둘이 아니에요. 자기도 죽는다는 걸 아니까 일정 이상 관여 안 한 겁니다."

"……."

"내가 이 시점, 이 말을 꺼내는 이유를 아세요?"

"……모릅니다."

"중국은 우리에게 맡기라는 겁니다. 어설프게 이래라저래라 관여하려 하지 말고. 전적으로 말이죠. 그럼 미국은 머지않아 세계 유일무이의 최강대국 영예를 회복할 겁니다."

"……."

할 말이 없는지 매디슨은 상기된 표정만 지었다.

차만 홀짝이고.

이해한다. 나름대로 심모원려의 계획을 짜왔는데 갑자기 타이슨이 나타나 어퍼컷을 돌린 거다.

잽 몇 번 날리다 KO 당한 기분이겠지. 오면서 몇 번이고 준비한 시나리오가 허망하게 무너졌으니.

그러나 매디슨의 눈에 다시 빛이 들어온 것도 순간이었다.

"하나 물어봐도 됩니까?"

"예."

"맡기라 하셨는데 한국은 최강대국의 자리가 탐나지 않습니까?"

"후후후후후……."

"왜 웃으시죠?"

"그따위 게 탐나는 민족성이었다면 국시(國是)가 홍익인간이 아니었겠죠."

"홍익인간이라면……?"

"널리 인간을 복되게 하라."

"예?!"

고개를 갸웃.

"한국은, 우리 민족은 시조라 믿는 분부터 공생을 말했습니다. 저 아득한 고대부터 주변과 같이 잘 살자고 말했다는 거죠. 싸우지 말고. 서로 행복하게."

"아……."

입을 떼.

"그만한 국력이었다는 겁니다. 그런 여유를 부려도 되는 민족이었다는 겁니다."

"……."

"최상대국이요? 그거 가져서 뭐 해요?"

"……."

"그런 게 탐나는 민족성이었다면 저 중국은 이미 역사에서 사라졌을 겁니다. 어떻게서든 박살을 내놓았겠죠. 당신의 그 잘난 씽크탱크들에게 물어보세요. 우리 민족이 어떤 민족성을 가졌는지. 미국은 그저 공평하게만 대우해 주면 됩니다. 약간의 손해쯤은 웃어넘길 줄 아는 민족이에요. 협상만 잘하면 됩니다. 어려울 때 도와준 걸 잊지 않는 민족입니다."

"……."

"그래서 더 미국은 우리를 도와야 한다는 겁니다."

"무……엇을요?"

"남북이 힘을 합칠 수 있도록. 이상한 규제로 자꾸 억압하려고만 하지 말고. 우리 민족이 은혜를 입었다 판단하면 무슨 일이 벌어질까요? 미국의 번영을 도왔으면 도왔지 절대 깨트리지 않겠죠. 터키 보세요. 아직도 형제의 국가라고 합니다."

"좋습니다. 좋아요. 그럼 이 시점, 우리 미국이 남북을 위해 무엇을 해야 하는 겁니까?"

좋은 타이밍의, 아주 적절한 질문이었다.

장대운은 현인처럼 미소 지었다.

"북한과 평화 조약을 맺으세요. 북핵은 언급하지 마시고요. 미사일 사거리만 주변 일대로 제한하면 북한도 별말이 없을 겁니다."

"아……."

"철도부터 깝시다. 도로도 급합니다. 수백 개의 도시가 세워질 거예요. 이 사업을 마냥 놔둘 생각이세요?"

미국이 중국을 박살 내고 싶으면서도 감히 건들지 못하는 건 오직 싼 제품의 물가 상승 억제 때문이었다.

북한이 그 자리를 대체한다면 미국이 망설일 이유가 더는 없었다. 오늘은 그걸 확인하는 자리였다.

매디슨의 행동은 재빨랐다. 그의 입장에서야 앞으로 벌어질 일이 미국의 동아시아 대전략과 선을 같이한다면 한국이 아닌 미국이 주도하는 게 옳았으니.

인터뷰에서 북한 문제에 대해서만큼은 자기가 직접 들여다보겠다 선언했다.

≪……참으로 지난한 세월을 보낸 것 같습니다. 우리 미국이 도대체 무엇이 무서워서 저 북한을 따돌리지 못해 기를 썼는지 모르겠습니다. 저 소련과도 손잡고 중공과도 손잡았는데 말이죠. 순전히 자존심 싸움이었다는 걸 고백합니다. 그렇기에 선포하기에 주저할 수 없었습니다. 지금까지 가져온 북한에 대한 미국의 전략은 전부 폐기합니다. 새 시대에 맞게 새로운 전략으로 북한을 바라볼 겁니다. 공생을 위한 화합과 평화를 위한 길로 말이죠. 제가 직접 관여할 테니 기대해 주십시오.≫

이 정도까지 해 줬으니 화답이 필요했다.

장대운도 나섰다.

≪동아시아 평화를 위한 미국의 대승적 결정을 환영한다. 한국은 가진 모든 자원을 동원해 미국과 함께 새로운 길을 모색하겠다. 지난 불미스러운 일에도 불구하고 한국은 미국이 회복하고 다시 한국의 영원한 우방으로 돌아올 것을 믿었고 미국은 곧 한국의 믿음에 보답했다. 한국도 미국의 믿음에 보답하길 원하고…….≫

1탄에 이어 2탄도 터트렸다.

≪한국과 미국, 대만의 삼자 동맹을 제안합니다. 쏼라쏼라…….≫

논란은 접어 두겠다.

동맹 제안에 미국마저 끌어들였으니 이 정도면 차이링 총통에게 상당한 힘을 실어 줬겠지 하며 웃음 짓고 있는데.

매디슨이 다시 청와대로 들어왔다.

미국으로 갈 듯하더니 뭐지? 미국 대통령이 이렇게 오래 한 나라에 머무를 때가 있었나?

확실히 캐릭터가 달랐다. 역대 미국 대통령 중에서도 이례적인 행보였다.

"집에 안 가요?"

"돌아가야죠. 그 전에 할 일은 마쳐야죠. 하하하하하."

친근하게 굴기도 하고.

"좋은 소식이 들어왔습니다. 긴히 의논할 건도 있고 말이죠."

"좋은 소식이라고요?"

"이전부터 말이에요. 무슨 일만 꾸미려면 중국이 기민하게 움직여 피해 내곤 했는데 그 이유를 파악해서 말입니다."

"……?"

"배신자가 있었습니다."

"배신자?"

"일본 말입니다. 일본 쪽에서 우리 정보가 중국으로 흘러들어 간 증거를 찾았습니다."

"아…… 그렇군요."

"안 놀라세요?"

"새삼스럽게. 일본 애들 뒤통수치는 거 한두 번도 아닌데 이게 왜 놀랄 일이에요?"

"그……렇습니까?"

우스웠다.

미국, 일본, 인도, 호주의 4자 간 힘을 합쳐 중국을 견제하자며 만든 안보 협의체가 쿼드였다.

대 중국 압박 카드로 들이밀며 온 세계를 상대로 방방 뜨더니 결국 이 꼴이라는 것.

더 비웃어 주려는데.

도종현이 급하게 들어와 TV를 켰다.

오랜만에 중국 대변인이 나왔다.

무엇에 그리도 화가 났는지 격정적인 오페라를 부른다.

듣기 싫어 음소거했다.

"뭐래요?"

"미국이 북한과 평화 조약을 맺는 걸 반대한답니다."

"왜요?"

"말도 안 된다는 얘기랍니다. 미국이 뭔데 중국의 안보 동맹을 훼손시키냐는 거죠."

매디슨을 보았다.

"이거 누구한테 말해 줬나요?"

"예?"

"어제 나온 말이잖아요. 매디슨, 나, 정홍식, 도종현 딱 네 사람만 있는 자리에서. 매디슨 다시 물을게요. 이거 누구한테 말해 줬나요?"

"……설마 우리 쪽을 의심하는 겁니까?"

"방금 쿼드 얘기한 거 잊었어요?"

"……."

황당한지 매디슨의 얼굴에서 어이없는 표정이 나왔다.

장대운도 가소로운 표정을 지었다.

"측근들을 매우 믿나 보네요."

"한국 측에서 흘러 나갔다는 생각은 못 하십니까?"

웃기는 놈이었다.

제 몸에 똥이 묻은 줄도 모르고.

정홍식, 도종현이 배신자였으면 한국은 여기까지 오지도 못했다.

"우리 쪽에서 나갔다면 중국이 겨우 미국, 북한 평화 조약 따위로 언론 플레이 하진 않겠죠."

"……!"

우리에겐 이것보다 더 큰 건이 아주 많다.

"빨리 확인해 보시는 걸 권합니다."

"……일단 알겠습니다."

대기하던 조나단 틸러 비서실장을 불렀는데 매디슨이 지시를 내리기도 전에 비서실장이 먼저 귓속말을 했다. 혹시 몰라 조사했는데 수행원 중 하나가 오염된 것 같다고.

입을 떡 벌린 매디슨이라.

정황만 보더라도 답은 나왔다.

장대운이 피식 웃었다.

"그 수행원이란 놈도 기가 막혔을 것 같네요."

"……!"

귓속말이 들렸냐고 쳐다본다.

"뻔한 것 아니에요? 아이고, 중국도 참 어지간하네요. 한 이삼일 지나서 터트리지. 곧장 노발대발하면 당연히 조사 범위가 줄어들 거잖아요. 그걸 못 참아서 애써 심은 간첩을 버리나?"

"크으음……."

전화벨이 울렸다. 김정운이다. 화상 통화. 받았다.

"어, 나다."

"소식 들었소?"

"중국?"

"그렇소."

"TV로 봤어."

"그 에미나이 새끼들이 지금 압록강 앞에서 시위 중이오. 군사 훈련에 들입했다 말이오."

"뭐라고?!"

우리가 선양군구로 알고 있던, 만주 지역을 호령하는 군부 세력은 2017년 중국의 인민군 개편에 따라 북부전구로 명칭이 바뀌었다. 다른 곳도 마찬가지였는데 기존 인민해방군을 구성하던 7개의 군구가 통폐합을 거쳐 다섯 개의 전구로 바뀐 것이다.

북부전구, 중부전구, 동부전구, 남부전구, 서부전구.

이 중 북부전구에 세 개의 집단군이 소속돼 있었다.

하얼빈 인근에 주둔, 러시아를 견제하고 유사시 북한에도 무력 투사할 수 있는 제78집단군. 랴오양시 인근에서 오로지 북한만을 조질 제79집단군. 산둥성에 주둔하는 제80집단군.

이 중 제79집단군이 김정운이 암살됐다면 한반도에 진주했을 부대였다.

현재 압록강 인근에서 훈련에 돌입한 부대도 또한 역시 제79집단군으로 옛 선양군구의 핵심전력이자 인민해방군 최정예였다. 김정운은 제79집단군 중에서도 여섯 개의 합성 여단이 지금 북한을 두고 으르렁대고 있다는 걸 알렸다. 단순한 압박 카드로 사용하기에는 너무도 과한 전력이. 게다가…….

"테레비 좀 보시오. 저 간나새끼들이 지금 뭐라는지."

휴대폰 속 김정운이 마구 TV를 가리킨다.

얼른 틀어 보니 중국이 동아시아의 평화를 해치는 한국의 오만은 더는 두고 볼 수 없다며 이에 관한 모든 조처를 다 취할 거라고 대목이었다.

뭔 얘긴가 했더니, 밖에서 갑자기 이미래가 들어왔다.

"급하게 보고할 게 있는데……."

지금 해도 되냐는 것.

매디슨을 본다. 재 앞에서 해도 되겠냐는 것.

"하세요."

"오성과 SY 쪽에서 연락이 왔는데 중국 업체가 네온의 계약을 일방적으로 끊어 버리고 판매 가격 또한 40배나 올렸다고 합니다."

네온은 제논(Xe), 크립톤(Kr) 등과 함께 반도체 시장의 급성장으로 주목받는 희귀 가스였다. 반도체 생산에 필수적이라 수요가 가파르게 증가하는 품목.

반도체 노광 공정에 사용되는 엑시머 레이저 가스(Excimer Laser Gas)의 주재료로서 매우 짧은 파장의 자외선 레이저로 웨이퍼 위에 미세한 회로를 새길 때 쓰는데 이 엑시머 레이저 가스 성분의 95%가 네온이었다. 네온은 공기 중에 0.00182%밖에 존재하지 않는 희귀 자원이고.

이걸 우린 러시아, 우크라이나, 미국, 중국에 전량 의존했다. 그리고 현재 러시아와 우크라이나는 전쟁 중이다. 이 물량이 중국으로 갔는데.

"장난친다는 거네요."

"자기들 물량은 기존 가격에 풀면서 한국에만 페널티를 줬다 합니다. 당장 생산을 위해 그 가격에 수입할 수밖에 없다는 연락이었습니다."

"……."

"하아…… 여튼 그 에미나이래. 여간 잔망스럽디가 않디."

김정운도 개탄스럽다고 한마디 한다.

"그래서 일바라고 합니까?"

매디슨도 물었다.

“톤당 5만 달러 하던 걸 200만 달러로 부른다고 합니다. 이도 원하는 만큼 전량 내주지도 않고요.”

“미친…….”

욕만 하고 있을 시간이 없었다.

오성과 SY가 청와대에 이 소식을 전한 건 자기들 힘으로는 방법이 없어서였다.

“자, 현상에 집중해 보죠. 우크라이나는 철저히 망가지고 있고 러시아는 전쟁이 길어져서 괴롭고 남은 건 미국인데 얼마나 지원해 줄 수 있나요?”

“아…… 음…… 당장 움직인다면 지금보다 50% 정도는 더 수출 가능할 겁니다.”

50% 추가라면 필요 물량의 20%쯤 되겠다.

이거라도 어딘가.

“손 좀 써 주세요.”

“알겠습니다.”

“미래 씨가 이 사실을 오성과 SY에 전해 줘요.”

“아, 보고 사항이 하나 더 있습니다. SY 측에서 말하길 네온도 앞으론 자체 수급하기로 결정했다 합니다.”

“그래요?”

주름이 펴질 만큼 반가운 소식이었다.

그래, 이것이었다. 한두 번 당하는 것도 아니고 앞으로도 계속 이런 식일 텐데 당하는 기업 입장에서도 언제까지 당해야 할까?

짜증 날 일이었다. 결국 국산화가 답이라. 기술력이 없는 것도 아니고.

"SY에서 보내온 자료에 의하면 공기 중에 희박하게 있는 네온을 채취하기 위해선 대규모 ASU플랜트(공기 분리 장치:Air Separate Unit)가 필요하답니다. 초기 투자 비용이 많이 발생하지만 SY와 포스콘, TEMC 삼사가 힘 합쳐 기존 설비를 활용해 적은 비용으로 네온을 생산하는 기술을 개발하기로 했다고 합니다."

이 밖에도 SY는 내년 6월까지 식각 공정에 쓰이는 크립톤(Kr)과 제논(Xe) 가스도 국산화에 성공해 원자재 수급 리스크를 최소화하겠다 알렸다.

기업으로서 당연한 일인데.

SY에 대한 호감도가 확 올라간다. SY 회장이 옆에 있다면 안아 주고 싶을 만큼.

물론 이런 와중 SY의 수작도 있었다.

'하여튼 가증스러워.'

말머리에 대규모 ASU플랜트에 초기 투자 비용이 많이 들어간다는 밑밥 말이다.

지원이 필요하다는 것. 이러면 안 해 줄 수가 없다.

"좋네요. 미래 씨는 SY에 대한 지원 방안을 검토해 주세요. 기특한 짓을 하면 마땅히 보상이 뒤따라야지요."

"알겠습니다."

일단 미국산 네온으로 숨을 돌리고 차차 국산 점유율을 높여야겠다 판단하며 매디슨을 보았다.

"50%보다 조금 더 도와주세요."

"그건…… 음…… 일단 들어가서 확인해 보겠습니다. 물론 최대한

도와드리는 쪽으로요."

"당분간 계속 오르겠죠?"

"그럴 겁니다."

"난 오히려 기쁩니다."

"예?"

"우리 민족이 말이에요. 그놈의 정이란 것 때문에 서로의 허물을 보듬어 주는 습성이 있거든요. 그래서 나쁜 건 빨리 잊으려 해요."

"……."

"그럴 때마다 저 중국이 잊지 말라고 건드려 주네요. 기특하게도 말이에요. 정치인으로서 대담히 움직일 수 있게."

"그……런가요?"

잘 이해가 안 간다는 표정이다.

한국에 다른 방도가 없는 걸 아는 중국이 또 어떤 패악질을 부릴지 모르는데 여유를 부려도 되냐고?

40배 올려서 200만 달러 만들었는데 말마따나 100배는 못 부를까.

"걱정할 필요 없습니다. 우린 이런 수작질엔 익숙해요. 예전 일본이 자주 이랬고 중국이 저러는 것도 일상입니다. 미국도 이런 일에 아주 많이 가담했죠?"

"큼, 그건……."

"이럴수록 우린 더 강력한 명분을 쥐게 됩니다. 힘이 없을 때야 억울하게 당해야 했지만 이젠 다르죠. 앞으로 우리 한국이 마음껏 중국을 소외시켜도 누가 뭐랄 수 있을까요?"

씨익 웃는 장대운에 매디슨은 깜짝 놀랐다.

"……!"

되레 중국을 소외시키겠다?

이 상황 어디에 저런 맥락이 있는지.

당하고 있는데 명분이라 한다. 분명 일방적으로 당한 건데 명분이라 승화시켜 버린다.

매디슨은 알 수 없는 논리의 회로에 갇혀 버린 기분이 들었다. 그리고 또 감복했다.

'이럴 수가…….'

매디슨은 그제야 장대운의 진면목에 어느 정도 접근한 기분이었다.

이 사람에겐 위기가 위기가 아니라는 것.

당장은 손해 볼지라도 언젠가 반드시 앙갚음해 준다는 것. 앙갚음해 줄 자신이 있다는 것.

그러고 보니 한국이 네온의 국산화에 돌입했으니 반년? 은 고생하겠지만, 어느 순간 절반 이상을 대체할 테고 중국이 뭔가 잘못됐음을 느낄 때쯤엔 100%에 도달하겠지. 한국은 그런 나라니까.

그건 곧 세계 반도체 점유율 1위 국가인 한국에 저 중국이 휘둘릴 거란 뜻이었다. 가장 큰 고객을 잃는다는 것.

그때 또 문이 열리며 이미래가 들어왔다.

"죄송합니다. 이도 무척 급한 건이라 보고 안 드릴 수가 없습니다. 갑자기 연락 와서요."

"뭔데요?"

"러시아가 한국에 대한 네온 수출을 최대폭으로 늘리겠다는 의사를 보내왔습니다."

최대폭이라고?

"러시아가요?"

"예."

웬열. 매디슨을 보니 표정이 팍 굳는다.

러시아는 본능적으로 싫다는 거다.

그럼 네가 100% 조달해 주든가.

이미래에게 물었다.

"그냥 늘려 준대요? 원하는 건 없고요?"

"다른 원하는 게 있냐고 물었는데도 없다고만 합니다."

"호오…… 이거 재밌네요. 전쟁 중임에도 우리 쪽에 둔 시선은 예민하게 살아 있다는 건데."

다시 매디슨을 보았다.

"이거 강력한 경쟁 상대가 등장했네요."

"……혹시 접촉 중이었습니까?"

"내가 알려 줬소. 한국이 네온 때문에 곤란을 겪고 있다고 말이오."

휴대폰 속 김정운이 대답했다. 이것도 웬열.

"오오, 네가 알렸어? 러시아 쪽 라인이 살아 있는 거야?"

"기건 아니고. 철도 때문에 이번에 뚫었소."

귀여운 것.

아까 얘기를 듣고 급히 연락 넣었구나.

러시아는 얼씨구나 달려들었고.

'불곰 놈들 이럴 때는 또 기민해요.'

유럽발 대 러시아 경제 제재가 막 돌입하려던 시점이었다. 그리고 한 대 쥐어박으면 끝날 거라 예상했던 우크라이나 전쟁이 장기전 양상을 띤다.

마냥 버티는 건 여러모로 문제가 많았다.

전쟁이란 국력을 깎아 먹는 최악의 소모전이다. 하루에만 적게는 수천만 달러가 소모된다.

이런 마당에 경제 제재를 하려는 유럽 놈들에게 꼬리를 말 수도 없고. 국민은 불안해하고.

푸틴의 자존심이 여간 상한 게 아니다.

그런데 가까운 한국이 중국의 깽판에 곤란한 상황에 직면했다고 한다. 이건 아무리 미국이라도 해결 못 한다. 게다가 북한 개발 이슈가 곧 터질 예정이다.

'명분 하나는 기가 막히게 챙기네.'

러시아는 탈출구로, 한국은 해결책으로.

오케이.

다음 날이 되자마자 청와대 대변인이 나섰다.

중국이 북한을 무력으로 위협하고 한국에는 다시 경제 제재에 돌입했다고.

≪중국은 동아시아의 평화를 해치는 행동을 즉각 중단하고 본래 자리로 돌아가기 바랍니다. 아무리 인위적으로 방해하려 해도 역사의 큰 흐름은 되돌릴 수 없음을 인지하세요. 압록강 인근에서 훈련 중인 병력을 뒤로 물리시고. 다시 말하지만, 전쟁은 한 번의 오판으로 돌이킬 수 없는 일이 벌어질 수도 있습니다. 14억 인민들의 목숨을 담보로 잡는 짓은 아주 위험한 행동으로…….≫

≪중국이 다시 한 번 우리나라에 경제 제재를 시작하려 합니다. 수입 원자재의 가격을 갑자기 40배나 상승시켜 버렸습니다. 중국 정부는 기업 간의 일이라 못 박지만 중국 기업 중 중국 정부의 입김에서 자유로울 수 있는 기업은 없다는 걸 전 세계인이 다 압니다. 눈 가리고 아웅은 그만하고. 즉각 중단하세요. 서둘러 원래로 돌리기 바랍니다. 다시 한 번 경고하건대 이 일은 장차 중국의 산업에도 막대한 악영향을…….≫

≪비위 상하면 총칼을 들이밀고, 뜻대로 해 주지 않으면 굴복시키려 하고, 있지도 않은 일을 날조해 유포하는 나라가 중국이란 허상입니다. 그런데 말입니다. 이게 과연 남의 나라 일일까요? 이미 많은 나라가 저 중국의 횡포를 겪고 있지 않습니까? 돈 몇 푼에 중국에 나라의 운명을 저당 잡히지 마시고 어서 빠져나오세요. 중국은 악의 축입니다.≫

이 정도만 하고 슬슬 김정운과 다음 단계로 넘어가려 했는데.

느닷없이 러시아 관영 매체에서 중국을 향해 짱돌을 던졌다.

【북한 인근에서 자행하는 중국의 군사 행동은 명백한 잘못이다】

【중국은 말로만 평화를 사칭하는 위선적인 국가다】

【말 바꾸기의 중국. 언제까지 이 배신의 나라를 기대해야 하는 걸까?】

【5만 달러 하던 물건이 갑자기 200만 달러? 이런 건 중국에서나 가능하다】

【중국산 제품에서 치사량의 독극물 검출. 러시아는 언제까지 중

국 제품을 들여올 것인가?】

【좋을 때만 우방인가? 이런 게 키워 준 은혜에 대한 보답인가? 배덕의 중국】

【러시아가 중국에 전수해 준 기술 가치는 수백조 달러. 돌아온 건 독극물 함유된 싼 제품?】

"불곰 애들이 왜 저러죠?"

"아무래도 우크라이나 전쟁을 돕지 않은 것과 러시아가 주시하는 사업을 망가뜨리려 했다는 것에 분노한 것 같습니다."

"하긴……."

푸린이 장리쉰과 아무런 밀약도 없이 우크라이나에 쳐들어가진 않았을 것이다.

우크라이나에 본때를 보이는 것을 도와준다면 대만 병합 때 도와주겠다. 아마도 이런 협의가 오가지 않았을까?

그런데 결과는 러시아의 졸전과 그걸 보고 슬슬 발을 빼는 중국이다.

가뜩이나 자존심이 상했는데 아무렇지도 않게 모른 척하는 중국을 보고 있노라면 불곰이 가만히 있는 게 더 이상하긴 했다.

다시 한 번 말하지만, 불곰은 상식적으로 판단해선 안 된다. 개들은 자기가 피칠갑 되더라도 이기면 좋아한다.

'일이 재밌게 흘러가.'

속으로 웃고 있는데 이미래가 또 들어온다.

김문호의 부재를 훌륭히 메우고 있다.

"러시아 대사에서 내통령님을 뵙고 싶다 연락이 왔습니다."

"왜 안 오나 했네요."

"예?"

"빨랑 오라고 하세요. 어차피 내가 집돌이인 건 세상이 다 아는데."

"알겠습니다."

이미래가 나간 지 30분이 안 돼 풍채 당당한 백인이 들어왔다. 금발인데 붉은 기가 도니 묘한 분위기를 자아내는 남자였다.

"시니예프입니다."

"장대운이에요. 어서 오세요."

"이렇게 급하게 뵙자고 요청해 죄송합니다. 본국에서 급하게 타진이 와서 말입니다."

"그 일 하라고 있는 자린데요. 그래서 뭐랍니까?"

"메데시프 총리께서 방한하고 싶다는 요청입니다."

메데시프면 푸린의 오른팔이다. 대통령도 해 봤고 푸린의 집권 이후 줄곧 총리직을 수행한 실력자.

러시아의 일인지하 만인지상.

"음…… 알겠습니다. 일정이 나오면 맞추겠습니다."

"감사합니다. 그럼 최대한 빨리 일정을 잡겠습니다."

벌떡 일어나 나가려 한다.

거참, 성격 급하네.

"잠깐만요."

"예, 대통령님."

"이번에 네온 수출 건 감사하다고 전해 주세요."

무려 필요 물량의 50%를 제공하겠다고 해 줬다. 그러자 자극받은 미국이 또 30%를 책임지겠다 하였다.

졸지에 중국에서 수입할 네온이 20% 수준으로 줄었다. 이 사실을 오성과 SY에 알렸더니 역시 대통령이 짱이라고 엄지 척!

SY에 다짐받았다.

이거 믿고 ASU플랜트 개발 중단했다간 알지?

미소 지었다.

"대한민국은 어려울 때 돕는 친구를 잊지 않습니다. 이 말을 꼭 전해 주세요."

"아…… 감사합니다. 역시 대한민국이 해법이었군요."

감격이 철철 넘친다.

한 나라를 대표하는 외교관이 이 정도 반응을 보인다는 건 그만큼 러시아가 쪼그라들었단 뜻이겠지.

시니예프는 기쁜 마음처럼 신나게 돌아갔다.

얼른 정상급 만남을 주선하기 위해, 자신의 임무를 다하기 위해.

장대운도 마다할 이유가 없었다.

중간에 일본이 탈락했다 하더라도 동아시아는 미국, 중국, 북한, 한국, 러시아 다섯 개국의 이해관계에 얽혀 있다.

한국으로선 새로운 시기로 나아갈 이때 또 다른 선택지가 나타난 것과 진배없었다. 게다가 언론 보도부터 네온 수출까지 러시아가 한국에 무척 호의적인 태도를 보인다. 좋은 방향성을 탄다면 강력한 견제 장치가 되지 않을까?

"괜찮네. 희망적으로 흘러갔으면 좋겠어."

그때 문이 열리며 도종현이 들어왔다.

"문호가 오고 있습니다."

Chapter. 84

Chapter. 84

"문호가요?"

뭔 일 있나?

"알았어요."

잠시 기다리니 김문호가 예의 그 시니컬한 표정으로 들어왔다.

"어서 와."

"죄송합니다. 일이 생겨야 들어와서."

"괜찮다. 넌 네 역할을 충분히 했어. 이쯤 쉬는 거 아무것도 아니다."

"죄송합니다. 곧 들어오겠습니다."

"으응? 금방 돌아온다고? 잘 풀리고 있다는 거야?"

"……아닙니다."

힘없이 고개 젓는다. 발전이 없다는 것.

벌써 몇 달째 출근하다시피 하는데.

"이정희 씨도 참 어지간하구나."

실망스럽다.

"아닙니다. 다 제 잘못입니다."

"됐다. 나도 슬슬 마음 쓸 생각이 없어진다."

"대통령님……."

"그래서 뭣 때문에 들어온 거지?"

"동진 배터리와 부성테크가 신기술을 개발했습니다."

"신기술?"

장대운의 미간이 움찔했다.

"이번에 방사능 오염수 정화를 위한 필터를 개발했습니다. 정확히는 동진 배터리의 그래핀 분리막을 이용한 부성테크가 방사능 오염수를 정복했다는 겁니다."

"호오…… 방사능 오염수를 정복했어?"

허리가 자연스럽게 세워졌다.

방사능 오염수라 하면 보통 후쿠시마 오염수가 대표적이긴 하나 지구촌 곳곳에 설치된 원전 대부분이 공통분모로 골머리를 앓는 분야였다.

연료봉을 식히기 위해 대량의 바닷물을 사용하므로 원전 인근 바다는 방사능에 쉽게 노출될 수밖에 구조였으니.

"딱 세 번만 걸러 내면 된다고 합니다."

"1, 2, 3차도 아니고 세 번이라면?"

"시작점에서 한 번, 중간 부분에서 한 번, 방출에서 마지막으로 한 번 거르면 된다는 겁니다."

"그러니까 그 세 번이라는 게 한 번의 공정에서 세 단계만 거치면 된다는 뜻인 거지?"

"예, 첫 번째에서 50%가량 방사능 수치를 낮추고 두 번째에서 남은 수치의 80%를 제거하고 마지막에서 또 남은 수치의 90%를 해결하죠."

50%, 80%, 90%.

즉 방사능 수치가 100이라면 첫 번째에서 50이 걸러지고 두 번째에서 40이 걸러지고 마지막에서 9가 걸러진다는 뜻이다. 세 단계를 거치면 1이나 1 미만이 남는다는 것.

"단계를 더 두어도 되는데 크게 의미 없는 수준이라고 합니다."

"허어…… 대단하네. 핵심이 뭐지?"

"역시 그래핀 분리막이죠. 그게 효자라네요."

"그래핀이라면 우리가 가격을 잡았잖아. 그럼 필터 하나당 단가가?"

"원전에 사용될 크기니까 대략 100만 원 정도 될 거랍니다."

"돈 300만 원에 방사능 오염수가 해결되는 거야?"

"수명도 1개월이라 했으니까 완전 혜자죠."

"부성테크가 또 해냈네."

하하하하, 웃는데.

"앞으로 방사능 분해 기술 쪽으로 영역을 더 넓힐 계획이랍니다."

"이참에 방사능까지 정복하겠다? 낭보네. 낭보야. 이건 세상에 알려야겠지?"

"예, 이미 IAEA 측에 기술 감정을 의뢰했습니다. 성공한다면

IAEA 권고 사항에 들어가게 되겠죠. 아마도 며칠 안에 확인될 겁니다.”

“캬아아~~ 허리 반 동강 난 이 조그만 땅에서 뭔 일이 이렇게나 벌어지는지. 지금도 이럴진대 나중에 합쳐지면 도대체 얼마나 뛰어난 이들이 많이 나올 거란 말이야? 내가 대통령이라지만 대한민국은 정말 불가사의야.”

“이게 전부 대통령께서 보호해 주시고 전폭적으로 밀어주시니 가능한 겁니다. 전이었다면 미처 시러 펴지도 못했을 겁니다. 짓밟혀서.”

“그런가? 내가 잘난 거네.”

“예.”

“아부가 늘었어. 알았다. 곧 들어온다 했지?”

“예.”

“그리 알고 있을게. 안 그래도 중국의 움직임이 심상찮다.”

“죄송합니다. 제 개인 사정 때문에…….”

“니가 남이냐. 괜찮아. 다시 그래도 돼. 너 하나 보호 못 할 대통령이라면 관두는 게 낫다. 안 그래 자식아?”

“감……사합니다.”

“가족들 너무 걱정 끼치게 하지 말고 일찍 와라. 나도 더는 그쪽에 기대 안 할 거다.”

“……예.”

돌아가는 김문호의 등을 보는데.

사랑 참 어렵다는 생각이 들었다.

분명 서로 원한다는 걸 알 텐데 어째서 오기를 부릴까?

그것이 서로에게 상처 주는 걸 모르는지. 같이 불 속으로 뛰어들고 있다는 걸 진정 모르는 건지.

모르겠다. 알다가도 모르겠다. 정말 모르겠다.

◇ ◆ ◇

【방사능 오염수에 대한 해법이 나왔다! 친환경 기업 부성테크 신기술 발표】

【방사능 정복에 한 걸음 다가서다. 부성테크, 방사능 오염수 필터에 대해 알아본다】

【세 단계에 걸쳐 99% 이상을 잡아내는 방사능 오염수 필터. 이 기술의 핵심은 그래핀 분리막이다!】

【동진 배터리 + 부성테크. 초일류 기업의 합작품. 우리는 인류 공영을 위해 걷는다】

【방사능 오염수 IAEA 인증 획득. 어메이징 코리아. 검증단 전부 만점으로 환호를 지르다】

【방사능 오염수 필터로 후쿠시마 오염수에 대한 공포를 극복할 수 있나? IAEA 필수 권고 사항이 될 것으로 유망한 방사능 오염수 필터】

【부성테크 한기성 대표, 자신 있다. 후쿠시마 오염수 따위 한 방에 자연수로 만들겠다!】

【각국 대표단 급파, 방사능 오염수 필터에 대한 문의 급증】

남쪽은 이렇게 좋은데.

김정운은 거의 울상이었다.

"계속 분탕질이야?"

"79집단군만 아니라 78집단군에서 2개 항공 여단, 미사일 여단도 우리 쪽으로 이동 중이라 하오. 이것들이 정말 전쟁하자는 거 아니오?"

"하아…… 욕 나오네."

장대운도 기분 좋게 보던 신문을 집어 던졌다.

상황이 심각하게 돌아갔다.

현재 신의주와 평양을 보호할 수 있는 전력은 자강도의 12군단, 평안북도의 8군단, 예비대로 정주에 위치한 425훈련소가 전부였다. 청진에 9군단, 혜산에 10군단이 따로 있더라도 위치가 함경북도와 양강도다. 너무 멀다. 적이 두만강 쪽으로 내려오면 거길 막아야 한다.

설사 다 모인다 하더라도 이 병력으로는 제79집단군을 막을 수 없다. 더욱이 78집단군까지 내려오고 있다.

만일 교전이 벌어지고 저들이 침공을 시작한다면……. 예를 들어 신의주-평양 간 고속도로를 타고 신나게 남하한다면 평양은 어떻게 될까? 순삭?

더구나 최일선에서 중국군의 남하를 저지해야 할 8군단은 자기들끼리도 거지 군단이라고 불린다. 무장이 개판이라는 것.

'국군통수권자로서 최악을 가정 안 할 수가 없어. 일이 벌어진다면 이는 분명 북부전구만의 문제가 아니야. 중부전구, 동부전구까지 죄다 덤비겠지. 최소 150만의 병력이 한반도로 출격한다는 거다.'

북한을 무대로 제2의 한반도 전쟁이 벌어진다는 뜻이다. 또 한 번의 악몽이.

머리가 아파 왔다.

물론 북한에도 110만의 정규군과 700만에 이르는 예비군이 있긴 한데……. 번뜩 든 생각에 얼른 물어봤다.

"가만, 너 예비로 총 몇 자루 더 있어?"

"갑자기 그거이 왜 묻는 기오?"

"예비군용 총 몇 자루 있냐고?!"

"그건 내부 기밀……. 하아~ 좋소. 말하겠소. 한 300만 정 되오."

"예비군이 전부 투입돼도 300만밖에 못 쓴다는 거네. 나머진 죽창 들어야 하고?"

"……기렇소."

"부끄럽지도 않냐?"

"……."

"탄약은?"

"……."

"연료는?"

"……다 없소."

답답했지만, 이게 북한의 현실이고 지금으로선 어쩔 수 없는 일이기도 했다.

지난 70년간 북한의 최전방은 남쪽이었으니까. 신의주는 최후방이다. 중국의 지원 물품이 들어오던 가장 안전한 통로.

당연히 군기도 개판, 보급 순위에서도 밀린다.

북한의 기본 진막은 북한 강원도, 황해남도, 황해북도에 전 병력의 몰빵. 비율로 따지면 전체 전력의 70% 이상쯤 되려나?

'우리가 걸림돌이 됐다는 거군.'

안 되겠다. 이 사슬부터 끊지 않으면 위협에 대응할 수 없다. 특단의 대책을 내리자.

"우선 너나 나나 휴전선 부대들부터 전부 뒤로 물리자."

"뭐이오? 군을 뒤로 물리자고?"

"우리끼리 겨냥해서 뭐 하려고? 너 설마 쳐들어올 생각이야?"

"아……니오."

"그러니까 너희 북한군 전력 대부분이 우리 쪽에 집중돼 있잖아."

"기야…… 기렇지만…… 안 그래도 함흥에 있는 7군단과 문천의 806훈련소를 신의주로 옮기고 있소."

405훈련소, 806훈련소라 지칭하지만, 사실상 예비 전투 군단이라 보면 된다.

"그거로 되겠어? 압록강 부근에 밀집된 북부전구 병력만 10만이 넘는다. 너희와는 비교도 할 수 없는 무장으로. 그리고 누가 전쟁을 시작한다 알리고 하나. 일단 쏟아붓고 몰려오겠지. 그 순간 북쪽에 배치된 병력은 소멸되는 거야. 빨리 휴전선에 배치된 병력부터 전부 평양 인근으로 올려. 우리도 휴전선 사단들 전부 뒤로 물려 개편할게. 이참에 텅 비게 된 비무장 지대를 개발하고. 어때?"

"갑자기 비무장 지대 개발? 그기 또 그렇게 가는 기오?"

"떡 본 김에 제사 지내자는 거잖아. 어려워?"

"하아…… 참. 머리 하나는 기똥차게 돌아가오."

"일단 만나자. 여유 부리는 건 끝내야겠어. 만나서 남북한 군사합의부터 들어가자."

"흠……."

"어렵냐?"

"합의 하나 하는 게 뭐이기 어렵다고. 다만 말이오."

"뭔데?"

"미국은 어쩔 생각이오?"

미국이라…….

"끌어들여야지."

"결국 그거이 정답이다?"

"미군이 참전할 수 있어야 중국이 함부로 못 군다."

"하아…… 언제까지 끌려가야 하는 거디."

"감정에 젖을 시간 없다. 여차하면 전쟁이다. 한국군이 참전할 수 있는 근거를 만들어야 해."

"으응? 그거이 무슨 소리오? 자동 참전 아니오?"

무슨 개소리냐. 친하다고 자동 참전이냐?

"정운아, 우리 종전했잖아."

"종전했소. 그거이 어이래…… 아! 아아~~."

"맞아. 남북한이 별개의 국가가 된 거야. 전이야 전쟁이 끝나지 않은 상태였으니까 압록강을 넘으면 내 땅에 침략한 게 되지만 지금은 아니라고."

내 참, 말을 하면서도 종전이 이런 식으로 발목을 잡을 줄은 진짜 몰랐다. 잘해 보자고 우격다짐으로 밀어붙였던 게 이따위 후유증으로 나타날 줄이야.

한국은 이미 북한을 주권을 가진 국가라 인정해 버렸다. 법률상 명목상 우리 마음대로 참전할 수 없다.

그 말인즉슨 UN군 참전이 아니라면 한국군은 북한이 정복되든 말든 손만 빨고 있어야 한다는 뜻이다.

그런데 중국이 UN 상임 이사국이다. 애초 UN군 결정 자체가 불가능하다.

'뭐 이것도 김정운이 정식 요청하면 빠져나갈 구석은 있지만, 그렇다 해도 대대적인 지원은 어렵지. 잘못했다간 우리가 침략군의 멍에를 질 수 있으니.'

지금 중국은 한국만 치지 않으면 된다는 인식이 팽배할 것이다. 그러면 미군도 꼼짝 못 할 테고 그러면 고립된 북한 하나 정도는 아주 요리할 수 있을 거라고.

북한을 먹고 거기에서 나올 달콤한 꿀을 빨 생각으로 여념이 없겠지.

'짜증 나는데 장리쉰을 죽여?'

천강인한테 부탁하면 손쉽게 끝낼 수 있다.

그렇게 고위층 몇몇만 죽이면 중국 정권은 알아서 붕괴할 것이고 중국도 분열의 길로 들어갈 텐데.

아아, Show me the money 마렵다.

하지만 장리쉰은 지금 죽으면 안 된다.

최대한 전쟁이 벌어지는 건 막겠지만, 전쟁이 벌어지더라도 우리에겐 나쁠 게 없다는 판단 때문이다.

아니, 우리가 오히려 전쟁이 필요할지도…….

분열된 자아가 통합을 이루는 데 공공의 적은 필수다.

고로 장리쉰이 죽을 때는 지금이 아닌, 우리가 승리하고 전후처리를 마쳤을 때 혹은 패배에 직면했을 때라야만 한다. 왜냐하면 어느 쪽으로 가든 그 영광을 한국이 차지할 테니까. 그렇게 만들 테니까.

그러기 위해선 여러 가지 제반 사항이 필요하였다.

약간의 피해를 감수하더라도 반드시 얻어야 할 강력한 명분을 위해.

"최대한 빨리 만나자. 우리가 먼저 힘을 합쳐야 한다."

"알갔소."

김정운과 전화를 끊자마자 매디슨에게 다시 영상 전화를 걸었다.

금방 받았는데 바쁜 와중이었는지 살짝 얼 타는 표정이었다.

"몇 가지 묻고 싶은 게 있어서요."

"예, 5분 정도 시간이 있습니다. 말씀하십시오."

"지금 아시다시피 중국이 북한을 도발하고 있어요. 미국은 어떻게 하실 작정이세요?"

"아…… 그 얘깁니까?"

"협력을 원한다면 손해도 같이 볼 각오를 해야지 않을까요? 이익만 가질 궁리만 하면 서로 간 신뢰가 없잖아요."

"크으음……."

긴 한숨을 내뱉는 매디슨이었다.

다그치긴 했지만 장대운도 그의 고뇌가 일면 이해되긴 했다. 자기들도 이 때문에 계산기를 두드렸겠지.

이러면 미국의 이익에 부합할까?

저러면 미국에 최대의 이익을 가져다줄까?

그러니 힘 정은 세상 이치가 언제나 한결같다는 것이다.

고수익에는 고리스크가 따라붙는다.

여기에서 고리스크란 중국과의 전쟁이다.

민주주의 사회에서 이런 규모를 혼자 결정할 수 있는 지도자는 없었다. 참모진의 의견도 듣고 의회의 의견도 듣고 전부 다 듣고 난 다음 대국민 브리핑에 들어서고…… 국민적 명분이 원기옥처럼 하나로 뭉쳐졌을 때라야 겨우 가능한 게 전쟁이라는 망종인데.

본래는 그게 맞는데. 문제는 북한이었다.

그때까지 버틸 시간이 있을까?

당장에라도 중국의 오판 한 방이면 한반도 전쟁이 벌어질 것이다. 그리고 한국은 그 순간 북한의 허락이 없더라도, 북한과의 상호 방위 조약 없이도 참전해야 한다. 우리 영토니까. 북한 땅을 눈뜨고 빼앗기는 순간 우리 민족은 다시 미래를 잃고 암흑으로 내리꽂힐 테니.

이것이 참전이 종국의 파멸을 부른다 해도 반드시 싸워야 할 이유였다. 그래서 하루빨리 남북 군사 합의에 들어가려는 것이다.

그것을 명분으로 하여 북한을 위협하는 중국에 대항해 우리도 사전에 중국을 위협할 수 있으니. 예를 들어, 저번 현무 미사일 도발같이.

'다시 정리해 보자. 중국이 북한 침공을 결정한다면 서부전구와 남부전구를 제외한 중부, 동부, 북부 세 개 전구 병력이 한반도에 투입될 거야. 그랬다간 겨우 잊힌 한반도 전쟁의 악몽이 되살아나겠지. 즉 우리는 전쟁을 벌인다 해도 중국 땅에서 해야 해. 우리가 먼저.'

물론 이건 최악의 가정이다.

제일 좋은 건 중국이 허튼짓을 안 하는 건데.

장대운도 매디슨의 대답을 기다리지 않았다.

"경제부터 슬슬 끌고 가려 했는데 남북 군사 합의가 더 시급해졌어요. 미국도 참여하실 건가요?"

"……."

"대답을 안 하시네. 좋은 건 어떻게든 나눠 먹으려 덤비더니. 그새 마음이 바뀐 건가요?"

"……."

어랍쇼. 느낌이 싸했다. 더 심하게 던져 봤다.

"정말 미국 패싱해도 되나요?"

"……."

묵묵부답으로 일관한다. 이 자식 며칠 전까지만 해도 간이든 쓸개든 내놓을 듯하더니…….

장대운은 씁쓸하게 미소 지었다.

결국 이놈도 다른 놈들과 같다는 것이다. 초반 다른 캐릭터를 보여 줘 살짝 기대감을 주더니 쓰읍.

'하긴 어차피 중요한 건 우리의 결단이잖아. 우리가 바로 서면 달려들게 돼 있어.'

전화를 끊으려 했는데 곁에 있던 도종현이 귓속말을 했다. TV를 보라고.

서둘러 TV를 켠다. 중국 대변인이 북한의 4개국 분할 안을 제시하고 있었다.

"……!"

저 능지처참해도 모자랄 새끼가 지금 무슨 말을!!!

저 건방지고도 방자한 입으로 감히 한국에는 평안남도와 황해도를 주고 미국에는 북한의 강원도를 주고 러시아는 함경북도를 넘길 테니 중국을 도와라 말하고 있었다. 중국은 평안북도와 함경남도, 자강도, 양강도를 차지할 테니.

순간 북한 지도가 머릿속으로 그려지는데. 이대로라면 중국이 'ㄴ'자 형태 혹은 대각선으로 북한의 절반을 잘라먹는 거로 모자라 동해로까지 나오게 된다.

말도 안 되는 주장이라 일축하고 싶어도 또 함부로 부정할 수 없었던 이유는 북한의 4분할 계획은 찰스 브랜즐리 행정부 시절 미국이 먼저 기획(원 역사에서는 오바마)했다. 한국만 쏙 뺀 채 UN과 일본, 중국, 러시아의 암묵적 동의를 받았다.

매디슨에게 물었다.

"이거 혹시 중국에 제안받았나요?"

"……."

이것 때문이었나?

어색한 표정으로 앉아 있는 매디슨을 보고 있노라니 세월이 참 무상했다.

이 개썅 새끼들은 도대체 언제까지 이런 짓을 반복할 건지.

욱 올라오는 심정대로라면 북한에 있는 핵무기 몇 개를 받아다 우리 현무 미사일에 심고 싶을 정도였다.

"지금부터 정식으로 묻는 겁니다. 미국은 한국의 적성국입니까?"

"장대운 대통령님……."

"대답하세요. 미국이 한국의 적성국으로 돌아선 겁니까?"

"아닙니다. 우린 70년 혈맹입니다."

"그런데도 북한의 4분할 계획에 찬동했어요?"

"아직 검토 단계입니다."

검토라……

아무리 싼 제품에 목줄이 잡혔어도, 아무리 중국과의 전쟁이 여론과 맞지 않아도, 아무리 안전하게만 가고 싶다 해도…….

'!!!'

아닌가? 다른 노림수가 있던가? 매디슨이 갑자기 얼굴을 바꿀 만한 무언가가 있던가?

장대운은 분기가 치솟았으나 일단 내리눌렀다.

"좋습니다. 지금부터 나도 주한 미군 철수와 미국과의 동맹 파기를 검토하죠."

"장 대통령님!"

"매디슨 라이트. 당신이 도대체 무엇을 얻으려는지 모르겠는데 경고하지만, 북한은 내 땅이다. 난 내 것에 침 흘리는 새끼들은 어떤 누구도 가만히 두지 않아. 충고하는데. 영광도 살아야 보는 법이야. 오래 살고 싶으면 손 떼. 이게 네게 주는 마지막 기회다."

끊었다.

부르르르르.

"이것들이 호의를 주면 꼭 그것이 권리인 줄 알아요."

당장에라도 치트키를 쓰고 싶었지만 억눌렀다.

하긴 언제는 안 그랬나? 사정이 나아졌다고는 하나 이놈들에게 우리는 그저 동양의 작은 원숭이일 뿐이다.

"죄송한데 전달 사항이 하나 더 있습니다."

"아, 죄송해요. 내가 너무 내 생각에만 빠져 있었나 봐요."

"아닙니다. 저도 지금 분노를 최대한으로 억누르는 중입니다."

"그죠? 내 반응이 과한 게 아니죠?"

"믿을 수가 없습니다. 어떻게 북한의 강원도 하나 받으려고 우리와의 관계를 묵살할 수 있죠? 아니, 지금 미국에는 병신들만 있나요? 아…… 아니군요. 우리 반도체와 배터리도 있네요. 이것들이 이참에 여러 가지를 노리는 듯합니다."

"그렇겠죠. 바이든이 그 지랄하다가 개 처바른 게 남 일처럼 여겨질 테니. 어쨌든 중국과 전쟁하기 싫다는 뜻은 분명하게 받았습니다. 내 성격을 알 테니 분명 박 터지게 싸울 것 같은데 거기까진 같이 못 하겠다는 것이죠."

"아니, 우리가 먼저 싸우자고 굴었습니까?"

"그런 상식이 있다면 중국이 이런 짓을 안 했겠죠. 벌써 20년 전부터 중국은 자기 교과서에다 한국의 역사를 자기 것이라 편입시켰어요. 제정신이 아닌 국가예요. 지금 중국의 젊은 세대가 한국의 것을 자기 것이라 우기는 데는 다 이유가 있었던 겁니다."

"결국 싸워야 한다는 거군요."

그랬다. 싸워야 했다. 종국엔 전쟁밖에 답이 없었다.

"문제는 그 타이밍을 우리가 주도적으로 가져가야 한다는 겁니다."

"알겠습니다. 지금부터 모든 사안은 중국과의 전쟁을 두고 진행하겠습니다."

"맞아요. 그게 맞아요. 아 참, 전달할 사항은요?"

"아! 러시아 메데시프 총리가 날아오고 있답니다."

"호오, 벌써 일정 정리가 됐나요?"

"두 시간 후면 도착한다고 연락 왔습니다."

"예?"

지금 출발하는 것도 아니고 두 시간 후면 도착한다고 한다.

출발한 지 10시간쯤 됐다는 얘기다.

정중한 만남이긴 했다. 서로 간 의사 타진하고 일정도 우리 비서진과 조율했으니.

그게 끝나자마자 몸을 실었다는 건데.

무엇이 그리도 급한 걸까?

다른 것도 궁금하긴 했다. 러시아도 북한 4분할 계획을 제안받았을 텐데.

"알았어요. 의전 준비로 바쁘시겠네요."

"예, 조금 급합니다. 괜찮은 날짜를 전해 주자마자 바로 날아올 줄은 몰랐으니까요. 그리고 이제 도착한다는 것도요."

"그만큼 용건이 시급하다는 뜻 아닌가요?"

"예."

"그건 그렇고 대만은 어때요?"

"시끄럽습니다."

"차이링이 영~ 힘을 못 쓰네요."

"대만인들이 무딘 거죠."

"관 짝에 들어가 봐야 정신 차릴 거란 뜻인가요?"

"저는 그런 말 한 적 없습니다. 다만 홍콩 꼴을 보고서도 저러는 건 좀……."

웃어 줬다. 사실 그런 걸로 따지면 우리 국민도 크게 할 말은 없었나. 이랬나 저랬나……

화제를 돌렸다.

"알겠어요. 남북 군사 합의 초안은 전달했나요?"

"예, 북에서 곧바로 검토한 후 답을 주기로 했습니다."

"시급한 일이에요. 그게 확립돼야 우리에게도 참전할 명분이 넘어옵니다."

"알겠습니다. 사실 최대한 간결하게, 공정한 입장에서 작성한 거라 북한도 그리 불만이 없을 겁니다."

"좋아요. 이제 메데시프만 기다리면 되나요?"

"그때까지 쉬십시오."

"고마워요."

도종현이 나가자마자 장대운은 잠시 쉴 겸 등을 기대고 눈을 감았다. 그리고…….

"……통령님? 대통령님?"

"으응?"

도종현이 보인다.

"일어나셔야 합니다."

"아……."

나도 모르게 잤나 보다.

"좀 개운하십니까?"

"아, 하하하하하, 죄송해요. 피곤했나 보네요."

"평소에 없던 낮잠을 다 주무시고. 요새 강행군이라 피곤하긴 했죠."

"아 참, 도착했나요?"

"우리 영공에 들어왔습니다. 대통령님도 슬슬 준비하셔할 시간이라서요."

"아, 예."

일어나서 세수하고 옷매무새도 잡고 헤어도 다시 고정시켰다.

그래도 한숨 잤더니 한결 나았다.

피부도 제 색을 찾고.

가만히 앉아서 생각을 정리하니 현황도 명료해졌다.

그렇게 만난 메데시프는 이미지보다 훨씬 더 상남자였다.

"어서 오세요. 한국에 오신 걸 환영합니다."

"하하하하하, 한국은 영원한 우리 친구 아닙니까. 이번 기회에 한국에 올 수 있게 돼 감격스럽습니다."

"감격까지요? 하하하하하하, 진즉 러시아에 가 볼 걸 그랬습니다. 갑자기 아쉬움이 남네요."

"오십시오. 제가 최상의 코스로 모시겠습니다. 우리 러시아에는 좋은 것이 아주 많습니다. 하하하하하하."

무엇보다 기운찼다. 거칠 것 없는 기상이랄까?

그래서 그런지 이것저것 잴 것 없이 오케이의 연발이다.

"북한과의 경제 협력이요? 우리 러시아도 바라는 바입니다. 이 과정에서 러시아의 자원을 이용해 주신다면 더 좋고요."

여부가 있겠습니까? 모름지기 에너지란 많으면 많을수록 좋아요. 특히나 발전 드라이브를 건 나라라면.

우리 남쪽에 7광구가 터지고 도신유전이 있더라도.

현 북한의 상태는 무조건적인 지원 없이는 기초 쌓기도 어려웠으니.

"그렇게 해 주신다면 우리도 성의를 보여야겠네요."

"오오, 그러십니까? 이거 듣던 중 반가운 말씀입니다."

"유럽입니까?"

"하아…… 명불허전이시네요. 왜 다들 장대운 대통령님과는 군이 머리 싸매지 말고 솔직하게 나가는 게 좋다고 조언하는지 알겠습니다."

"좋습니다. 알겠습니다. 한국이 러시아를 돕겠습니다."

"그래요? 아하하하하하하하, 하하하하하하하하하하~~~~~~."

"……."

"아, 죄송합니다. 너무 기뻐서. 제가 한국에 온 가장 큰 이유가 순식간에 사라져 버렸습니다."

"마음에 드신다니 다행입니다."

"그런데 이렇게 막 결정하셔도 됩니까? 상대는 유럽입니다."

"유럽이 까부는 건 그다지 신경 쓸 게 못 됩니다."

"아아, 이런 자신감이셨군요. 덕분에 우리 러시아가 큰 짐을 덜었습니다."

"자세한 건 실무자들에게 맡기시죠."

이 건은 끝.

"예, 아, 근데 비행기를 타고 오다 들었습니다. 중국이 요망한 제안을 했다지요?"

"예, 들었습니다."

"전혀 신경 쓰는 느낌이 아니십니다."

"누구나 계획은 있지요. 처맞기 전까진."

"하하하하하하하하, 맞습니다. 중국 놈들 이빨 까는 거 한두 번입니까? 그따위에 흔들릴 나라가 어디 있겠습니까?"

응, 미국이 그래. 속이 부글부글 끓는다.

저 러시아마저 개소리라고 쓰레기통에 버릴 제안을 미국은 틀어쥐고 끙끙대고 있다. 이게 동맹인지, 적성국인지…….

“우리 러시아가 지금 북한의 개방에 얼마나 기대가 큰데 그따위 수작을 건다는 겁니까. 시베리아 철도는 부산까지 이어지지 않으면 의미가 없어요.”

메데시프는 솔직 시원하다. 시베리아 북풍만큼.

“잘 아시네요.”

“잘 알기에 제가 직접 온 것이 아니겠습니까. 하하하하하하하. 그리고 지금쯤 유럽 놈들에게 선물이 도착했을 겁니다.”

“선물이요?”

“가스 밸브를 잠갔거든요. 싹 다.”

“……!”

깜짝 놀랐다.

물론 우크라이나 전쟁 이후 이런 예상은 일찍부터 나오긴 했으나 실행하긴 어렵다고 판단했는데.

가스 밸브는 유럽의 목줄이기도 하지만 러시아의 생명줄이기도 했다. 이걸 과감히 잠갔다고 한다. 그것도 싹 다. 이 순간 가스가 끊긴 유럽은 어떨까? 돈줄 끊어진 러시아는 어떻게 될까?

물었다.

“그래도 됩니까?”

“고심한 결과입니다. 이 새끼들이 누구 덕분에 밥 해 먹고 등 따시게 지내는 줄도 모르고 사사건건 방해예요. 감히 우리 러시아에 정세 세새를 가하려 해요. 같이 죽어 보는 거죠.”

치킨 게임인가?

그런데 이걸 왜 우리한테 말하는 거지?

장대운의 눈에 의문이 가득하니.

메데시프가 피식 웃었다.

"곧 천연가스의 수요가 폭발적으로 일 겁니다. 유럽이 가진 비축분을 생각하면 대란이 일어나겠죠."

거기까진 충분히 예상 가능하다.

의식주에서 의를 빼놓은 실생활 모든 부문에서 불이 필요하니까.

"그러나 우리 러시아보다는 못할지라도 천연가스가 생산되는 나라는 꽤 많습니다."

맞다. 카타르, 노르웨이, 캐나다, 미국 같은 나라들.

러시아산 천연가스는 유럽 수입량의 40%를 차지한다.

"파이프로 공급이 안 된다면 부족분을 어디서라도 채워야겠죠. 그래야 유럽의 삶이 유지될 테니까."

"……."

"지금쯤이면 양키 놈들이 나섰을 겁니다. 그놈들은 호시탐탐 유럽 가스 시장을 노렸으니까요. 뭐 미국이 아니더라도 발등에 불이 떨어졌으니 여러 곳으로 발주가 폭발적으로 늘겠죠."

"……."

"그런데 말입니다. 마구 실어 나른단들 파이프로 공급되던 양만큼 넉넉할까요? 그 수요를 감당할 수 있겠습니까? 유럽은 인구가 5억입니다. 결국 배가 더 필요하게 될 겁니다. 그것도 아주 많이."

"……!"

장대운이 무릎을 탁 쳤다.

LNG선이었다. LNG선에 대한 얘기였다.

LNG선이 곧 폭발적인 수요를 일으킬 거라고.

"한국은 세계 1위의 조선 대국이죠. 이로 인해 한국의 조선사는 LNG선만 만들어도 10년은 걱정 없을 겁니다."

메데시프의 말이 맞았다.

한국은 조선업 중에서도 특수선 분야에서는 독보적인 입지를 다져 놨다.

특수선 하면 한국. 한국 하면 특수선.

저 유럽이, 천연가스 수출국들의 시선이 전부 한국으로 쏠린다는 것.

'뭐야?'

망망대해, 괴혈병에 걸려 어떻게 해도 답이 없던 한국의 조선업에 비타민이 쏟아질 징조였다.

더 재밌는 건 한국도 이제 천연가스를 생산하니 이 대열에 낄 수 있다는 것.

물론 낄 생각은 없지만. 우리 쓰기도 아까우니까.

'진정하자. 진정해. 이 논리대로라면 어차피 알게 될 일이었어.'

어쨌든 좋은 소식. 이제 반대급부를 논할 차례였다.

메디시프를 보았다.

러시아가 가스 밸브를 잠근 효과를…… 파악하기까지 시간문제였긴 하나 그가 아 자리에서 논했다는 게 중요했다.

"무엇을 원하시나요?"

"마음에 드십니까?"

"흡족하네요."

"다행입니다. 물론 이 정도로 장대운 대통령님을 움직일 수는 없겠죠. 맞습니다. 이는 에피타이저입니다. 진짜는 시베리아 열차의 부산행입니다. 그 사업에 한국이 적극적으로 동참했으면 좋겠습니다."

시베리아 열차라. 어차피 이것밖에 없을 거라 예상했지만, 가타부타가 없어서 더 좋았다.

미국 애들이랑 얘기할 때는 늘 복선에 복선을 두고 맥락을 살펴야 하는데, 얘들은 그냥 찌른다. 어쩌면 이 저돌성 때문에 미국도 러시아를 두려워하는 게 아닌지.

'그나저나 시베리아 열차 사업에 한국이 동참하라…….'

동참이었다.

단순히 열차 연결만을 보지 않겠다는 뜻이다.

다각적인 연합을 구축하겠다는 의도?

아무렴.

걸릴 이권이 많을수록 안전해진다는 건 7광구에서도 증명됐다. 한국도 또한 선택지가 많을수록 좋다.

"러시아를 세계 물류의 중심지로 만들겠다는 포부를 실행하시려는군요."

"예, 사업 지분의 10%를 드리겠습니다."

"10%나요?"

놀라웠다. 아시아와 유럽을 잇는…… 유라시아의 향후 100년을 책임질 운송 사업의 지분 10%라.

메데시프는 고작 블라디보스토크에서 부산까지 잇는 구간에 이만한 딜을 걸었다.

그러나 다시 생각해 보니 다소 과하게 보일 수는 있어도 이게 맞기도 했다.

완성과 미완성의 차이. 게다가 시베리아 열차의 종착역에 세계 문화와 제조 산업의 끝판왕 격인 한국이 있다는 것.

북한도 중국도 아니다. 한국이다.

한국이 시베리아 철도 사업의 키를 쥐고 있다는 것.

그걸 인정하고 있었다.

“끝에 한국이 도사리고 있다면 유럽도 마냥 무시하긴 어렵겠군요.”

“맞습니다. 매일 지지고 볶지만 결국 같이 가야 할 테니까요.”

밉지만 유럽은 유럽이라는 것.

러시아도 유럽일 수밖에 없다는 것.

여기까진 오케이다. 다만 걸리는 게 있었다.

“중국이랑은 입장 정리가 확실히 된 건가요?”

“그놈들과 들어갈 협의 대상은 없습니다.”

“당장 북한을 쳐들어올지 모르는데 말입니까?”

“필요하다면 중국 국경으로 러시아의 부대를 이동하지요.”

견제도 해 주겠다. 장대운은 고개를 끄덕였다.

러시아가 나서 준다면 해 볼 만한 사업이었다.

전쟁만 벌어지지 않는다면.

“좋습니다. 우선 북러 간 철도 협정을 맺어 보죠.”

“아…… 한국은 바로 가지 않으시고요?”

“아무래도 위험한 시국이지 않습니까. 미국도 이상하게 갈등하고 있고. 대반도 혼란스럽고. 지금 한국은 착실히 전쟁 준비부터

해야 해서 말입니다.”

“전쟁이 일어날 거라 보고 있군요.”

“중국의 욕심이 지나칩니다. 만주 고토와 간도까지 다 홀랑 먹은 거로 모자라 이젠 북한 땅까지 삼키려 해요. 놔둬선 안 됩니다.”

“음…… 무례일지 모르겠는데. 여력이 되십니까?”

지난번 한일전쟁에서 상당량 소모하지 않았냐는 거다. 장대운은 웃어 줬다.

“글쎄요. 세계가 한국이 가진 무력의 20%나 봤을까요? 소모한 건 구형 미사일 전력밖에 없습니다. 오히려 해상 전력은 더 강해졌죠. 한국은 저 중국을 전복시킬 힘이 있습니다.”

“으음…….”

여전히 잘 이해 가지 않는 표정이나 장대운도 굳이 설득할 생각은 없었다. 이게 뭐라고 믿어 달라 할까.

잠시 머뭇대던 메데시프는 할 수 없다는 뉘앙스로 다시 말을 이었다.

“흠, 장대운 대통령님의 고심은 이해 갑니다. 전쟁을 준비하는 와중에 다른 사업에 주력하긴 어렵겠죠. 실은 이건 최후의 단계로 남겨 둔 제안인데. 한국 없이는 시베리아 철도 사업도 유명무실이라 먼저 꺼내려 합니다. 아직 푸틴 대통령의 재가를 받은 건 아니지만 괜찮으시다면 꺼내도 될까요?”

“무슨 말씀을 하시려고……?”

“한국으로 날아오면서 정리한 겁니다. 러한북 삼국 동맹.”

“러한북 삼국 동맹이요?”

“어차피 철도가 연결되면 삼국의 운명이 묶이지 않겠습니까? 러시아의 자원, 북한의 노동력, 한국의 자본과 기술이 합쳐지는데 다른 연합체에 꿀릴 이유가 없다고 생각했습니다. 그럴 거면 조금 더 강력한 유대로 묶이는 건 어떨까 하고요."

"……."

역시 한 수가 있었다. 그러나 동시에 함정이기도 했다. 얼핏 대단한 건처럼 보이나, 속으면 안 된다.

'넙죽 받아먹는 순간 기약 없는 성공에 북한을 개발할 알토란 같은 자본을 쏟아부어야 하겠지.'

장대운의 미간이 움찔 찌푸려지자 메디시프는 즉시 손사래 쳤다.

"러시아도 생존 문제입니다."

"흠……."

"러시아의 영토는 광활합니다. 반면 인구수는 1억 4천밖에 되지 않죠. 남북한이 합친 것에 겨우 두 배입니다."

알아. 인구 밀도 최하위국. 한반도의 77배나 달하는 면적을 가진 국가가 인구수는 두 배밖에 안 된다.

다시 강조하지만, 국력은 인구수에 비례한다.

중국이 세계를 상대로 깡패짓해도 무사한 이유는 이루 말할 수 없는 인구수에 근거한다.

러시아의 딜레마가 여기에 있었다. 사람이 모여야 도시도 개발하고 산업도 발전시키는데 무슨 짓을 해도 발전이 안 된다.

그런데 말이다. 한국이라고 다를까? 말마따나 러시아가 미쳐서 연해주를 막 넘기고 그런단들 막 아이를 열 명씩 낳고 막 우주까지 발진하고 그릴까?

아니다. 계륵이었다. 잠재력이 넘치면 뭐 하나? 인구가 없고 재정이 안 되는데.

'러시아는 너무 땅 욕심을 부렸어. 수많은 민족을 핍박한 죗값을 그대로 처받고 있는 거야.'

진즉 저 영토를 떼어 버렸어야 했다.

결국 국가의 발전도는 인구수와 경제인데.

'북한 개방과 함께 무언가를 도모하려 한 거구나. 예를 들면 동아시아 특구 같은.'

이런 의미로, 유럽으로 가는 가스 밸브를 잠근 건 크나큰 실수라 할 수 있었다. 어차피 유럽으로 가야 한다고 여긴다면 차라리 유럽을 달래는 편이 더 좋았을 텐데.

'후우…… 러시아가 자존심 때문에 최악의 수를 두고 말았어. 수틀리면 가스도 잠그는데 시베리아 철도가 개통된들 유통망이라고 가만히 둘까? 나라도 안 믿겠다.'

이런즉 시베리아 열차도 현재로선 메리트가 없었다.

그래서 너무 고마웠다. 이 시점, 개발된 7광구가.

우린 적어도 가스에 목맬 일 없으니까.

'그나저나 얘를 어떻게 돌려보내지? 북한 땅 개발에 동참하겠다면 어느 정도 용의는 들어주겠지만…… 마냥 다 허락할 수도 없고. 가스 밸브를 잠근 덕에 우리나라 조선업이 활기를 찾는 건 또 도움이니.'

내자불선인 건지.

찾아오는 인간들마다 고민거리만 한가득 안겨 준다.

그래도 안 되는 건 안 된다. 차차 한북러 삼국이 함께 이 문제를 고민해 보자고 답했다.

결국 메데시프는 아무런 소득도 없이 돌아갔다.

하지만 그 덕에 지나칠 뻔한 커다란 안건을 깨닫게 됐다.

인구수다. 한국의 출산율.

'OECD 중 최하위라고 했던가?'

오래전 나온 통계가 맞았다.

서양의 통계였으나…… 오래전 그들이 결론 낸 대로 한국이 가고 있었다. 여성의 학력 수준이 높아질수록 출산율이 줄어든다는. 예전 50명 되던 학급이 이제는 20명도 간신히 채우는 실정.

여성의 어머니들도 애 많이 낳으면 싫어한다.

네 삶을 살라고 한다. 미팅도 다니고 여행도 다니고 직장도 다니고 그러다 나이 차면 결혼을 종용한다. 아이러니다. 남자들도 어느새 종족 번식의 본능을 잊은 채 애 낳는 걸 거부한다. 낳더라도 하나만 낳자고 한다. 1+1=1이 되는 사회.

남녀 모두 직장에 다녀야 겨우 한 명 키울 수 있는 각박한 현실도 문제지만, 기본적으로 한국의 여성이 다른 국가의 여성에 비해 결혼을 늦게 하고 애도 적게 낳는다는 건 부정할 수 없었다. 점점 결혼을 안 하는 연예인이 많아지는 것도 출산율 저하를 부추기기도 하고.

'연예인의 삶이랑 일반인의 삶이 같을 수가 없을 텐데……. 그 수준을 유지해 줄 남자도 없고……. 그렇다면 어떻게 해야 인구수를 늘일 수 있을까?'

아이 한 명 낳으면 지원금을 많이 주면 되나?

그게 여성의 자아실현 욕구를 이길 만큼이 되나?

안 된다. 무엇으로도 안 된다.

한국은 이미 어느 선을 넘어 버렸다.

'고로 이런 기조 자체를 멈춘다는 건 불가능하다.'

너무 멀리 가 있다는 것. 한계선을 오래전부터 넘어섰다는 것. 그래서 눈 돌린 게 북한이었다.

2,600만의 인구수.

숫자가 딱 나오니 머리가 명료해진다.

북한의 인구수가 처음부터 저러진 않았다. 남한보다 더 큰 땅덩이에, 더 높은 발전도, 더 많은 인구수를 차지했다.

한국이라고 3,000만 명 수준으로 인구수가 줄지 말란 법이 있나? 이런 식으로 1+1=1이 되는 상황이 길어진다면 틀림없이 그 꼴이 난다.

'한국을 포기한다면?'

대신 그 자원을 북한에 돌려 발전 드라이브를 걸고 아이 낳기를 장려한다면? 그에 걸맞게 사회적 인프라를 만들어 준다면? 순식간에 두 배로 늘지 않을까?

그래서 1억의 인구를 만든다면?

어쩐지 도전해 봄 직하다.

"그러려면 지원할 물품이 더 다양해지고 많아져야겠어. 정상회담 때 말해 보자."

한반도 출입국 사무소 귀빈실.

"이렇게까지 해 주는 이유가 뭐요? 중국 때문이오?"

"중국? 중국 때문이면 무기를 줬겠지. 난 말이야. 이제 북한도 내 땅이라 생각해."

"뭐……요?"

김정운의 미간이 묘하게 비틀어진다.

날래 그 뜻을 말하라고.

"내가 그래. 내가 관여한 곳은 다 내 것이라고 여겨. 그리고 난 내 것에 손대는 놈은 절대 가만두지 않거든. 전부 때려잡아야 직성이 풀리는 놈이야."

"쿠쿠쿡, 이거이 아주 미국 땅도 내 거라 할 판이구만."

피식 웃는다.

"내가 관여하면 미국도 내 땅이지 별거 있냐?"

"허어…… 기래서 미국이 까불면 미국과도 싸울 거요?"

"싸워야지. 날 건들면 다 죽는 거야."

중국의 위협이 지속되고 있음에도 국방부 시계는 잘도 돌아간다. 몇 번 오가던 남북한 군사 합의에 관한 내용도 숙성 단계에 들어갔고 중지가 모이자마자 확정 도장을 찍으러 한반도 출입국 사무소에 모였다. 여기에서 장대운은 한 가지 안건을 더 던졌다.

북한 인민들의 기본권에 대한 제의였다.

'적당히 식량 지원해 주고 기름 지원해 주고'에서 멈추지 않는 생활 전반에 관한 참견이었다.

농토를 재건하고 개량된 종자를 보급하고 생필품 공장을 세우고 간단한 처치가 가능한 의료원을 전국 곳곳에 세운다.

이걸 다 북한의 최고 존엄 김정운의 명의로 하겠다.

"내래 모둥 비진 게 아닌 술 알았는데 진짜 거하게 미쳤구만. 돈이 그렇게 남아도오?"

"나쯤 되면 돈은 크게 중요치 않게 돼. 그리고 이 마당에 제정신으로 살 수 있겠냐?"

"쿠쿠쿡, 그러티. 그기 맞디. 제정신이면 이런 짓 못 하디."

"갈 거야?"

"하나만 물어봅시다."

"물어봐라."

"그래서 남는 게 뭐요?"

"뭐가?"

"북조선 다 퍼 주고 남는 게 뭐냔 말이오. 뭐가 남는 장사냔 소리오."

"아아, 그 얘기였어?"

"기렇소."

"없어."

"뭐?"

고개를 바짝 든다. 실없는 소릴랑 말라고.

그러든 말든.

"뭐는 반말이고. 자식아. 내가 너보다 나이가 얼마나 많은 줄 알아?"

"아니, 말이 되오? 그 돈을 다 퍼부어 놓고 이득이 없다고? 그 말을 내래 믿으라고?"

"못 믿을 건 또 뭔데? 난 미친놈이잖아."

"똑바로 말하시오! 내래 농담 아니오."

"없어. 자식아. 내가 너한테 뭘 달란 적 있나? 조건을 단 적 있냐?"

"……."

"십 원 한 장 요구한 거 없잖아. 요구한들 줄 수나 있고? 너 설마 내가 북한 땅 어디 뫼에 내 땅을 만들 거라 생각하는 거냐?"

"그야……."

맞네. 맞아.

"정운아, 내가 말이야. 일본에서 받은 배상금도 전 국민한테 뿌린 놈이야. 갓난아이든 다 죽어 가는 노인이든 대한민국 국민이라면 일인당 6백만 원씩. 단순 계산으로도 300조 원이야. 그 돈을 쓰면서도 눈 하나 깜짝 안 했어."

"……."

"지금까지 북한에 쓴 게 도대체 얼마라고 생각해? 그까짓 푼돈에 꿈쩍이나 할 것 같냐? 진짜 그렇게 볼 거야?"

"하아……."

"더 말이 필요해?"

"장 대통령은 정말 미친놈이오."

질린다는 표정이 나온다. 웃어 줬다.

"어차피 이 세상은 누가 더 미쳤냐의 싸움이다. 네가 보기에 장리쉰이 더 미쳐 보이냐? 내가 더 미쳐 보이냐?"

"그 너구리 새끼는 미친 게 아니라 겁쟁이라지 않았소!"

"겁쟁이가 힘을 갖는 것도 충분히 무서운 일이다."

"그런가?"

"제 살기 위해선 무슨 짓이든 저지르거든. 나라에 망조가 들든 말든 제 잇속만 챙기면 되니까."

"으음……."

"그래서 갈 거야?"

쳐다봐 주었다. 이렇게까지 해 주는데 못 먹는다면 넌 루저야.

"쌍…… 공짜로 주겠다는데도 못 처먹으면 그기 병신이디!"

"오케이, 좋았어. 이제부터 잘 들어라."

"……?"

"저 미국이 슬슬 배신 때릴 준비를 하더라."

"뭐요?!"

깜짝 놀란다.

"이 형이 낌새가 수상해서 중국이 대체 무슨 약을 팔았길래 매디슨 새끼가 미국 패싱도 마다치 않나 조사해 봤거든."

"……."

"근데 말이야. 그 새끼들이 날 죽일 생각이더라. 날 죽이고 내가 가진 걸 전부 가로채려고 말이야."

"뭐요?! 이 종간나새끼들이!"

"흥분하지 마라. 그 새끼들은 아직 천강인의 존재를 몰라. CIA에서 기를 쓰고 감추고 있거든."

장대운은 킬킬댔다.

김정운도 그제야 여유를 찾았다.

"아…… 그 친구가 있디."

"정말 기가 막히지 않냐. 도대체 어떤 생각을 가져야 날 노리는데 찬동할까? 내 돈 받고 대통령 된 놈이."

"근데 말이오. 정말 그놈이 장 대통령을 노리는 거 맞소?"

"맞아. 다만 매디슨 새끼 혼자면 못 하지. 거기에 FED 이사회와 군수 카르텔이 손잡으면 가능하지."

"……!"

FED 이사회는 통칭 FRB라 불리는 연방 준비 제도의 최고 의사 결정 기구였다. 14년 단임 이사 7인으로 구성되며, 대통령이 상원의 승인을 얻어 임명한다.

2022년 현재 민주당, 공화당 인사가 뒤섞여 공정함을 표방하고 있으나 이들이 주요 주주인 JP모건체이스, 씨티뱅크, 뱅크오브아메리카, 웰스파고 등 은행들의 하수인인 걸 모르는 이는 없었다. 특히나 로스차일드도.

"나를 죽이고 DG 인베스트의 자산을 하나씩 하나씩 헐값으로 가로챌 계획인 거야. 그 순간 한반도의 미래는 먹구름이 낄 테고."

"그럼 중국은?"

"날 죽이는 순간 널 죽이러 가겠지. 마비된 한국은 널 돕지 못할 테고. DG 인베스트의 중국 내 자산은 보너스고."

"……."

"……."

"……."

"……."

침묵이 길어지는 만큼 김정운이 상황의 심각성을 인지하고 있음이라.

장대운도 어젯밤 정홍식의 전화를 받고 얼마나 놀랐는지 몰랐다.

설마설마했다. 중국과 미국의 비밀 커넥션 정도로만 생각했다. 또 무슨 수작으로 길을 가로막고 곤란하게 만드나 알아볼 요량으로 은밀히 정보 라인을 움직였는데. 느닷없이 FED 이사회가 걸려

들었다. 그 수상함에 조금 더 접근해 볼 찰나 군수 카르텔도 목격되었다.

그 순간 알았다. 이놈들이 노리는 건 단순 북한의 노동력, 한국의 미래 기술이 아닌 나 장대운이었음을.

퍼즐이 이렇게 쫙쫙 맞아 들어갈 수가 있나?

이 얼마나 간단한 해법인가.

장대운만 사라지면 모두가 행복으로 돌아간다.

한국은 올 스톱에 친미 인사 몇몇 똥구녕 좀 긁어 주면 좋다고 튀어나와 가진 자산을 바치겠지. DG 인베스트가 다소 저항하겠지만 조작된 서류 몇 장이면 핵심 인사 서너 명 정도는 국가 보안법으로 영원히 해를 볼 수 없게 만들 수 있다.

멍청한 중국 놈들이야 북한과 대만을 먹을 욕심에 혈안이 돼 있겠지만 이도 신기루임을 깨닫게 해 주는 데는 그리 긴 시간이 필요치 않았다. 대만의 TSMC는 핵심 인사와 장비만 쏙 빼돌려 미국 공장으로 옮길 테고 북한 4분할 계획 정도는 다시 힘으로 밀어붙이면 되니까.

향후 미국은 유일무이한 반도체 강국이 되겠지. 이참에 배터리도 빼앗고. 문제는 그 시기인데…….

"……엇, 그럼 주한 미군은 어떻게 되는 거요?"

"적이지. 시한폭탄."

결정적일 때 한국의 등을 찌를 비수.

"장 대통령……."

"괜찮다."

"어찌 이게 괜찮은 기요? 저 양키 새끼들이 장 대통령을 노린다잖소."

“괜찮아. 몰랐으면 모르되 알았으니 대응이 가능해.”

“어떻……게가 아니군. 천강인을 믿는 거요?”

“빠르네.”

“다 죽일 거요?”

“죽여야지. 미국을 반 토막 내는 한이 있더라도 전부 죽여야지. 아니, 그 정도로는 안 되지. 강도질하려 했으니 막대한 금융 치료도 들어가야지.”

“허어…….”

감당이 안 된다는 듯 김정운이 얼굴을 싸맸다.

그런 김정운의 어깨를 장대운이 토닥였다.

“그 문제는 나에게 맡겨라. 그건 그거고 우린 우리 일이나 하자고.”

“…….”

“오늘 만난 김에 상호 방위 조약까지 다 맺자. 검토는 다 끝났을 거 아냐. 이대로 석 죽다가 다 빼앗길 거야? 아니면 중국 놈이든 미국 놈이든 다 잡아서 죽일 거야?”

“기러티. 내래 이러고 있을 시간이 없었어.”

“1년에 한 번 정도는 남북 군사 훈련도 해 보자.”

“군사 훈련…… 이거이 괜스레 꿀리긴 한데. 좋소. 까짓거 하겠소.”

“근데 말이야. 만일 전쟁이 벌어지면 어떻게 할 거야?”

“뭘 어찌하오. 다 죽일 때까지 싸워야디.”

“아니, 우릴 전적으로 믿을 수 있겠어?”

“내래 다른 놈은 몰라도 장 대통령은 믿소.”

"그럼 됐다. 각자 자리에서 잘하자. 그리고 저 중국 놈들은 내가 이번에 반드시 4분할 해 버릴 테니까."

"4분할? 쿠쿠쿠쿡, 쿠쿠쿠쿠쿠쿡, 내래 말이오. 중국 하면 유감이 꽤 많소. 아니, 북조선 자체가 유감이 아주 크오. 미국 양키 새끼들이 UN을 움직여 마구잡이로 제재한 후부터 우리 북조선은 나락으로 떨어졌고 중국 떼놈 새끼들은 그걸 빌미로 우릴 속국 다루듯 했소. 중국에 돈 벌러 간 우리 인민을 노예처럼 부렸소. 능력만 된다면 혼자서라도 짓밟고 싶디."

"다 이루어 줄게. 형만 믿어라."

양국 정상이 손을 잡았다.

나란히 단상에 서서 발표한다.

국회 동의? 미래 청년당만 245석이다. 어떤 법률이든 사안이든 통과는 차라리 쉽다. 오히려 미래 청년당 내부 검열이 훨씬 더 힘들다. 양궁이 올림픽보다 국가대표 선발이 더 빡센 것처럼.

Chapter. 85

Chapter. 85

≪남북한은 한반도의 긴장을 완화하고…… 다음과 같은 남북한 군사 합의서를 체결한다.≫

- 모든 적대 행위를 금지하고 상호 교류의 폭을 넓힌다.
- 교류 협력 활성화를 위한 남북한 상호 방위 조약을 체결한다.
- 남북한 통합 사령부를 설치한다.
- 매년 1회 남북 군사 훈련을 시행한다.
- 비무장 지대를 평화 지대로 규정한다.

세부 사항으로 비무장 지대를 평화 생태 공원으로 조성하여 향후 남북한 평화의 상징으로서 유구히 보존한다.

성세노 군은 철수하고 경찰이 최소한의 병력으로 보호·감독한다.

한반도를 가르던 휴전선을 한반도의 보물로 변환시킨다는 계획이…… 세계인이 부러워할 자연의 보고로 조성하겠다는 계획이, 서로 흡족한 표정으로 악수하는 두 정상을 통해 전국으로 생중계되었다.

말미에서 장대운은 이렇게 말했다.

"대만은 이대로 있을 겁니까? 동참 안 할 겁니까? 이번이 마지막 제안입니다. 나중에 미국에, 중국에 다 털려서 울지 마시고 좋은 말로 알려 줄 때 오세요. 생각이란 걸 할 줄 안다면 이 시기가 대만 역사에서도 가장 위험할 때라는 걸 알 테니 말입니다."

남북한이 서로 짝짜꿍 대는 것만도 짜증 나는데 대만까지 엮는다?

중국도 불편한 속내를 숨기지 않았다.

대변인을 통해 남북 군사 합의에 대해 비난했다. 동아시아의 평화를 해치는 행위라고 말도 안 되는 논평이 흘러나왔다.

≪중국은 일제강점기 치하 한국의 독립운동을 도왔고 김구나 안중근 같은 인사는 중국의 소수민족으로서 중국군의 지원과 훈련을 받아 일본을 징치하는 큰 업적을 이뤘다. 그러나 남북한은 이런 중국의 도움을 잊고 배신의 길로 들어섰다. 이에 우리 중국은 분노로서 징벌을 내릴 것이고 이것이야말로 중국 인민의 의지란 것을 세계만방에 보여 주겠다.≫

≪중국은 아직 기억한다. 손이 발이 되듯 비는 북한의 요구를 받아들여 미국을 주축으로 한 UN군에 대항한 항미 원조 전쟁을 참전하였다. 그러나 살려 준 은혜를 잊은 북한은 함께 피 흘린 맹방

을 배신하고 수많은 인민이 죽음으로서 지켜 냈던 항미 원조 전쟁의 의미를 퇴색시키기에 이르렀다. 이는 바로 중국 인민해방군에 대한 모독이며 결코 좌시할 수 없는 배덕이다. 고로 북한에 선포한다. 앞으로 발생되는 모든 일에 대한 책임은 오롯이 북한에 있다.≫

압록강 너머 배치된 79집단군이 출렁였다.

79집단군을 지원하던 78집단군도 출렁였다.

북·중 접경지대의 긴장감이 한층 더 강렬해졌다.

◇◆◇

베이징 중난하이.

"일이 이렇게 될 때까지 뭐 한 거야?!"

"죄송합니다."

왕슈 외교부장이 머리가 바닥에 닿을 만큼 허리를 굽혔다. 화가 머리 꼭대기까지 치솟은 장리쉰이 고래고래 고함쳤다.

"남북한 군사 합의라니! 남북한 군사 합의라니! 일이 이 지경이 될 때까지 너는 뭐 한 거냐고?!!"

"죄송합니다. 죄송합니다. 저로서는 미국에 집중하는 바람에……."

왕슈를 미국에 급파한 이가 장리쉰이다.

"그래서 미국은 뭐라고 하는데?! 이 일을 어쩔 거냐고!!"

"그게 자기들도 이럴 줄은 몰랐다고 합니다."

"몰랐다고?! 몰랐으면 다인가?! 그놈들이 한국을 책임져 주기로 한 거 아니었나?!"

"미국도 당황해하는 기색이었습니다."

"이게 누굴 변호해!"

장리쉰이 탁자 위에 놓인 꽃병을 들었다.

기겁한 왕슈 외교부장이 바닥에 엎드렸다.

"죄송합니다. 죄송합니다. 변호하려는 게 아니었습니다. 일은 벌어졌고 최대한 객관적으로 보고자 하는 겁니다!"

"……."

맞는 말이다.

그래서 장리쉰은 부들부들 떨면서도 차마 내려치지 못하고 있었다. 왕슈의 잘못이 아니니까.

그럴수록 지난날의 실책이 뼈아팠다.

한국의 중국인 소개 작전을, 북한의 친중국 인사 숙청을 막지 못한 것이 한반도에 대한 중국의 영향력 상실을 불러왔다.

남북한 군사 합의도 이런 전차와 같았다. 외교의 무능력이라기보단 정보의 부재가 불러온 악몽.

꽃병을 내려놓았다.

"그래서 다음 계획은?"

떨어질 만큼 떨어진 권위라 더 떨어질 것도 없어 보였지만. 장리쉰은 다시 몸을 일으켰다.

이미 지나간 것에 미련을 떨었다면 절대 이 자리에까지 오지 못했다. 지나간 건 지나간 것.

다쳤다면 회복해야 한다. 회복하지 못하면 4선은 물 건너간다. 4

선이 무산되는 순간 평생을 일궈 놓은 사업이 사상누각처럼 무너질 것이다. 새로 집권하는 인물에 의해. 그 꼴을 당할 바엔 차라리 죽는 게 낫겠지.

엎드려 있던 왕슈가 외쳤다.

"반드시 돌파구를 만들겠습니다!"

복심을 알아들었다는 것.

중국이 움직일 명분을 만들겠다는 것.

"무조건 성공해야 한다."

이전과는 사정이 완전히 달라졌다.

여유 부렸다간 되레 당할지도 모른다.

북한 따윈 전혀 문제가 아니다. 그놈들이 제아무리 병력을 끌어모아 버티기에 돌입해 봤자 뭉개는 건 어린애 팔목 비틀기보다 쉽다. 순식간에 뚫어 내 평양의 그 돼지 새끼를 잡을 자신이 있었지만, 이제는 한국도 봐야 한다는 것.

남북한 군사 합의가 체결된 이상 북한 침공에는 한국도 고려 사항이다.

한국 군사력과 파괴력의 밀도는 지난 한일전쟁으로 보건대 절대 중국에 뒤지지 않는다. 총량은 몰라도 접경지대 전투는 쉬이 승산을 점치기 어렵다는 것. 또 한국군은 실전을 겪었다. 인민해방군은 누구도 실전을 겪어 보지 못했다.

"속전속결로 처결해야겠군요."

마오창이었다.

"맞아."

"다만……."

"뭐지?"

"미국입니다."

"……?"

"미국이 또 언제 입장을 바꿀지 모릅니다."

미국 또한 커다란 리스크였다.

장리쉰도 잘 알았다. 밀실 협약은 밀실 협약일 뿐. 패배한 순간 일본의 간노 총리 꼴이 되겠지.

'하지만 성공한다면 중국 내 DG 인베스트의 자산이 전부 내 것이 된다. DG 인베스트가 가진 미국 국채 절반에 대한 권리도.'

이 돈이면 못 할 게 없었다. 권력을 더욱더 공고히 하여 4선은 물론 영구 집권까지 노릴 수 있다. 그렇기에 미국을 믿을 수 있었다.

'내가 원하는 만큼 그놈들도 DG 인베스트가 간절할 테니.'

장리쉰은 아랫배에 힘을 줬다.

"앞뒤 볼 것도 없다. 진행한다. 그 신호탄은 장대운의 부고다."

◇ ◆ ◇

"대통령 유고에 따른 포괄적 통제 시스템이 필요합니다."

내 목숨을 노린다는 사실을 알았다.

죽지 않을 자신은 있지만 '만에 하나 어떻게 된다면?' 이란 화두는 다시금 어쩔 수 없이 현 상태를 되돌아보게 하였다.

진짜로 죽게 된다면 이 대한민국은 어떻게 될까?

역사적으로 한국은 대통령이 임기 중에 사망한 경험이 있었다.

그래서 어떤 일이 벌어졌나? 측근에게 총 맞은 대통령이 쓰러지자마자 모든 게 홀랑 뒤집혔다. 눈앞 도종현, 김문호, 백은호를 믿지만, 믿는 것과는 별개로 이에 따른 시스템이 필요하다는 건 현실이었다.

"예?"

"그게 무슨 말씀이십니까?"

"대통령님, 유고라뇨?"

세 사람이 기겁했다. 이게 대체 무슨 의도냐는 듯.

대략의 상황을 설명해 줬다. 날 죽이려는 놈들이 있다고. 웃어 줬다.

"별거 아니에요. 저 미국이 이젠 자기가 싸울 상대를 정확히 인지했다는 뜻이니까."

"……!"

"……!"

"……!"

그랬다. 이전까지의 미국은 대한민국만을 봤다.

"유신 정권의 대통령께서 진짜 핵무기 개발 때문에 미국에 제거당한 건지는 밝혀낼 순 없었지만 미국이 나를 죽이려는 건 확실해요."

"왜요?!"

김문호가 소리 지르다 멈칫.

"아아, 그게 가장 효율적이라 판단했군요."

"맞아요. 날 죽이면 한국은 원래 상태로 돌아갈 테니까. 그렇게 차근차근 우리 것을 가로채겠죠."

"그래서 대통령 유고 시 통제 시스템이 필요하다고 하셨군요."

"말도 안 됩니다! 어떻게…… 어떻게 이럴 수가 있습니까!!"

도종현이 소리친다.

백은호는 어금니를 꽉 문 채 주먹을 부르르 떤다.

"괜찮아요. 난 안 죽을 거예요. 청와대에서 한 발짝도 나가지 않을 겁니다."

"저 백은호, 죽음을 각오하고 대통령님을 지킬 겁니다."

"믿어요."

"통제 시스템이 보험적 성격이라면 마련해 놓는 것도 적절한 판단인 것 같습니다. 지정 생존자 문제도 그렇고 국가 시스템이 혼란에 빠지면 안 될 테니까요."

역시 김문호는 냉정했다. 여건이 된다면 제1 지정 생존자로 지목하고 싶을 만큼.

"지금 DG 인베스트의 컨트롤 타워가 한국으로 오고 있어요. 대피 명령을 내렸거든요."

"DG 인베스트라면…… 아! 그렇군요. 대통령님이 사라지면 DG 인베스트도 위험하겠습니다. 아니, 위험합니다. DG 인베스트의 모든 인력이 위험에 빠질 테고 자산도 전부 털릴 겁니다."

정확하다.

"그래서 오퍼레이트 기능만 남겨 뒀어요. 무슨 수작을 걸든 문제없게."

"그렇다면 우리 국회의원들도 자격 검증에 들어가야 할 겁니다. 대통령 유고 시 가장 막강한 권한을 행사하는 곳이 입법부일 테니까요."

"남은 55석의 국회의원에 대한 전수 조사가 들어가야겠군요."

"아닙니다. 미래 청년당 포함, 전 국회의원이 대상이어야 합니다."

"아…… 그렇군요. 내가 간과했어요."

"이외 여론의 향방을 좌우할 언론부와 종교부도 감찰에 들어가야 하고 사법부 또한 경거망동하지 못하도록 고삐를 쥐야 합니다."

김문호는 행정부 외 전체를 털어야 한다고 말하고 있었다.

장대운도 처음엔 과한 게 아닌가 생각했다가 정신이 번쩍 들었다.

미국이 한국을 장악하려면 누구에게 접근할까 하면 결국 이들이었으니까.

"후우…… 원래는 적이 먼저 움직이고 난 다음 진행하려 했는데 내가 너무 여유를 부렸어요. 안 되겠군요. 바로 시작해야겠어요. 김 비서의 말이 맞아요. 총칼을 들고 덤비는데 괜한 우아를 떨며 말로 싸우자 한 격이잖아요."

"맞습니다. 가진 모든 것을 동원해 방어하고 적을 파멸시켜야 합니다."

"김 비서의 말이 맞습니다. 전쟁입니다. 먼저 쳐야 합니다."

도종현도 정리가 끝났는지 눈을 빛냈다.

장대운도 고개를 끄덕였다.

"좋아요. 지금부터 보안을 전쟁 수준으로 격상시킵니다. 아 참, 국방부로 이전한 군사 위성은 잘 돌아가고 있던가요?"

"갑자기 군사 위성이요? 물론 잘 돌아가는 중입니다."

"믿을 만한 사람들인가요?"

"애초 애국심이 투철한 자들로만 구성했습니다. 외부의 간섭이

오지 못하게 특별 관리하고 있고요."

"좋아요. 지금부터 우리 군사 위성으로 대한민국 상공과 근처에 있는 위성이란 위성은 전부 공격합시다."

"예?!"

"위성을 파괴하란 말씀이신가요?"

이러면 진짜 전면전이다. 그것도 선공에 의해.

"아니요. 아니요. 구멍만 하나씩 뚫어 주라는 거예요. 알아서들 고장 나게."

"……?"

"……?"

"모르겠어요? 구멍 하나만 뚫어 주라는 거예요. 그러고 제자리로 복귀."

"……!"

"……!"

"아~~."

"아~~~."

다들 알아들었다는 듯 고개를 끄덕였다.

우리가 가진 군사 위성 다섯 기엔 100kW급 레이저 대공 무기 탑재돼 있었다. 10초 정도만 조준해 주면 뭐든 뚫리는 강렬한 송곳니를 탑재한 놈이.

완전한 파괴를 원하는 게 아니었다. 그렇다면 저들도 금방 알 테니.

그저 조그만 구멍만 하나씩 내주면 된다. 통제 센터에서 고개를 갸웃할 정도로 그렇게 살짝만 뚫어 주고 유유히 사라지는 거다. 그럼 알아서 우주의 가혹한 환경이 위성을 손봐 줄 테니까. 인공위성이 얼마나 예민한 기계인데 구멍 뚫리고 견딜 수 있을까?

"자자, 빨리 움직입시다. 나 죽게 만들 거예요? 보안 체계 다시 점검하고 혹여나 사고 시 대응 매뉴얼도 확립해 놓으세요. 움직이세요. 움직여요."

◇ ◆ ◇

백악관 집무실로 한 남자가 급한 걸음으로 들어왔다. 그리고 얼마 되지 않아 매디슨이 기백 년 이어진 유구한 나무 책상을 내려쳤다.

쾅.

"이게 말이 됩니까? 어떻게 그 많은 인원을 놓칠 수 있는 겁니까?!"

"계획이 실행되기 전 출국하는 바람에 손 쓸 수가 없었습니다."

칼 듀란스 신임 CIA 국장이었다.

바이른이 실각하고 전임 국장이 옷을 벗자마자 매디슨에 의해 등용된 남자.

"그렇다 해도 어떻게 이 지경이 될 때까지 몰랐을 수가 있습니까?!"

"DG 인베스트의 보너스와 일괄 휴가 정책은 30년이 넘었고 업계에서도 유명합니다. 이번에도 전 인원이 휴가를 가길래 그에 일환인 줄 알았다는 겁니다. 수장급들과 그 가족들이 한국으로 입국한 게 발견되면서 서희도 알게 된 겁니다."

일주일 사이 요주의 대상으로 관찰하던 DG 인베스트의 주요 인사들이 전부 제3 세계를 통해 한국으로 들어가 버렸다. 이러면 DG 인베스트 전복 시나리오는 나가리가 된다.

"하아…… 이 일을 어떻게 알려야 할지."

"아직은 모릅니다. 우연이 겹쳤을 수도 있습니다."

"……."

"장대운 대통령이 몇 년째 움직이지 않자 보러 간 걸 수도 있지 않겠습니까?"

"그럴 확률은?"

"10% 미만입니다."

한숨이 푹푹 나오는 수치였다.

CIA도 일부러 빼돌렸다고 판단한다는 것.

"어디에서 정보가 샌 겁니까?"

"그걸 알 수가 없습니다. 근래 미스터 프레지던트께서 한 외부 활동은 딱 한 번입니다."

작전 최종 승인을 위한 FED 이사회와 군수 복합 기업과의 회합.

"그걸 봤다고 한들 내부 배신자가 아니고서야 이 사실을 어떻게 알 수 있냐고요?"

"혹시 대통령께서 장대운 대통령과의 통화에서 무언가 힌트를 흘린 건 아닙니까?"

"지금 날 의심하는 겁니까?!"

"그게 아니라 잠시 어색한 기색이라도 보인 적 있냐는 겁니다. 평소와는 다르게."

"……!"

∽ 이거 혹시 중국에 제안받았나요?

∽ …….

∽ 지금부터 정식으로 묻는 겁니다. 미국은 한국의 적성국입니까?

∽ 장대운 대통령님…….

∽ 대답하세요. 미국이 한국의 적성국으로 돌아선 겁니까?

∽ 아닙니다. 우린 70년 혈맹입니다.

∽ 그런데도 북한의 4분할 계획에 찬동했어요?

∽ 아직 검토 단계입니다.

∽ 좋습니다. 지금부터 나도 주한 미군 철수와 미국과의 동맹 파기를 검토하죠.

∽ 장 대통령님!

∽ 매디슨 라이트. 당신이 도대체 무엇을 얻으려는지 모르겠는데 경고하지만, 북한은 내 땅이다. 난 내 땅에 침 흘리는 새끼들은 어떤 누구도 가만히 두지 않아. 충고하는데. 영광도 살아야 보는 법이야. 오래 살고 싶으면 손 떼. 이게 네게 주는 마지막 기회다.

중국이 제안한 4분할 계획으로 통화한 적이 있었다.

아직 검토 단계라고 말했을 뿐인데.

그게 DG 인베스트의 철수로 이어진다고?

“하아…… 있군요.”

눈치챈 칼 듀란스가 한숨을 내쉰다.

매디슨이 급히 반박했다.

“중국의 4분할로 언쟁이 있었을 뿐입니다. 그것도 장대운이 일방적으로.”

"장대운 대통령이라면 그것만으로도 충분히 인지했을 겁니다. 더구나 FED 이사회와 군수 복합 기업과의 회동을 봤다면 타깃이 누군지 금방 좁혀집니다. DG 인베스트의 철수는 만에 하나라도 당연히 준비할 일이었고요."

"……."

어이가 없을 정도였다.

하지만 칼 듀란스의 다음 말은 더 기가 막혔다.

"이 사실을 그분들이 알게 되면 어떻게 될까요?"

"……!"

FED 이사회가 적극 도와줄 and 장리쉰을 움직일 카드를 잃어버렸다. 아니, 도움을 바라긴커녕 되레 자신의 목숨이 위태로워졌다.

"잘못하다간 동아시아에서 우리 미국의 영원한 영향력 상실로 이어질지도 모르겠습니다. 장대운 대통령의 성격상 두고 보진 않을 테니까요."

"칼, 핵심을 말하세요. 빙빙 돌리지 말고."

"어떻게 해서든 죽여야 한다는 겁니다."

"……."

"장대운 대통령을 죽이지 않으면 우리가 죽습니다."

그랬다. 아니, 애초 처음부터 이래야 했다.

FED 이사회와 군수 복합 기업과 손잡을 때부터 이럴 운명이었다는 것.

하늘이 원망스러웠다.

그들의 꼬임에 넘어가지 않았다면 괜찮았을까?

대대손손 미국의 명문가로 남을 수 있다는 약속과 DG 인베스트 지분에 혹하지 않았다면 괜찮았을까?

'아니야. 아니야. 후회는 이미 늦었어. 이젠 장대운을 죽이지 않으면 내가 죽는다. FED 이사회와 군수 복합 기업은 이 계획을 날려 버린 나를 절대로 살려 두지 않을 거야. 장대운도 같아. 그는 원한을 잊지 않아. 더구나 대통령이 되자마자 배신한 놈이라면? 나라도 죽이겠지.'

살려면 죽여야 한다. 어떻게든 기회를 만들어야 한다. 그런데 어떻게?

"장대운은 집권 이래 단 한 번도 해외 순방길에 오른 적이 없어요. 청와대에만 콕 박혀 있습니다. 그렇다면 외부 출입이라도 하는 가족을 노려야 한다는 겁니까? 이 사실이 알려지면 미국은 돌이킬 수 없는 타격을 입는 건데."

"그러든 말든 미스터 프레지던트께서 먼저 살고 봐야지 않겠습니까?"

"아……."

"공식적이지만 않으면 되지 않겠습니까?"

칼 듀란스가 가까이 다가와 속삭였다.

이런 일은 어떤 라인도 타선 안 되니 외부에서 용병을 구하자.

마침 자타공인 세계 최고의 용병을 안다.

돈이라면 무슨 짓이든 다 하는 악명 높은 놈들이다. 1티어급 중의 1티어급. 우리가 자랑하는 세계 최강의 데브그루도 감히 대적 못 하는 놈들이 있다고. 돈만 준비해 달라고.

"어떻게 할까요?"

"……."

매디슨은 결국 고개를 끄덕이고 말았다.

칼 듀란스가 입매를 잔인하게 비틀었다.

"혼란은 하나보단 둘이 낫겠죠? 중국에는 제가 알리겠습니다."

◇ ◆ ◇

삘릴리리리리리리리.

삘리리리리리리리리리~~~~~~~~.

같은 휴대폰 소리인데 오늘따라 유난스럽게도 신경에 거슬린다.

예민한 표정으로 짐을 꾸리던 레이첼이 휴대폰을 보며 미간을 팍 찌푸렸다. 두폴 루이티였다.

"왜요?! 시키는 대로 신임 국장 교육하러 떠나려는데."

"레이첼 급하다!"

평소와는 다른 다급한 목소리였다.

레이첼도 허리를 바짝 세웠다.

"뭔데요? 무슨 일 있어요?"

"레이첼, 아무래도 신임 국장이 사고 친 것 같다."

"사고요?!"

무슨 사고?

"그 천둥벌거숭이 같은 새끼가 한국에 테러를 일으키려 해."

"뭐라고요?!"

"Fuck! Fuck! Fuck! 그 정치 국장 새끼가 그동안 교육 일정을 미룬 이유가 있었다고! 매디슨이랑 찰떡처럼 붙어 다니더니. 아아아아아아악!!!!!!!!!!"

두폴 루이티의 비명처럼 레이첼은 온몸의 털이 다 곤두서는 느낌을 받았다.

신임 국장은 캔디의 존재를 모른다.

CIA 국장으로 임명된 그는 몇 번이나 교육 일정을 뒤로 미뤘다. 대통령을 급히 보좌해야 할 일이 생겼다고. 그 때문에 레이첼은 몇 번이고 가방을 쌌다가 풀었다. 미국에 충성하지 않는 정치 국장이라고 욕이란 욕을 다했는데.

캔디를 건들려 한단다.

두폴 루이티가 절규했다.

우리가 캔디를 숨긴 게 잘한 건지 모르겠다고.

레이첼의 마음도 같았다.

대통령 보좌를 하든 말든 멱살 잡아 놓고 캔디 교육부터 해야 했다고.

"알았어요. 일단 끊어요. 나 가 봐야 하니까."

레이첼은 달렸다. 캔디 사무소로.

그 동네는 왜 이렇게 먼지. 캔디 사무소의 2층 계단은 왜 이다지도 높은 건지. 복도는 왜 이리 긴 건지.

문을 열자마자 짜장면을 비비는 캔디가 보였다.

평상시랑 같다.

모르나?

그러나 그의 음성은 너무도 냉랭했다.

"뭐야? 선전 포고하러 왔어?"

알고 있구나.

아니라고 외쳤다.

“우리가 아닌 걸 알잖아요!!”

“뭐래. CIA 국장 직통이던데.”

“우리도 지금 들었어요. 최강의 용병을 수소문했다고요. 그거 알려 주러 왔잖아요.”

“어랏, 뭐야? 너 조국에 충성 안 해?”

“조국에 충성하니까 알려 주러 온 거잖아요. 제발 조금만 죽여 달라고요.”

일은 벌어졌다.

그렇기에 누군가의 죽음은 피할 수 없게 됐다.

캔디는 그런 자니까.

이제 남은 건 얼마나 죽는 거냐는 건데. 제발 전처럼 참혹한 장면만은 안 보게 해 달라고 빌었다.

무릎 꿇고 캔디의 다리를 잡았다.

그때 문을 열고 이선혜가 들어왔다.

“어, 지금 뭐 하는 거예요?”

“아 씨, 짜장면 달라고 하잖아. 나 먹을 것도 없는데. 싫다고 했더니 이러네.”

오산 미군 비행장.

C-130 수송기가 활주로에 내리며 안에서 몇 명의 인원이 걸어 나왔다.

대기하던 미군 장교는 그들을 태우고 부대 밖으로 이동, 오산시 외곽 어느 외진 건물로 들어갔다.

"뭐?! 여기가 한국이라고?!"

그곳에 비치된 단검과 무기·장구류를 챙기던 여성이 인상을 박박 긁으며 장교에게 소리쳤다.

탱크탑에 딱 붙는 가죽 바지, 육감적인 몸매를 가진 여성이었으나 장교는 감히 그녀의 라인을 훑지 못했다. 거친 말투부터 쏘아보는 눈매가 무척이나 강렬한 데다 그녀의 외침에 묵묵히 짐을 챙기던 다른 세 명도 우뚝, 움직임을 멈췄기 때문이었다.

장교는 서둘러 서류 봉투도 넘겨줬다.

"맞습니다. 여긴 한국입니다. 그리고 이것. 제가 명령받은 건 여러분을 비행장에서 이곳까지 인솔하는 것과 이 서류를 전달하는 것뿐입니다."

이 말만 남기고 더는 관여하기 싫다는 듯 나가 버렸고 남은 네 사람은 서로의 얼굴을 보며 이걸 어쩌냐는 표정을 지었다.

"Fuck, 여기 한국이래. 어떻게 하냐?"

"으음……."

"……."

"……."

"어이, 스네이크, 뭐라고 말 좀 해 봐. 여기 한국이래."

"……."

"……."

"……."

"여기 한국이라잖아. 여기에 누가 있는지 몰라?"

"……."

"……."

"……."

"어휴~ 내가 이것들을 데리고 뭘 하는 건지."

투덜댄 여성은 꿀 먹은 벙어리처럼 서 있기만 한 세 남자를 보며 한숨을 푹푹 쉬었다.

먼저 눈에 들어오는 이는 2m는 넘어 보이는 신장에 스킨헤드 스타일의 꽉꽉 들어찬 근육으로 뭉쳐진 덩치였다.

그 옆엔 190cm는 돼 보이는 신장이나 스킨헤드 덩치의 절반밖에 되지 않는 호리호리한 남자가 서 있었다. 마른 남자는 눈이 아주 컸다. 조금 과장해서 얼굴의 반을 차지한 것만큼.

마지막 남자는 평범했다. 평범한 사이즈에 평범한 얼굴, 평범한 분위기. 동양계란 것만 빼고 흔하디흔해 있는지조차 잘 느껴지지 않았다.

"이 임무 누가 받았는데?"

굵디굵은 목소리가 어눌한 발음으로 흘러나왔다.

덩치였다.

"당연히 필립이겠지."

큰 눈이 답했다.

"하아…… 그 새끼가 우릴 죽이려고 작정한 거구만. 내가 한국 건은 절대 받지 말라고 신신당부를 했건만."

여성이 당장에라도 뛰쳐나갈 듯 움찔대나 덩치는 상관없이 말했다.

"봉투나 뜯어보자. 뭔지나 보게."

"봐서 뭐 하게? 하려고?"

"아니, 필립이 뭐로 우릴 엿 먹이려 하나 보려고."

"그건 맞는 소리네. 뭔지는 알아야 우리도 뭐로 엿 먹여 줄까 결정하지. 맞아. 응징의 수위가 달라지는 거야."

"그따위 게 뭐 필요해? 그냥 죽이면 되지. 갈가리 찢어서."

단검을 꺼내는 여성을 큰 눈이 만류했다.

"알았어. 알았어. 일단 보기나 하자. 도대체 무슨 짓을 하려 했는지나."

봉투를 뜯었다.

그러고는 바로 굳었다.

"아울, 뭔데? 무슨 일인데?"

"……."

"이 씨, 왜 말을 안 해."

여성이 참지 못하고 큰 눈의 손에 있는 걸 빼앗았다.

그리고 그녀 역시 굳었다.

"뭔데? 뭔데 너마저 굳어?"

덩치가 다가오려 하자 여성이 말했다.

"최우선 타깃 장대운 대통령, 차선은 장대운 대통령 가족의 납치."

"뭐?!"

"북에서 전쟁이 벌어지면 장대운 대통령이 청와대를 나와 국방부로 향할 거라고 적혀 있네. 그때를 노리라고."

"전쟁?"

"한국에서 전쟁이 벌어진다는 거야?"

"……! 이거 큰일이군."

여태 한마디도 하지 않던 동양계의 남자마저 당혹한 표정을 드러냈다.

여성이 말했다.

"필립 새끼는 알고 있었던 거지?"

"그럴 확률이 높겠지."

"극비 작전이래서 비행기부터 태우더니…… 이런 개 같은 오더를 내려? 그 씨발, 돈에 환장한 새끼가 드디어 미쳤구만."

"진짜 큰일이다. 한국은 대장의 고향이야."

"안 되지. 암 안 되지. 계약이건 뭐건 다 파기하고 돌아가자."

"맞아. 여기 더 있다간 오해받는다."

급히 움직이려 할 때 문이 열리며 한 사람이 들어왔다.

천강인이었다.

"오해 안 한다. 자식들아."

"엇! 대장!"

"대장!"

"대장."

"대자아아아아아앙!!!"

여성이 달려와 몸부터 날려 다리로 휘감아 슬라임처럼 붙고, 덩치는 강아지처럼 발을 동동 구르며 어쩔 줄을 몰라 하고, 큰 눈은 눈을 반짝반짝 입은 쩍 벌리고, 동양계마저 자기 좀 봐 달라는 듯 간절한 시선을 보낸다.

"맨티스, 록 크러셔, 스네이크, 아울, 잘 있었어?"

반가움이 다 가실 때까지 그들을 한 명 한 명 다 받아 준 천강인이 엄지로 밖을 가리켰다.

"가자. 어차피 한국에 왔으니까 일단 우리 집으로 가자. 짜장면 알아? 맛이 뒈지거든."

◇ ◆ ◇

수십의 남자들이 붉은 머리띠를 매고 또 역시 붉게 쓴 피켓을 들고 공장에 난입했다.

"중국을 몰아내자!"

"중국 놈들을 몰아내자!"

"악덕 중국 놈들을 이 땅에서 치우자!!"

우르르 몰려가며 중국 기업만 골라 불 지르고 항의하는 중국인에 몽둥이질해 댔다. 순식간에 십여 개의 중국 기업이 박살 나 불타오르고 수십 명이 횡액을 당하고 수백이 이 사실을 목격했을 즈음에서야 북한군이 출동했고 진압했다.

이곳은 라선시였다.

80년대 말부터 공산주의 국가들의 시장 경제화가 진행되며 러시아 연해주, 중국 동북부, 북한 3개국이 접하는 장소로서 주목받은……. 두만강 지역 개발의 일환으로 채택돼 설치된 경제 무역 지대로 2000년 8월 직할시로 개칭되었고 2010년 특별시로 승격되었다.

철도, 항만, 통신, 공항, 공업 지구가 들어서며 북한 최대의 경제 도시가 될 거라 알려졌건만 실상은 한국의 중소도시보다 못했다.

대대적으로 선전한 거창 무리한 사업 모델은 사실 허상이었고 신실은 시장 경제의 실험화 지역에 불과했으니.

그런 곳에서 중국인에 대한 테러가 벌어졌다.

쾅.

“뭐이래, 어드래라고?!”

“구타당한 중국인 중 아홉이 사망했습네다. 넷이 사경을 헤매고 있고요.”

“그 간나새끼들 인민이 맞나? 중국 놈들 아니가?”

“인민입네다. 그것도 탈영병 아새끼들이었습네다. 중국으로 넘어간.”

“탈영병?”

“탈영해서리 중국으로 넘어간 새끼들 말입네다. 가족들 싹 다 데리고.”

“아…….”

그제야 김정운도 이 일의 전말을 알 것 같았다.

베트남 통킹만 사건.

미군이 베트남전 참전을 위해 날조한 사건이다.

북베트남과 미군 사이에서 나온 분쟁을 빌미로 미군이 대대적으로 참전한 사건.

그러나 이번 건은 사안도, 위험도 수위도 달랐다.

탈영해 중국으로 넘어갔다고는 하나 명백한 북한 인민이다.

그놈들이 회까닥해서 돌아와 중국인을 죽인 것이다.

그런데,

중국으로까지 탈영한 놈들이 왜 다시 라선에 들어와 잘 사는, 그것도 중국인만을 골라 죽였을까?

“이거이 된통 걸렸구만.”

전쟁이었다.

저 중국 놈들이 기어코 전쟁을 벌일 생각이다.

"며칠이 안 돼 터지갔어."

그렇다고 석 죽나?

웃어 줬다.

이왕 이렇게 된 것 신명 나게 싸워나 보자.

허탈하게 웃은 김정운이 명령을 내렸다.

"전군 총동원령을 내리라."

대답하고 나가는 총리를 보던 김정운은 곧장 장대운에게 전화를 걸었다.

몇 번의 컬러링과 함께 받는다.

"어, 무슨 일이야?"

"곧 전쟁 날 것 같소."

"뭐? 왜?"

자초지종을 설명해 줬다.

"당했구나."

"기렇소."

"그놈들 한 놈도 죽이지 말고 전부 뒤로 빼. 아니, 우리한테 넘겨."

"어어, 어이 그러는……. 아니군. 증거물이로구만 기래. 죽이면 절대 안 되는."

"맞아. 근데 나한테도 암살자를 보냈다."

"기렇소?"

"남북한 둘 다 흔들려는 시도였다. 나는 막았고 너는 걸려들었다."

"전군 총동원령을 내렸소."

"나도 준비하고 있으마. 군에 미리 전달해 놔라. 괜히 우리를 공격하지 말라고."

"알갔소. 무운을 비오."

"나도 무운을 빈다."

전화를 끊자마자 장대운은 아까 천강인과의 통화를 떠올렸다.

∽ 매디슨 라이트 대통령과 칼 듀란스 신임 CIA 국장이 도모했습니다. 대통령님을 죽이거나 그것이 안 된다면 대통령님의 가족을 납치하라 했습니다. 테러리스트로 고른 게 제 친구들이라 따로 빼냈습니다. 어떻게 할까요? 그놈들…… 죽일까요? 앞에 대령할까요?

FED 이사회나 군수 복합 기업은 이번 일에서만큼은 모른다고 했다.

똑같이 해 주라 했다.

몰랐던 놈들도 심장 떨릴 경고를 해 주라고.

알았다는 천강인의 목소리를 들은 게 겨우 10분 전이다.

기분이 묘했다.

확실히 한일전쟁 때랑은 달랐다.

중국군은 약이 바짝 올라 있는 상태였다. 반면교사로 삼았는지 경계 상태도 훌륭하다. 더구나 무서운 핵이 있다. 드러난 것만도 수십 발. 냅다 현무 미사일을 날리는 순간 중국도 서울로 핵을 쏘겠지.

이게 바로 전쟁의 서막을 전격전이 아닌, 재래 국지전으로 열어야 하는 이유였다.

'핵처럼 위협적인 인구수도 거슬리긴 해. 이놈들이 결집하지 못하게 곳곳에 숨겨진 급소를 타격해야 해. 그러려면 어설픈 공세로는 어림도 없어. ……전선이 너무 길어. 땅덩이도 핵처럼 위협적이야. 그런데도 이상하리만치 느낌이 괜찮아. 일본 때는 응징이 목적이었다면 이번은 뭐랄까. 꿈은 이루어진다? 왠지 설레기까지 하는군.'

나름 공상을 펴고 있는데 도종현이 급하게 들어와 TV를 켠다.

중국 대변인이 또 노래를 부르고 있었다.

≪……무고하고 선량한 중국 인민을 무참한 몽둥이질로 살해한 북한을 더는 용서하지 않겠다. 14억 인민의 분노와 의기로 무장한 인민해방군의 저력을 보여 주겠다. 관용 없는 격퇴로 북한을 세계지도에서 지워 버리겠다. 떨쳐 일어나라. 중국의 인민들이여~. 저 북한이 악의적이고 모욕적인 행태를 언제까지 두고 보겠는가!!≫

"곧 시작하겠군."

"국방부에 이르겠습니다."

"달리 이를 게 있나요? 지금도 24시간 비상근무 체제를 운용 중이잖아요."

"그렇긴 한데……."

"자꾸 건들면 예민해져요. 진짜 시작할 때만 알려 주세요."

"알겠습니다."

"우리 삼수함 전대는 지금 어디에 있나요?"

"제주도 해역에 있습니다."

"그들의 역할이 아주 커요. 그들이 성공하지 못하면 이번 작계 자체가 무산될지도 몰라요."

"걱정 마십시오. 림팩의 전설들이 대거 동원됐습니다. 중국 해군은 서해상으로는 절대 못 올라옵니다."

"그럼 다행이고요."

"그건 그렇고 우리도 전군 동원령을 생각해 봐야 하지 않을까요?"

이것도 문제였다.

한일전쟁이 끝난 지 얼마나 됐다고 또 전쟁일까?

이러다 전쟁광으로 불리는 건 아닌지 모르겠다.

'난 전쟁광이 아닌데.'

한일전쟁이야 독도 포격이라는 명분에 자위대란 명분에 홀로코스트도 있어 세계가 찍소리 못 했지만, 북중 혹은 한중전쟁은 좀 성격이 달랐다.

달라서 국회 비준을 통과해야 했다.

물론 미래 청년당이 휘어잡은 국회라 큰 소요는 없을 듯한데 민심의 향방은 또 달랐다. 훗날 돌아올 후폭풍을 생각한다면 그 짐을 미래 청년당과 나눈다는 것도 딱히 마땅치가 않았다.

'모든 짐은 내가 지어야지.'

그래서 생각한 게 계엄령이었다.

"먼저 비상계엄을 선포하려고요."

"그 길을 택하시는군요."

7공화국을 열며 꼼수를 하나 부렸다.

영토에 관한 정의를 수정할 때 '한반도와 그 부속 도서'는 건들지 않았다.

- 전시·사변 또는 이에 준하는 국가 비상사태에 있어서 병력으로써 군사상의 필요에 응하거나 공공의 안녕질서를 유지할 필요가 있을 때에는 법률이 정하는 바에 의하여 계엄을 선포할 수 있다.

대한민국 헌법 제77조 제1항.

헌법상 북한은 아직 대한민국의 영토였다.

북한이 동의하지 않더라도 유사시 한국군은 북으로 진군할 수 있다.

그럼에도 남북 군사 합의로 상호 방위 조약을 체결했다.

모든 명분적 변수를 사전에 차단하기 위해.

고로 한중전쟁은 대통령의 권한으로도 참전할 수 있다.

"계엄군 사령관으로 마대길 장관을 임명할 거예요. 준비해 주세요."

"알겠습니다. 그럼 그 시기는 언제로 잡으실 겁니까?"

"중국의 침공 시각."

"다시 한번 확인하겠습니다. 작계대로 가는 겁니까?"

"방금 김정운과도 협의를 마쳤어요. 중국이 기어코 야심을 부린다면 우린 효종대왕의 뜻을 받들어 '북벌'을 시행합니다."

모든 준비는 마쳤다.

남은 건 하늘의 뜻뿐이다.

◇ ◆ ◇

"언제 세팅 완료냐?"

"약속된 시간 안에는 가능합니다."

"반드시 성공해야 한다. 통신망 장악은 향후 우리 중국의 미래를 위한 기반이 될 거다."

"우린 거기까진 모르고 일단 홍커 연맹이 총동원된 사업입니다. 믿어 주세요."

재촉하는 중년 남자와 올백 스타일의 청년이 중국 어느 시 외곽 모 창고에서 대화하고 있었다.

그들의 뒤로 수백 대의 컴퓨터가 불을 밝혔다. 수백 명이 컴퓨터에 앉아 각기 맡은 지역 팻말을 보며 손 스트레칭을 하는 중이다.

"좋군. 진즉 이랬어야 했어. 소국의 기술 따위를 받아먹고 살 생각 말고."

"근데 괜찮겠습니까?"

"뭘?"

"이 일이 알려지면 우리 중국이 가진 채권의 50%가 넘어간다면서요?"

"그걸 네가 어떻게 알아?"

"유명한 일이잖아요. 기업 제재가 너무 심하다고 세계 여론이 나빠져서 글로벌 기업들이 중국 철수를 외칠 때 DG 인베스트랑 맺은 협약을 대대적으로 알려 다시 돌린 거 아니에요? 채권 50%를 담보로 잡고. 글로벌 기업들에게도 채권 지분을 조금씩 나눠 줬고요."

모르긴 몰라도 알 만한 사람은 아는 중국의 치욕 중 하나였다.

당시 상황이 다급했다 해도 채권의 지분을 담보로 잡는 건 지금 생각해도 이해할 수 없는 행동이었다.

"안 들키면 된다."

"걔들이 바보예요? 침입하면 무조건 흔적이 남아요."

"우회하면 되잖아."

"설사 성공한단들 세상이 모르나요? 결국 소국 놈들이 깐 통신망을 우리가 사용할 텐데."

"우기면 된다."

"내가 이래서 중국인이면서 중국을 못 믿어."

"근데 이 자식이 오늘따라 왜 이렇게 까탈대!"

"나중에 우리한테 다 뒤집어씌우려는 거 아니에요?"

"그럴 일 없다."

"내가 한두 번 일 합니까? 일 잘못되면 전부 우리 탓으로 돌릴 거잖아요."

"그럴 일 없다고."

"그걸 어떻게 믿어요? 여기 보세요. 여기 애들 전부 나만 믿고 따라온 거예요. 나중에 잘못되면 누구한테 하소연해요?"

"어허이……."

"그러니까 확신을 주세요. 일 시작 전에. 사기 문제도 있고."

뭐라도 내놓으라며 손 벌리는 청년에 중년인도 난감했다.

그도 임무를 받은 거라 보상의 권한 따윈 없었다.

다만 일이 실패하는 순간 뒤따라올 후환 정도는 확실히 인지하고 있었다. 제 명에 못 죽는다는 것.

결국 아는 걸 최대한으로 실토했다.

"이거 미국이랑도 다 얘기된 거라더라."

"그래요?"

다들 귀가 쫑긋해 이쪽을 바라본다.

"나도 들은 건데. 우리가 북한 먹고 미국이 한국을 마비시키고 DG 인베스트 먹는다더라. 이러면 어떻게 되겠냐?"

"그래요? 그렇다면야…… 이거 진짜 큰 건이네. 흐흠, 알았어요. 분명히 말하는데 우린 잘못 없는 겁니다. 우린 시키는 대로만 하는 거예요."

"이 자식이 오늘따라 왜 이렇게 예민해?"

"장난해요? 이번에 성공하면 차이나 모바일뿐만 아니라 세계 통신망마저 다 가져가려는 거 모를 거 같아요? 우리더러 세계 통신망에 접속해 바이러스 심으라고 할 거잖아요."

"……어떻게 알았어?"

"뻔한 거 아니에요?"

"알았어. 알았어. 더 챙겨 달라는 거지? 얼마면 되냐?"

"미국 달러로 인당 1백만 달러씩 추가요."

"1백만 달러나?"

"그깟 푼돈도 못 씁니까? 매년 한국이 로열티로 가져가는 돈이 얼만데. 다 때려치워요?"

청년이 일어서자 중년인은 서둘러 달랬다.

"알았다. 알았어. 어휴~ 내 당에 가서 얘기하마. 수당만 올려 주면 되지? 그러면 되는 거지?"

"확실히 해요. 나중에 딴소리하면 재미없습니다."

"걱정 마라. 대금은 바로 지급할 테니까. 대신 1백만 달러는 성공 수당으로 나가는 거다."

"알았어요. 딜."

"딜이다."

"이제 방해되니까 가세요."

"알았다. 지시 떨어지면 파고들 수 있게 세팅이나 잘해 놔라. 나 간다."

나가는 중년 남자를 보며 입꼬리를 올리는 청년이었다.

"다 녹화했지?"

"처음부터 완벽히."

씨익 웃으며 다가오는 여자애가 청년을 휘감았다.

"잘 챙겨 놔라. 이게 있어야 수당을 받지. 안 그래?"

"괜찮겠어? 하도 돈 떼먹으려니까 할 수 없이 찍어 두긴 했는데 당이랑 척지면 곤란하지 않아?"

"그럼 1백만 달러 포기할래?"

"절대 아니지."

"돈 잘 주면 이게 세상에 나올 일 없잖아. 그럼 된 거 아냐?"

"그렇지."

"그럼 신경 끄고 놀자. 야들아, 돈 더 준댄다. 그때까지 게임이나 하자."

"우와아아아아아아아아~~~~~~~~."

◇ ◆ ◇

백두산을 꼭짓점으로 서쪽 서해로 흘러가는 강물 압록강이라

동쪽 동해로 흘러가는 강을 두만강이라 이른다.

중국 대변인이 깃발을 세우며 북한 응징의 진군가를 부르고 채 사흘이 안 돼 하얼빈 인근에 주둔, 러시아를 견제하던 제78집단군이 두만강 접경지로 내려왔다. 압록강은 제79집단군이 진을 친 지 오래.

전쟁은 초읽기에 들어갔다.

청진 9군단장 송영권이 지도를 보며 물었다.

"공격 기미는?"

"아직 선제공격에 대한 기미는 보이지 않습네다."

"현황은?"

"남조선에서 보내 준 정보에 의하면 제78집단군 땅크들이 도착한 것 같습네다. 중국 특수전 부대가 선봉에서 진을 쳤고요."

"해 뜨면 도하하겠다는 거구만. 두만강 너머는 어떤가?"

"아주 대놓고 다닙네다. 콩알 한 개씩 먹여 주고 싶을 만큼."

"여기까지 와서도 무시한다는 거이가?"

송영권의 입가가 잔인하게 비틀어졌다.

이참에 먼저 칠까?

쳐들어오겠다고 저 난리인데 보고만 있어야 한다니.

싸움은 모름지기 선빵이었다.

한 대 맞고 시작하는 건 중국 같은 체급에서나 부릴 여유다. 북한은 백 번 이겨도 한 번을 잘못 지면 위험하다.

"항공 지원은 있나?"

"땅크들 도하할 때 맞춰 오기로 했답네다."

"중국 땅크를 치워 주갔다는 거이가?"

"개전과 동시에 대대적인 북진이 있을 거라 했습네다. 믿기는 힘들지만."

"그럼 여기는 누가 맡고?"

"남조선 병력이 올라온답네다."

"우리 땅을 남조선에 맡긴다?"

"항공 지원도 남조선이 해 준다는 겁네다. 땅크도 포도. 인공위성도."

"허어…… 이거이 남조선 없었으면 어찌할 뻔했니?"

"……."

"혜산 10군단은 말 없나?"

"10군단장님도 당의 지시에 따른다 했습네다."

"후우……."

살짝 오기를 부리긴 했지만, 전세는 명확했다.

제78집단군이 이미 머리맡으로 왔고 그들이 남하하는 순간 그 막대한 물량 앞에 9군단, 10군단은 모래성처럼 무너질 것이다.

송영권은 솔직히 자신이 없었다.

겨우 땅크 몇 대와 포 몇 문이 다였다. 탄약도 부족했다. 소총 하나 들고 무슨 전쟁을 할까?

빠드득.

그렇단들 또 떼놈들 따위에게 순순히 길을 양보하는 건 더 자존심이 상했다. 어쨌거나 자리를 지키지 않으면 함흥은 몇 시간 내로 중국 땅이 될 테니까.

"이거이, 외통수야. 남조선 아새끼들을 믿을 수밖에 없겠구만. 아새끼들 단속 잘하라. 이러다 총알 한 방이라도 잘못 쏘면 바로 전쟁 난다."

"알갔습네다."

그때 문이 벌컥 열리며 작전 부관이 헐레벌떡 들어왔다.

"펴, 평북에서 터졌습네다!"

"뭐라?!"

"제79집단군에서 우리 쪽으로 포격을 가했습네다!"

"우리는?"

"아직 조용합네다!"

전쟁 개시가 아닌 평안북도만이라고?

서쪽 8군단과 제7기동군단이 뭐라도 했나?

이상하였다.

그렇다 하더라도 이 시각에 덤빌 생각이라면 이쪽도 일제히 남하했을 텐데.

'뭐지?'

"군단장 동지!"

부관이 어찌해야 하냐고 크게 부른다.

맞다.

궁금증은 나중에 풀어도 된다. 어쨌거나 우리도 시작할 것이다.

"뭐 하나! 달려라! 우리도 곧 터진다!"

벌떡 일어나 뛰쳐나가려는데.

콰콰콰콰콰콰쾅.

먼 폭발 소리와 함께 땅에 진동이 일었다.

뭐냐고 묻기도 전에 통신 부관이 헐레벌떡 뛰어 들어왔다.

"남조선의 폭격입네다! 곧 2차 폭격이 끝나고 노동미사일이 떨어지믄 진군, 진군하랍네다!!"

◇ ◆ ◇

대한민국 국방부.

장대운이 와 있었다.

"어, 그래, 지금쯤 폭격을 가하고 있을 거다. 그렇지. 그렇지. 너희 제29 해상 저격 여단이 큰일을 해냈어."

중국이 하는 꼬라지를 보다가 김정운이랑 일을 하나 꾸몄다.

한국형 통킹만 사건.

국경 앞에서 차곡차곡 대놓고 침략 준비를 하는데 쳐들어올 때까지 보고만 있어야 한다는 게 너무 불합리하고 첩보도 오는 새벽 침공한다 그러고.

알면서 그놈들이 선빵칠 때까지 기다리는 건 바보나 할 짓이라. 캐릭터에도 맞지 않았고.

그래서 짱구를 굴리다 평안북도에 주둔 중이던 제29 해상 저격 여단 정예를 압록강 너머로 보냈다.

임무는 단 하나였다.

거기에서 우리 진지로 포격을 가하라.

콰콰콰콰콰콰콰쾅.

성공했는지 우리 진지는 초토화됐고 그 증거 영상이 떡 하니 손안에 들어왔다. 아까운 탱크 몇 대와 포 몇 문을 잃긴 했지만 인명 피해도 없고 양심의 거리낌도 없어졌다. 라선특별시에 수작을 건 건 우리가 아니니까.

그렇게 미리 띄워 놓은 KF-21 보라매가 중국군의 진지를 사정없이 폭격했다.

여기까지가 진실.

"일 참 어렵게 해야 해. 그놈의 평화 사랑이 뭔지."

헌법 제5조 1항이었다.

우리는 선제공격을 하면 안 돼.

"제약이 풀렸으니 곧장 부대를 올리오. 우리도 북진합네다."

"알았어. 우리 전차랑 자주포 부대도 올라갈 거다. 보병도."

"거 그 제트기는 더 없소?"

KF-21을 말한다.

"부리나케 만들긴 했는데 30기뿐이다. 10기는 한국 영공을 지켜야 하고 10기는 폭격과 동시에 출격했다. 15분이면 도착한다."

"고롬 지금 난동 피우는 거이 고작 10기란 말이오?"

"KF-21 10기면 J-10 100기도 순식간에 지운다. 무시하지 마라."

암 그렇고말고.

KF-21은 스텔스기였다.

F-22처럼 레이더에 잡히지도 않고 눈으로 봐도 록온이 안 되는데 재래식 전투기 따위가 무슨 수로 대적할까?

J-10 정도는 만나는 족족 지옥행이다.

"알았소. 날래날래 올라오시오."

"밀고 가라. 나도 빨랑빨랑 올라갈 테니."

전화를 끊자 김문호가 나섰다.

"준비됐습니다."

"문호야, 지금이라도 늦지 않았다."

"아닙니다. 북진은 저의 꿈이었습니다. 제게 맡겨 주십시오."

오늘 대한민국군은 북진한다. 허리가 잘린 지 70년 만에.

군도 군이지만 현장에서 북한과 조율할 믿을 만한 정치인이 필요했다.

직접 가면 제일 좋은데.

대통령은 자리를 지켜야 하고 도종현은 대통령을 보좌해야 한다. 국무총리는 유사시 지정 생존자로 모처에 안전하게 모셔야 하고.

마땅한 사람을 못 찾고 허둥대고 있는데.

김문호가 자원했다.

자기에게 맡겨 달라고.

딱이었다.

누가 봐도 딱 맞은 인사.

그러나 장대운은 주저했다.

아무리 안전한 곳에서 작전을 수행한다 해도 전쟁터였다. 눈먼 미사일, 총알이 날아오는 순간 죽는다.

"망설이지 마십시오. 저는 죽어도 좋습니다. 제가 산화되어 우리 민족이 영광을 얻는다면 기꺼이 바치겠습니다. 하나도 안 아깝습니다."

"문호야."

"웃으면서 보내 주십시오. 제가 가야만 합니다."

시계를 봤다.

머뭇댈 시간이 없었다.

어금니를 꽉 문 장대운은 그 의기만큼 비장한 표정으로 국방부 프레스룸으로 향했다.

"중국이 결국 한반도 침략의 이빨을 드러내고야 말았습니다. 02시 23분, 평안북도에 주둔 중인 북한군의 진지를 포격하였고 곧 그 증거 영상이 각 언론사로 보내질 겁니다. 나는 이에 남북 상호 방위 조약에 따라 한국군을 참전시킬 생각입니다. 대한민국 국민이 주신 권한으로 국민 총동원령을 내리고 국군통수권자로서 전군에 명령할 겁니다. 북한 길이 열렸어요. 그 길로 올라가 간악한 중국의 야욕을 부숴 달라고요. 그리고 그 너머 억울하게 잃었던 고토를 되찾아 달라고요. ……효종대왕의 깊은 뜻을 이어받은 나 장대운이 우리 군에 엄숙히 부탁드립니다. 부디 일말의 인정도 베풀지 마십시오. 수천 년 얽힌 매듭이 드디어 우리 손에 떨어졌습니다. 과감히 끊고 일어서야 합니다. 오늘 이후 우리는 중국이라는 올무를 끊고 드높은 이상을 향해 나아갈 겁니다. 오늘을 기점으로 우리 한민족은 또 한 번의 웅비를 겪게 될 겁니다. 저 중국을 무릎 꿇리고 동아시아 최강국으로서 우뚝 서게 될 겁니다. 아랫배에 힘 꽉 주고 가십시오. 전군! 진군하세요."

쿵.

작전명 북벌.

한중전쟁이 개전하였다.

Chapter. 86

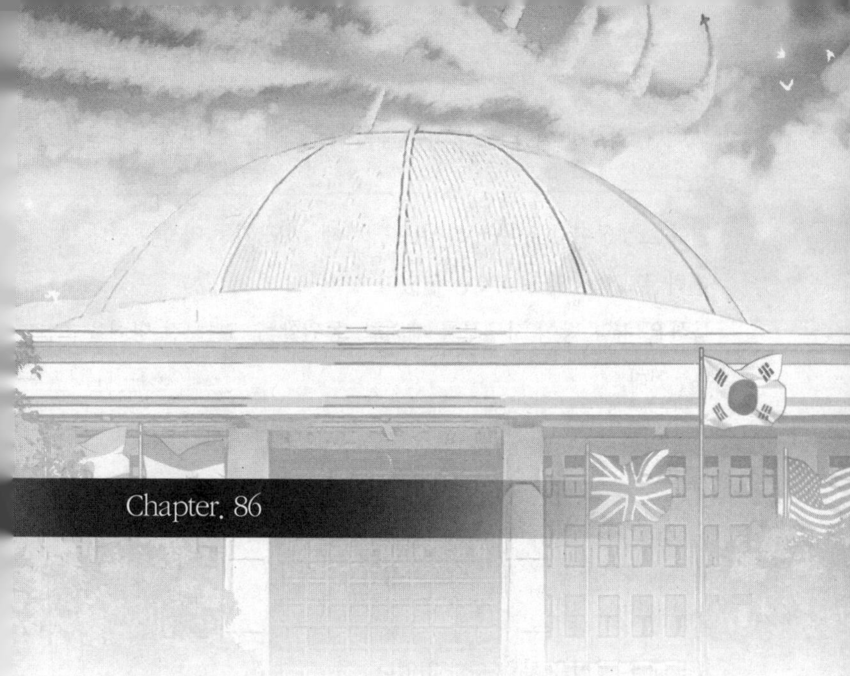

Chapter. 86

인민군 총참모부와 연결된 모든 직통 전화가 울렸다.

“알갔습네다. 820훈련소장 중장 고철민, 확실히 명령받았습네다. 기갑 사단 몰고 올라가겠시오.”

“620포병군단 중장 박관호, 명령 확인했습네다. 포 끌고 올라가갔시오.”

“5군단장 중장 최기룡, 와 이리 연락이 늦었시오? 아까부터 기다리고 있었습네다.”

“4군단장 중장 리재철, 명받았습네다.”

“3군단장 중장 리경식. 반드시 만회하갔습네다. 맡겨 주시라요.”

“2군단장 상장 김청진, 내 이날을 고대했소.”

“1군단장 상장 박수정, 크크크크크크크크크크~~~~~~.”

육군 최정예 군단 외에도 항공 육전대, 정찰대대, 저격 여단, 해상 저격 여단, 경보병 여단, 혼성 여단 등의 특수 작전군도 일제히 북진하였다.

전략 로켓군이 9개 여단, 화성 포병 부대, 철도 기동 미사일 연대 등 전략군도 미사일 보호개를 열었다.

북한은 평양 방어 사령부를 제외한, 동원할 수 있는 전 병력을 쏟아부었다.

◇ ◆ ◇

콰콰콰콰콰콰쾅.

콰콰쾅.

중국군은 정신을 차릴 수가 없었다.

갑자기 포병 진지에서 북한을 포격하였다. 화들짝 놀라 어떻게 된 일인지 알아보려는 순간 하늘에서 폭탄의 비가 쏟아졌다.

제79집단군 예하 단둥에서 주둔 중이던 191합성 여단 기갑 부대 위로 아닌 밤중에 벼락이 떨어진 것이다.

개전까지 겨우 4시간 남긴 시각.

마지막 휴식을 취하던 중.

중국군 최강의 전차라 불리는 99A식 전차가 아무것도 못 하고 녹아내렸다. 가로막는 건 다 부수며 신의주로 달릴 철마가 앉은 자리에서 터져 나가고 있었다.

"으아아아악."

"아아악."

"으아아아아아~~~~"

"크악, 으아악."

사방에서 비명이 터졌다.

쐐액 쐐액 전투기 소리만 들렸다 하면 콰콰콰콰콰쾅 여지없이 터져 나갔고 지휘부도 날아갔는지 어떤 명령도 하달되지 않았다.

그저 구석에 엎드려 비명만 질러 댔다.

"으아아아아아아아~~~~~~."

그러길 얼마나 지났을까?

갑자기 잠잠해졌다.

전투기가 돌아갔나?

그래도 혹시 몰라 잠자코 기다렸는데.

조용했다.

들리는 건 비명과 간간이 터지는 유폭 소리뿐.

191합성 여단 소속 상등병 장웨이는 조심히 목을 빼내 주변을 둘러보았다.

온통 불바다라.

활활 타오르는 불빛으로 보이는 건 시커먼 연기를 내는 전차와 진지, 죽거나 죽어 가는 병사들이었다.

"누구…… 무사한 사람 없소?"

목이 잠겼는지 소리도 잘 나오지 않는다.

"으으으, 살……려 줘."

가까이 들리는 소리를 따라 달려간 장웨이는 건물에 깔린 사람을 발견했다. 인식할 겨를도 없이 급히 잔해를 치우던 중.

"어."

가슴팍에 팔뚝만 한 쇠봉이 꽂혀 있는 걸 발견했다.

피가 주변에 흥건하다.

아는 남자였다.

부식 나눠 줄 때 고기 한 점 더 집어 준 인상 좋았던 남자.

많이 먹으라고 응원해 주던 남자.

그 남자가 마지막 손을 뻗다 늘어졌다. 두 눈을 부릅뜬 채.

"어, 어……."

뒷걸음질 치던 장웨이는 돌부리에 걸려 넘어졌다.

그리고,

쐐액.

익숙한 소리가 또 귀청을 때렸다.

급히 하늘을 본 장웨이는 머리를 움켜쥐고 소리를 질렀다.

"으아아아아아아아아아~~~."

콰콰콰콰콰콰콰콰콰쾅.

노동 여단.

화성-7호인 노동미사일을 운용하는 여단 지휘부 전화에 불똥이 떨어졌다.

급히 전화받은 남자는 견장에 별을 하나 달고 있었다.

"예, 알갔습네다. 표적대로 날리갔습네다."

전화를 끊은 그는 곧장 명령을 내렸다.

"발사 명령이 떨어졌다. 날래날래 움직이라우!!"

"이제야 쏘는 겁네까?"

"쏘라. 다 쏴라! 우리는 다 쏘고 튄다."

"알갔습네다."

북한의 미사일을 운용하는 전략군은 총 세 개의 벨트를 두고 지역을 나눈다.

평양을 기준으로 2벨트에 해당하는 노동미사일 여단,

평양 이남 1벨트의 화성-5호, 화성-6호를 운용하는 스커드 여단,

평안북도와 함경도를 잇는 3벨트에 해당하는 ICBM 여단.

1벨트의 스커드 여단은 사거리 300~700km의 스커드 미사일 400여 기와 작전 반경 150km의 이동식 단거리 미사일인 독사미사일이 대거 포진돼 있었는데 참고로 독사미사일은 러시아의 SS-21 스캐럽을 모태로 개발한 무기로 공산 오차가 100m 미만으로 북한군이 보유한 탄도 미사일 중 가장 정확도가 높았다. 게다가 발사 준비 시간이 매우 짧고 이동이 용이해 적의 킬 체인을 무력화하는 데 제격이라 한국군도 곤란해하는 미사일 체계였다.

2벨트의 노동미사일 여단은 1,200km의 노동미사일이 70여 기 있었다.

3벨트의 ICBM 여단은 사거리 3,000km의 무수단 미사일 50여 기와 사거리 10,000km 추정하는 KN-08 미사일이 10여 기 있다고 한다.

인민군 총참모부는 처음 작전을 입안할 때만 하더라도 1벨트의 스커드 미사일을 활용해 압록강과 두만강 일대에 진을 친 중국 제79집단군과 제78집단군을 궤멸시키고 그 본거지를 2벨트의 노동미사일로 초토화할 예정이었으나.

한국군이 보내 준 작전 개요를 본 후 급히 선회한다.

초전은 2벨트의 노동미사일로만 승부 보자.

압록강과 두만강에 포진한 병력은 레이더에도 포착되지 않는 유령 KF-21이 휘저을 테고 지원군만 더 오지 못하게 적의 본거지를 치자.

육군의 북진을 위한 지원책으로는 1벨트의 스커드 여단을 활용하기로 했다. 그리고 남은 중국군의 저항은 독사미사일로 말살시키자.

스커드 여단의 포병화 전환이었다.

이 모든 건 북한 머리 위로 떠 있는 한국의 군사 위성이 실시간으로 정보를 줬기에 가능하였는데.

"발사하라우!"

부랴부랴 연료를 채운 노동미사일 70기가 준비된 사수로부터 일제히 솟아올랐다.

아직 수탉도 깨지 않은 캄캄한 밤.

수십 기의 별이 하늘로 치솟았다. 주변 묵묵하게 북진하던 병사들의 시선마저 사로잡을 만큼 강렬한 퍼포먼스로.

【충격! 매디슨 라이트 대통령 피살. 일가족 전부 같은 날에 사망!】

【백악관, 매디슨 라이트 대통령 부부의 부고를 알리다!】

【미국 대통령이 백악관 내부에서 피살당하다!!!】

【대충격!!! JFK 이후 두 번째 벌어진 미국의 비극. 우리는 또 대통령을 잃었다】

【과연 누가 이런 일을 벌였던가? 라이트 대통령 일가족 피살 사건】

【어떻게 이런 일이 벌어질 수 있나? 미국은 어째서 대통령을 지키지 못하는가?】

【끔찍한 일이 벌어지다. 대통령 일가족 피살】

한중전쟁이 서막을 올릴 때 미국에서는 대통령의 부고가 떨어졌다.

전 세계 1면 톱으로 다뤄지며 대서특필됐고 미국은 충격에 올스톱이 됐다.

독기 오른 미국 기자들은 대통령 살해 사건을 철저히 들춰내기 시작했는데 제일 처음 밝혀진 건 그들의 죽음에도 약간의 시간차가 있다는 것이다.

어떤 음모가 있음을 주장했다.

범인은 대통령의 자녀들부터 차례차례 잔인하게 죽이고는 마지막으로 백악관에 들어가 라이트 부부를 죽였다.

이 한 가지만으로도 미국 내에 미국 정부를 넘어서는 거대한 세력이 있음을 추측할 수 있다고.

칼 듀란스 CIA 국장 사망 소식도 짤막하게 올라왔다. 그 사람은 그 가족과 함께 전부 불타올라 시신도 못 건졌다고.

대통령직을 비워 둘 수 없으니 부통령인 마이클 댐프시가 임시로 대통령직을 수행하게 됐다는 소식도 올라왔다.

장대운은 신문을 보면서도 기가 찼다.

"대단한 건 대단한데 분명 무력 외에도 거리를 획기적으로 단축하는 무슨 능력이 더 있는 거야. 그렇지 않고서야 이런 일은 불가능하지."

서부에 있던 매디슨의 자녀와 동부 워싱턴 D.C에 있던 매디슨이 같은 날에 죽는 게 가능한가?

무려 3,000km의 거리였다.

이 거리를 몇 시간 만에 주파한다고?

제트기를 탔다면야……. 그렇단들 백악관 생활공간에서 자던 매디슨 부부에 칼 듀란스와 그 가족까지 한 날에 죽이는 게 가능해?

그 무시무시한 암살 능력은 둘째 치더라도 거리를 획기적으로 당기는 능력이 아니라면 이 일은 절대라고 말할 수 있을 만큼 물리적인 이치와 맞지 않았다.

그러나 만일 그런 능력이 있다면 김정운 관사에 들어간 것도 중국 MSS 수장을 죽인 것도 다 납득된다.

"무서운 능력이네. 어째서 지구 최악의 악몽이라 불리는 건지 알 것 같아."

고개를 절레 젓고 있는데 도종현이 들어왔다.

"어서 오세요."

"뉴스를 보고 계셨군요. 조금 쉬시지."

불이 들어온 태블릿 PC를 보며 도종현이 안타까운 표정을 지었다.

"진정이 잘 안 되네요."

"놀랄 일이죠. 미국 대통령이 그렇게 어이없게 살해당하다니. 그 양반, 얼마 전까지 팔팔했잖아요."

"에휴~ 그러게 말이에요. 이렇게 허망하게 죽을 걸 왜 그리 욕심을 낸 건지."

"그것만 생각하면 동정도 안 갑니다."

"그래요. 화제를 돌리죠. 주한 미군은 어때요?"

"자중하는 분위기입니다. 병사들 영내 활동도 제한하고요."

"우리도 자중해야겠네요."

"주한 미군 포위 계획은 미루신다는 겁니까?"

"미국이 예민해졌어요. 대통령이 죽어 나갔잖아요. 그것도 심장부인 안방에서. 지금쯤 눈에 불을 켜고 흉수를 찾고 있을 겁니다."

"괜히 자극하지 말자는 거죠?"

"빌미를 주지 말자는 거죠."

든든했던 주한 미군이 한순간에 뒤통수를 노리는 비수가 됐다.

한중전쟁의 가장 큰 걸림돌로.

그만큼 매디슨과 손잡은 FED 이사회, 군수 복합 기업들의 음모가 위협적이었다는 건데.

할 수 없이 우린 전쟁 중에도 세 개 사단을 따로 빼 주한 미군을 기습하는 작전을 수립했다. 아예 무장 해제시킬 계획으로. 그 실행이 오늘인데.

덜컥 매디슨이 죽었다. 그 손발을 자처하던 칼 듀란스는 시체마저 못 건졌다.

천강인은 멈추지 않고 FED 이사회와 군수 복합 기업들의 안방까지 헤집어 놓고 있었다.

이 정도면 저쪽은 아무것도 못 한다.

"놔두세요. 주한 미군은 곧 본연의 기능을 되찾을 것 같으니."

"알겠습니다. 다만 계속 감시하겠습니다."

"그래야죠. 허튼짓하면 언제도 다스릴 섭니다."

도종현이 나가자 이번엔 정홍식이 급히 들어왔다.

"무슨 일인가요?"

"중국의 해킹이 시작됐습니다."

해킹!

"무엇이 타깃이죠?"

"차이나 모바일입니다. 정확히는 오필승 테크의 통신망을 하이재킹하겠다는 의도 같습니다."

갑자기 차이나 모바일이라니.

한중전쟁이 터진 이때 한국의 국방부나 금융, 사회 인프라에 대한 테러가 아닌 차이나 모바일이라고?

그렇다면 목적은 딱 한 가지였다.

"쿠쿠쿠쿡, 이 새끼들이 기어코 헛짓을 하네요. 중국 내 DG 인베스트의 자산을 장리쉰한테 몰아주기로 한 증거가 명백하게 드러났어요."

"그렇습니다. 그러니 대놓고 공격을 가하는 거겠죠. 차이나 모바일을 시작으로 DG 인베스트가 가진 모든 자산도 이와 같을 겁니다."

"응당한 벌을 내려야겠군요."

"킬 코드를 활성화시킵니까?"

킬 코드란 게 있었다.

오필승 테크의 통신망이 세계 표준으로 등극하고 세계 대통합이라는 목표에 부합하는 수순을 밟고 있을 때 우리는 문득 이런 의문을 품게 된다.

- 과연 이대로 잘 갈 수 있을까?
- 누가 해코지는 하지 않을까?
- 누가 우격다짐으로 통신망을 빼앗으려 들지 않을까?

당시만 해도 한국의 국력은 처참하기 그지없었다.

강국들이 내키는 대로 해도 하소연할 방법이 없었다.

그래서 고안한 것이 킬 코드였다.

최초 개발한 SDMA 기반의 통신망에 어떤 명령어를 숨겨 놓도록.

개요는 간단했다.

누구든 어떤 나라든 제멋대로 우리 것을 빼앗으려 한다면 킬 코드로 자폭한다. 오류, 오류, 오류…… 안 그래도 랜덤 부여인 암호 체계를 한 번 더 꼬아 뒤섞어 버린다. 원래 가야 할 번호로 전송되는 게 아닌 엉뚱한 번호로 넘어가도록.

그 나라 통신망을 영구 복구 불능 상태로 만든다.

1급 비밀이었다.

세상 누구든 자기가 쓰는 통신망에 시한폭탄이 있다는 걸 알고 좋을 사람이 있나?

그 폭탄을 중국이 건드려 주고 있단다.

마침 아주 적당한 시기에.

"한 가지 의문스러운 건 굳이 왜 건드렸냐는 겁니다."

"예?"

"필승을 자신하는 장리쉰이잖아요."

"그렇죠."

"전쟁에서 승리한다면 자연스레 손에 떨어질 텐데 왜 무리수를 뒀을까요?"

"그야…… 다른 의도가 있을 수도 있고……. 지금은 그게 중요한 게 아니잖습니까? 얼른 움직여야 할 때입니다. 어서 승인해 주십시오."

"그렇긴 하죠. 승인합니다. 중국에 빅엿을 던져 주세요."

"옙, 아주 제대로 빅엿을 먹여 주고 오겠습니다."

정홍식이 나가고 휴대폰 통신망이 망가진 중국을 상대로 무엇을 할 수 있을까 고민하던 찰나 또 문이 열리며 물이 스며들 듯 한 사람이 들어왔다.

"어."

천강인이었다.

미국에 있어야 할.

"지금쯤이면 제 능력에 대해 대략 감이 잡혔을 것 같았는데 아닙니까?"

당당하다.

깜짝 놀란 것이 다 창피할 정도로.

"……실제로 보는 것과 짐작은 아주 많이 다르죠."

홍길동도 아니고.

진짜로 동에서 번쩍, 서에서 번쩍이다.

매디슨이 죽은 지 얼마나 됐다고 여기 국방부에 있나.

"FED 이사회와 군사 복합 기업의 실무자들에게는 1차 경고를 남겼습니다."

"그거까지 하고 왔어요?"

"우리나라를 전복시키려던 진짜 획책자들이잖습니까. 다 죽일 겁니다. 실행하려던 차에 한중전쟁이 벌어졌다는 소식을 들었습니다. 제가 필요할 것 같아 중단하고 돌아왔습니다."

대박.

"천군만마가 따로 없네요. 맞아요. 다만 확인할 게 있어요. 제대로 된 작전을 펴려면 천강인 씨의 능력에 대한 이해가 필요한데. 그러니까 너무 판타지적이긴 한데……. 혹시 공간이동이 가능하신가요?"

"예."

참으로 담담하게도 대답한다. 무시무시한 능력을.

"정운이한테 대동강 맥주 서른 짝을 감쪽같이 가져갔다는 얘기를 들었어요. 혹시 그 능력에 저장 기능도 있나요?"

"서울시 인구가 1년 동안 사용할 물도 가볍게 저장 가능합니다."

어쩌면 무한에 가까운 저장량일 수도 있다는 것.

"후우…… 신인류의 등장인가요? 구인류는 이쯤에서 사라져야 하는 거 아닙니까?"

"……."

농담도 안 받는다.

"이거 솔직히 손이 떨리네요."

"대통령님이 유일한 분이십니다. 제 능력을 알고 살아 있는."

침이 꿀꺽.

이것도 타이틀이 되나?

천강인의 비밀을 알고도 살아남은 자.

아부렴.

정신 차리자.

"……전에 핵무기도 전부 찾아낼 수 있다고 하셨는데 이도 능력 중 하나인가요?"

"맞습니다. 저에겐 열화된 세 가지 능력이 있습니다."

"열화됐다고요?"

"본래 원했던 건 이보다 훨씬 고차원인 것들이었습니다. 들어주기 싫었던 건지, 들어줄 능력이 안 됐던 건지 끄트머리에 닿을락 말락 한 걸 겨우 얻고 끝났죠."

전투를 치를수록 강해지는 육체에 공간 저장, 공간이동에, 찾고 싶으면 무엇이든 찾을 수 있는 능력이 겨우 끄트러미?

이 양반을 인간이라고 여겨도 되는 건지.

"인간 맞습니다. 가진 힘보다 더 큰 힘에 노출된다면 저도 죽습니다. 불사와 불멸은 결코 같을 수 없으니까요."

"불사…… 불멸요?"

"제 시간은 정지됐습니다. 자, 이 정도면 감을 잡았으리라 믿습니다. 어떤 일을 하면 됩니까?"

이런 무서운 말을 하면서도 잘 움직이고 잘 먹고 다니니 시간이 정지됐다는 건 노화가 멈췄다는 뜻인가?

내가 살면서 불가살을 만날 줄이야.

어쨌든 천강인에게 부탁할 게 있었다.

"중국의 핵무기 전부를 무력화해야 해요."

"그것만 하면 됩니까?"

지금 당장에라도 할 수 있다는 투다.

응, 너무 든든해.

"재래 전쟁에 한해서라면 우리가 반드시 이긴다는 확신이 있습니다."

"알겠습니다."

바로 나가려는 천강인을 잡았다.

별안간 기막힌 생각이 들어서였다.

"우리에게는 제로킬이라는 강력한 EMP탄이 있어요. 유사시 KF-21로 중간까지 운반하고 새로 개발된 극초음속 유도탄에 장착하여 핵미사일 기지를 타격하려 개발한 건데 천강인 씨가 가져가면 어떨까 하네요."

"그 말씀은?"

"제로킬로 시스템을 무너뜨리고 유도 장치를 숨겨 놓으세요. 그다음 우리가 타격하는 건 어떨까요? 남북한이 힘을 합쳐 중국 최후의 보루를 무너뜨렸다는 취지로요."

대놓고 그 공로를 남북한군에 돌리려는 거다.

천강인이 아닌.

"음…… 그게 맞겠네요."

선선하게 인정한다.

다행이다.

"어쩌면 이 한 번의 작전으로 중국과의 전쟁이 끝날지도 모르겠습니다."

"그런데 확실한 타격기가 있습니까?"

"사거리 5,000km, 탄두 10톤짜리 신형 현무 미사일 3,000기가 있잖습니까."

"3,000기요? 후아~ 그렇게나 있었나요? 저력 있네요. 우리나라.

적어도 공멸을 꾀할 한 수가 있었어요."

몰랐다는 투였다.

천강인이 자신의 능력을 두고 '열화'라고 표현한 의미를 왠지 알 것 같은 대목이었다.

비할 데 없이 유용하나 완전한 건 아니라는 것.

그래도 장대운은 허탈하게 웃었다.

그렇단들 감히 누가 천강인에 빗댈까.

"해 줄 수 있나요?"

"저는 손과 발입니다. 명령만 내려 주세요."

"그럼 출발하세요. 신호는 중국 통신망의 먹통입니다."

천강인이 나갔다.

장대운은 천장을 보며 소파에 등을 기댔다.

"후우~~~~~~~~."

참으로 긴 하루다.

아직 새벽도 오지 않았는데 너무 많은 것이 오간다.

쾅 콰쾅.

콰르르르르르르릉.

엄청난 규모의 폭발이 압록강, 두만강 그리고 북부전구의 영역인 만주 지역으로 번졌다.

노동미사일의 탄두는 1톤짜리였다. 한 발만 떨어져도 축구장 여나무 개 규모의 면적이 초토화된다.

그런 놈이 70여 기나 날아갔다.

압록강 인근으로, 두만강 인근으로는 각 5기씩 할당되었다는데.

1차, 2차에 달한 KF-21의 공습과 더불어 쏟아진 신성한 노동의 향연.

단지 그것만으로도 주둔 중이던 중국 제79 집단군과 제78 집단군은 와해 직전으로 몰렸다.

특히 전안구와 단둥 일대에 몰려 있던 제79 집단군의 피해는 이루 말할 수 없을 만큼 막심했는데 쏠린 병력의 8할을 한순간에 잃어버린 것.

비단 문제는 그것만이 아니었다.

"여보세요?! 여보세요? 여기 단둥의 리충 대교입니다! 위샤오틴 사령관님!!!"

"리충이 누구요? 단둥이라고? 여기 상하이인데."

혹시 잘못 걸었나 싶어 다시 번호를 확인하고 통화 버튼을 눌렀는데.

"리충 대교라고? 난 그런 사람 모르는데. 여기가 어디냐고? 베이징인데?"

전화가 이상해졌다.

삐이익.

삐이이이이이이이.

기세 먼어들로반 빼곡히 재워시넌 보니터가 경고음을 발한 뒤여타 손을 쓸 시간도 없이 순식간에 다운됐다.

"뭐야?! 이거 뭐야?!"

"이거 누가 이랬어?!"

"왜 다운된 거지?!"

"컴퓨터도 나갔어!!"

여기저기에서 소란이 터졌다.

차이나 모바일이 비록 세계 최고의 보안망이라고는 하나 추리고 추린 최고의 해커들 수백 명의 몰빵 공격에는 버틸 수 없었고 마침내 그 속살을 드러냈다.

환호가 일었고 1백만 US 달러가 손안에 잡힌 듯했다. 꼭 돈 문제가 아니더라도 소국의 시스템이 중국에 똬리를 틀고 있는 것 자체가 자존심 문제였으니 기필코 뚫어 내려 한 건데.

홍커 연맹이야말로 세계 최강의 해커 집단임을 다시금 입증한 일이 됐으니 너무도 기뻤다.

"자, 이제 우리를 위한 통제 바이러스를 심겠다."

기대감에 찬 시선 앞에서 바이러스를 업로드했다.

[1%……14%……39%……61%]

수치가 올라갈수록 전율도 치솟았고 99%를 넘어 100%가 되는 순간 세계 통신망은 이제 중국의 선택을 기다려야만 할 것이다.

그런데 95%에 도달했을 때.

삐이익.

삐이이이이이이이.

쿵.

모든 컴퓨터가 다운됐다.

전부 먹통.

모두가 벌떡 일어나 이게 어떻게 된 일인지 두리번대기 바빴다.

"역공격인가?"

아니다.

그런 기미는 없었다.

차이나 모바일의 보안 시스템을 완전 무장 해제시켰고 다른 일도 아닌 그 통제권을 언제든 가져올 수 있는 백도어와 명령 코드를 심으려던 것뿐이었다.

"배신인가?"

차이나 모바일은 분명 속수무책이었다.

그렇다는 건 이 중에 어떤 놈이 딴마음을 품었다는 건데.

전에 중년인과 협상하던 청년이 벌떡 일어났다.

"지금부터 아무것도 하지 마. 모두 컴퓨터에서 손을 떼고 저쪽 벽에 붙어."

"뭐야? 갑자기 왜 이래?"

"어, 너 지금 우릴 의심하는 거야?"

"일 시킬 때는 언제고 잘못될 기미가 보이자마자 우리한테 몰겠다?"

몇몇이 코웃음 치며 저항하자 뒤에 대기 중이던 덩치 몇몇이 몽둥이를 들고 사정없이 두들겼다.

"으악."

"으아악."

"아아악."

순식간에 조성된 공포 분위기에 해커들은 얼른 벽에 붙었고 청년은 레이저가 나올 것 같은 눈으로 이를 갈았다.

"빨리 말해라. 누구냐? 수상한 짓 하는 놈 봤으면 얼른 말해라. 그러면 정상참작하겠다."

"왜, 왜 그러는데?"

"뭐가 문제인데?"

"이럴 시간 없다. 이거 잘못되면 너희나 나나 다 죽어. 빨리 추려내야 해. 그 새끼가 뭘 깔았는지 빨리 찾아야 손을 쓴다!!"

"나 봤어!"

중간에 있던 여자애가 손을 번쩍 든다.

"누군데?"

"쟤가 다른 창을 띄워 놓고 하더라고."

지목된 남자는 당황하지 않고 오히려 자기를 지목한 여자애를 가리켰다.

"저 미친년이. 누굴 죽이려고. 너희들 잘 들어. 대홍은행, 위니소프트, 송무테크, 알지?"

"그 건은 시원하게 말아먹은 거였잖아. 누가 돈만 빼돌리고 튀었다고 하던데."

"그게 저년이다. 같은 팀 뒤통수치고 날랐는데 여기서 만날 줄 몰랐다. 그때 당한 사람이 우리 형이다. 우리 형은 지금 감옥에 있지."

해커들 사이에서는 유명한 건이었는지 순식간에 여자애가 몰리는데 다른 쪽에서 누가 누굴 지목했다.

"나는 쟤가 이상하던데. 자꾸 컴퓨터에 USB를 바꿔 꽂더라고."

"그건 프로그램 까는 거 아냐. 넌 해킹하는 데 프로그램 안 쓰나?"

"그건 그러네. 각자 자기 프로그램으로 해킹하는 거지."

"그건 그렇고. 차이나 모바일 메인 시스템에 우리 프로그램 깔았다고 여기 전부가 다운되는 건 좀 이상한 거 아냐?"

"그도 그러네. 다운돼도 프로그램 깔던 컴퓨터만 나가야지. 안 그래?"

"야, 전부 다 차이나 모바일에 접속해 있었잖아. 오염시키려면 얼마든지 가능하지."

"그런가? 그럼 왜 이러는데? 뭐라도 넘어온 게 있어야 우리도 파악을 하지."

그때 문이 쾅 열리며 전에 봤던 중년인이 들어왔다.

뒤에는 수십 명이 온갖 연장을 들고 서 있었다.

분위기가 살벌했다.

"이 새끼들 다 잡아. 한 놈도 빠져나가선 안 된다. 다 잡아!!!"

다짜고짜 달려들었다.

연장부터 휘두르고는 어떻게 할 새도 없이 피떡을 만들어 놨다.

이때 중국은 그야말로 난리가 난 상태였다.

따르르르릉. 따르르르릉.

"아가씨는 뉘신데 날 아버지라 하시오? 난 숫총각이오."

따르르르릉. 따르르르릉.

"난 상공은행이랑 거래한 적 없다고! 왜 자꾸 나한테 빚 독촉이야!!"

따르르르릉. 따르르르릉.

"어머, 누구세요? 누군데 우리 애인 핸드폰을 들고 있는 거예요?"

따르르르릉. 따르르르릉.

"누구냐 넌."

따르르르릉. 따르르르릉.

"장리친 씨죠? 어, 장리친 씨 맞는데. 장리친 씨잖아요."

따르르르릉. 따르르르릉.

"당신 아버지 건강을 왜 나에게 찾아욧! 오늘따라 왜 이렇게 이상한 전화가 많이 와?"

따르르르릉. 따르르르릉.

"사랑합니다. 나와 결혼해 주세요. 오잉? 당신 누군데 내 애인 전화받아? 너 지금 어디야? 이 새끼, 너 지금 어디냐고?!"

따르르르릉. 따르르르릉.

"위샤오틴 사령관! 위샤오틴 사령관!! 뭐? 북경방초지초등학교 1학년 쉬근바오라고?"

따르르르릉. 따르르르릉.

"나 장리쉰이다. 뭐?! 이놈이 감히 누구한테 욕을……. 뭐라고? 내가 장리쉰이면 넌 마오쩌둥이라고?!"

중국이 예상치 못한 대혼란에 접어들었다.

피유웅~~~.

【중국 통신망 이상. 대혼란!】

【중국 전역에 대한 통신망 해킹 시도 확인. DG 인베스트 범인으로 홍커 연맹 지목!】

【DG 인베스트 홍커 연맹이 해킹한 증거 갖고 있어】

【홍커 연맹의 공격. 차이나 모바일 외에도 DG 인베스트 자산에만 집중돼!】

【DG 인베스트 발표. 중국 정부와 홍커 연맹의 커넥션이 현 사태를 불러와】

【반발하는 중국 정부. 그러나 DG 인베스트, 증거 갖고 있어】

【한국, 오필승 테크 기술자 파견 불가. 중국은 전쟁 중】

【한국 정부, 현 중국의 혼란은 전쟁을 핑계로 한국의 자산을 무단으로 빼돌리려는 데서 비롯된 천벌】

실컷 비웃어 주고 있는데 천강인에게서 전화가 왔다.

장대운은 여유롭게 전화받다 벌떡 일어났다.

지금 중국에서 한반도를 겨냥한 핵미사일만 350기가 넘는단다.

5,500km급 이동식 초대형 레이더로 한국 전역을 지켜보며 버튼 누를 시기만 조율하고 있다고.

"뭐라고요?!"

멀찍이서 둥펑-26(4,000km)과 둥펑-21D(3,000km)가 한반도 주요 시설을 표적으로 삼은 지 오래고 중거리 미사일 1,100여 기와 핵탄두 100여 개가 새로 투입됐다고. 북부전구 예하 3개 여단과 동부전구 예하 1개 여단에 배치됐다고.

그중 가장 시급한 게 다섯 곳이라고.

제816유도탄 여단, 위장단대호 96115부대.

제810유도탄 여단, 위장단대호 96113부대.

제822유도탄 여단.

천강인의 설명이 계속됐다.

먼저 제816유도탄 여단과 위장단대호 96115부대는 지린성 통화시 일대에 있다고 했다. 단거리 탄도 미사일 DF-15A(900km),

DF-15B(800km)이 주력인데 이 미사일들의 특징은 벙커 버스터로 90kt짜리 핵탄두가 탑재됐다고. 평양을 노린다고.

이번에 또 DF-16(1,200km)이 추가로 배치됐는데 핵탄두는 기본, 활주로 파괴용 집속탄두를 탑재할 수 있어 유사시 활주로는 물론 한국의 레이더 사이트 파괴에도 위협적이라 알렸다.

"지린성 퉁화시라면 분명 폭격했는데. 노동미사일이."

"아닙니다. 폭격당한 건 기존 655 로켓 여단입니다. 새롭게 투입된 전력은 따로 진지를 꾸렸습니다. 폭격에서 약간 빗겨 난 곳에. 위치가 절묘하게 등성이에 가려져 있어 직접 가 보지 않고는 알 수 없는 곳입니다. 무엇보다 핵전력이 무사하다는 게 문제입니다."

머리가 찡~해졌다.

얼마 전, 중화인민공화국 건국 73주년이니 뭐니 하며 다큐멘터리가 하나 방송된 걸 본 적 있었다. 총 8부작이었는데 주로 중국의 둥펑 시리즈 미사일을 소개한 프로그램이었다.

영상으로 둥펑(東風·DF)-21D와 DF-26B 탄도 미사일, 차세대 DF-41 대륙 간 탄도 미사일(ICBM)이 공개됐는데,

SCMP는 국방 전문가들의 발언을 인용해 DF-41과 DF-26B 탄도 미사일은 미국 항공 모함에 위협이 될 것이라면서 특히 DF-41 ICBM은 사거리가 1만 2천km가 넘어 미국 본토를 타격할 수 있다며 이 다큐멘터리 방영의 목적 자체가 전략적 억지력을 위한 것이라는 내용을 늘어놨다.

나는 이걸 한국에 대한 경고라 인식했다.

기가 막혔다. 이걸 둘째치고도 지금 우리 코앞에 놓인 핵전력만 이만큼이나 된다는 얘기였다.

미친 짓을 하고 있었다.

뒤통수에 종말적 무기를 두고 북진하기 바빴다는 것.

장리쉰의 명령이 떨어지는 순간 최소 수십 기의 핵미사일이 하늘로 솟구칠 테고 남북한은 그대로 멸망으로 치달을 것이다.

머리가 새하얗게 되는 기분이었다.

"……그리고요?"

"제810유도탄 여단, 위장단대호 96113부대가 아직 랴오닝성 다롄시에 살아 있습니다."

"다롄시라면 랴오둥 반도 끝점 아니에요? 거기도 타격했습니다!"

평양에서 서쪽으로 바다 건너 뾰족하게 튀어나온 부분.

거기에 654 로켓 여단과 89 공군 여단이 있어 노동미사일을 날렸다.

분명히 파괴했다.

군사 위성 사진으로까지 확인했다.

"예, 그런데 따로 지하에 DF-21(1,700km) 부대가 숨겨져 있었습니다. 이 부대의 용도는 본래 한반도는 물론 규슈 일대를 타격할 임무였는데 최근 DF-21D 대함 탄도 미사일까지 보급받았습니다."

"대함 탄도 미사일을요?"

"서해로 들어올지 모를 미 항공 모함의 견제를 위한 겁니다. 이 놈들은 미국과의 결전도 염두에 둔 모양입니다."

"……"

매디슨의 죽음으로 제7함대가 기동하지 않았으니 저것마저 한국을 겨냥하고 있다는 뜻이다.

"기미를 보니 곧 한국 공군 기지와 지휘 통제소를 타격할 것 같습니다. 한국이 아무리 사드와 페트리어트 등 MD 자산으로 보호하고 있다더라도 고각 발사로 종말 단계 돌입 속도를 높인다면 모두 방어한다고 자신할 수 없습니다. 더구나 여기에도 90kt급 핵무기가 장착됐습니다. 먼저 타격해야 합니다."

욕이 튀어나왔다.

이래서 미국이 중국과 싸우길 주저했던 건가?

수틀리면 전부 아작 날 테니.

핵무기가 너무 많았다. 예상보다 몇 배나.

장대운은 울컥 구토가 올라올 것 같았으나 간신히 삼켰다.

아직 한 곳이 남았다.

"제822유도탄 여단도 있다면서요?"

"그건 산둥성 라이우시에 있습니다. DF-15, DF-16, DF-21까지 전부 있더군요. 여기도 유사시 한국과 일본을 타격할 임무를 받았죠."

일본은 사라졌으니 전부 한국에만 쏠렸을 것이다.

"하아……."

한심해 보일 지경이었다.

그래도 중국에 대해 상당량 조사했다고 자부했는데.

진짜 중요한 걸 놓쳤다.

"이러니 중국이 대놓고 무시하지."

이러니 어떤 외교적 정책을 펴도 씨알도 안 먹히지.

초대형 레이더로 한반도 전역을 훤히 꿰뚫고 있는 데다 350여 기의 핵미사일을 겨냥해 놓았다.

재래식 전쟁에서 몇 번 승리를 맛봤던들 깔짝댄 것과 뭐가 다를까. 저들은 마음껏 종말급 무기를 휘두르고 있는데.

참으로 우스웠다.

참고로 히로시마에 떨어진 리틀 보이가 15kt급이다. 미사일 한 기 한 기마다 탑재된 핵탄두가 딱 6배급이니 이 중 하나만 서울에 떨어져도 한국은 패망이었다.

"이…… 이…… 우리도 핵무기를 만들었어야 했군요. 너무 신사적으로 나갔습니다."

"지금이라도 늦지 않았습니다."

누가 그랬다.

늦었다는 생각이 든다면 이미 늦은 거라고.

7공화국이 열리며 핵 개발에 들었다면 어땠을까?

후회되었다.

미국은 진즉 이 사실을 알고 있었을 것이다. 그럼에도 우리에게 주지해 주지 않았다.

애초 전쟁의 발상부터가 잘못됐음을 심히 깨닫는 순간이다.

일본처럼 일단 다 부수고 시작했어야 했는데…… 아닌가? 그랬다면 저 핵미사일이 날아왔겠지. 어휴~~~.

앞뒤빵 다 막힌 기분.

이 순간 분명한 건 지금은 조용할지라도 장리쉰은 자기가 궁지에 몰리는 순간 틀림없이 핵무기를 사용할 거라는 것이다. 버튼부터 누르고 핵에 무너지는 한국을 보면서 더 뻔뻔하게 나갈 테고 한국 꼴을 보며 핵전쟁이 두려워진 다른 국가들은 울며 겨자 먹기로 보는 척 지나치겠지. 몇 번 언론 플레이 하다 끝나겠지.

처맞은 우리만 멸망하고.

세계는 다시 언제 그랬냐는 듯 평온해질 것이다. 중국이 원하는 대로.

그렇게 될 거라 믿는 장리쉰이 제일 큰 문제였다.

"알겠어요. 하나 물어볼게요."

"예."

"그거 다 제거하는 데 얼마나 걸립니까? 아니, 아니, 통화랑 다롄 것만 일단 제거하는 데 말이죠. 아뇨. 제거는 우리가 하면 되니까 유도 신호 발생기 붙이는 데만 말입니다."

"제로킬을 바로 사용 안 하고요?"

"KF-21을 보낼 거예요."

"근데 왜 두 곳뿐입니까?"

"동북방에 전쟁이 터졌으니까요. 내륙이 공격받은 건 다를 테니까요."

"최대한 시간을 벌 생각이시군요. 동북방은 전쟁 중이니 충분히 발견될 여지가 있으니까."

"예, 급한 건 일단 제거하고 천강인 씨가 다 찾아 줄 때까지 말입니다. 다 찾을 때까지 얼마나 걸리나요?"

"전방위적으로 숨겨 놓은 터라 족히 하루는 걸릴 겁니다."

"제로킬이라면 핵 기지라도 무력화시킬 수 있을 것 같습니까?"

"가능합니다. 제가 일하기도 편합니다. 폭탄 여러 개 설치하는 것보다 훨씬 쉬우니까요. 이번에 또 제로킬이 업그레이드돼 범위가 300m까지 넓어졌으니 전혀 문제없습니다."

"그럼 부탁합니다. 통화와 다롄만 일단 찍어 주세요. KF-21부터 출격시킬게요."

"예."

"그리고 다른 핵 기지는 될수록 한 번에 처리했으면 합니다."

"아, 무슨 말씀인지 알겠습니다. 하나씩 먹통이 되면 조치를 취할 테니. 최대한 시간을 맞출 수 있게 타이머를 지정해 놓겠습니다. 일단 이게 최선입니다."

최선이 맞다.

제로킬의 우선 사용처는 한일전쟁에서 재미를 봤듯 대함, 지대지 미사일이었다.

최근 초음속 미사일에 탑재하기 위해 소형화 작업을 거치긴 했는데 타이머까진 세팅됐어도 원격 조정까진 넘어가진 못했다.

"다시 묻습니다. 얼마나 걸립니까?"

"하루면 됩니다."

"알겠습니다. 지금 부탁드린 것과 중국 전역에 있는 핵무기를 추적해 주세요. 우리도 더는 비장의 무기를 숨겨선 안 되겠습니다."

"근데 제로킬이 터지면 마킹도 사라질 겁니다. 괜찮겠습니까?"

맞다.

그깟 신호 발생 장치가 뭐라고 제로킬 앞에서 버틸까.

"위치만 알면 됩니다. 나머진 강제로 지정할 겁니다. 정밀 타격이 어려워진 대신 물량으로 조지면 되고요. 그때쯤이면 어차피 저쪽 시스템도 망가졌을 테니……. 난 말이에요. 천강인 씨, 중국에서 핵미사일이, 핵 관련 시설이 전부 사라졌으면 좋겠어요. 그래야 우리 민족이 발 뻗고 잘 겁니다."

"혹시 거기에 원선노 포함됩니까?"

"아!"

다시 뒤통수를 한 대 거하게 맞았다.

중국 원전.

중국 동해안 길로 수없이 들어선 흉물들.

그것이 파괴되는 순간 한국에까지 영향을 미치는 건 불 보듯 뻔한 일이다.

'이놈의 중국은 땅덩이가 커서 그런지 고려해야 할 사안도 더럽게 많네.'

"또 내가 놓쳤네요. 요즘 실수가 잦습니다."

"원전은 일 다 끝내고 제가 정지시키겠습니다."

"하아~ 계속 국가가 천강인 씨에게 기댈 수밖에 없는 형편이네요. 부끄럽습니다."

"서로 잘하는 걸 하면 되죠."

이제부턴 천강인이 없었으면 어땠을까란 가정은 하지 않으련다.

상황이 이런들 우리가 북한을 포기할 것도 아니고 언젠간 이런 장면을 마주쳤어야 했을 것이다.

이 순간 장대운이 거슬리는 건 외적인 일이 아니었다.

지금 천강인이 한 말이 자기가 자주 주변에 하던 말이란 것이다.

동료들을 상대로.

힘내라 할 때마다 자주 꺼내던 말.

그러니까.

자기가 이 말을 들을 줄은 몰랐다는 것.

"맞아요. 서로 잘하는 걸 합시다. 부탁드리겠습니다."

"걱정 마십시오. 완료되면 연락드리겠습니다."

전화를 끊고서도 장대운은 한동안 움직일 수 없었다.

핵은 억제될 것이고 재래식이면 해볼 만하다는 자신감이 처음부터 잘못이었음을 깨달았다.

아무것도 모르는 눈뜬장님의 판단이었음을 고백한다.

맞다. 중국은 약한 나라가 아니다. 한순간에 우리 대한민국을 쓸어버릴 수 있는 저력을 가졌다. 그것도 이루 말할 수 없는 파괴력으로.

"……."

그래서 더 절대로 가만히 놔두면 안 된다.

어설픈 견제도 안 된다. 필시 후회만 남긴다.

중국을, 중국인을 인간으로 보면 안 됨을……. 아쉽지만 잠시 홍익인간을 옆으로 치울 순간이 왔다.

"중국이란 암 덩어리를 완전히 제거해야겠어."

뿌드득.

이를 간 장대운은 다시 전화기를 들었다.

"조상기 대표님."

"예, 대통령님."

"분열은 잘 되고 있나요?"

"현재 1천 기가 기동을 시작했습니다."

전쟁에 대한 긴장감이 감돌 무렵, 급히 지시했다.

우리의 보배를 꺼내 준비시키라고.

1천 기가 기동을 시작했다는 건 준비를 마친 이쁜이가 정해진 위치로 기고 있다는 뜻이다.

"24시간 내 나머지 2천 기도 기동이 가능합니까?"

"……."

대답을 안 한다.

조상기가 질문의 무거움을 파악했다는 뜻이다.

맞다.

곧 끝장전이 도래한다.

"됩니까?"

"끝을 볼 생각이시군요."

"중국이 오래전부터 우리나라 곳곳에 핵을 겨냥해 두고 있더라고요."

"!!!"

"우리가 너무 얕봤던 겁니다. 한일전쟁의 승리에 도취해."

"핵이 핵을 억제할 거라 너무 믿었던 거군요. 허어……. 이거 미루고 싶다고 미룰 수 있는 사안이 아닙니다. 지금 움직이지 않으면 영원히 기회가 없을지도 모르겠네요. 알겠습니다. 죽을힘을 다해 준비해 놓겠습니다."

"조상기 대표님."

"예."

"반드시 해내야 합니다."

"맡겨 주십시오. 이거 아니면 죽는다고 생각하고 덤비겠습니다."

듣고 싶은 말이었다.

그제야 조금 긴장이 풀린 장대운은 웃으며 말했다.

"그건 그렇고 우리 이쁜이들 새 옷은 잘 입혔나요?"

"새 옷…… 아, 도장은 완벽합니다. 발사 직전까진 어떤 레이더도 우리 이쁜이들을 탐지하지 못할 겁니다."

"그렇군요. 나머진 시간 싸움이겠어요. 곧 중국 전역에서 유도 신호가 나타날 겁니다. 그리고 금방 사라지겠죠. 강제로 표적 할당에 들어갈 테니 준비 단단히 해 주세요. 그 즉시 발사할 겁니다. 반드시요."

"알겠습니다. 기필코 해내겠습니다."

전쟁의 승부처가 예상외로 빨리 왔다.

전차로 저 북녘땅을 진주하고 도시로 숨어든 중국군과 교전하고…… 이런 걸 예상했는데 한여름 밤의 꿈이었나 보다.

숨 막히는 시간이었다.

그러나 이제부터는 좋게 보기로 했다. 달리 보면 기회라고.

우리도 그랬듯 상대도 방심 중이다.

통신망 대혼란은 상대를 더욱 미궁으로 몰아넣고 있었다.

중앙에서 야전으로 명령을 내리려면 유선 전화를 통하지 않고는 안 된다. 야전도 같았다. 일선 부대로 일일이 명령을 내리려면 유선 전화를 활용해야 한다. 사람이 직접 가거나.

이는 전파 속도에서 상당한 딜레이를 요구할 요소다.

우리는 이 간극을 파고들어야 한다.

마대길 국방부 장관을 불렀다.

"지금 당장 KF-21를 비상 대기시킵니다. 제로킬을 최소 네 기씩 탑재시키세요. 벙커 버스터도 같이요."

"대통령님, KF-21은 중국 공군과의 전투 시 활용할 비밀 카드입니다. 갑자기 무슨 일입니까?"

현재 대한민국 주력 전투기는 F-16, KF-16이다.

KF-21은 비밀 무기.

"중국이 핵을 사용할 기미를 보이네요."

"예?!"

"이제부터 모든 전략이 핵진쟁을 전제로 전환된다는 뜻입니다."

"대통령님! 이게 무슨!!"

"하루입니다. 단 하루. 24시간 내 한중전쟁의 승패가 달라질 겁니다. 우리도 이게 걸맞게 준비해야 합니다. 가용 가능한 모든 전력을 개방해 놓으셔야 합니다. 최대한 빨리요!"

다급한 마음을 드러낸 장대운은 오필승 디펜스에서 보유 중이던 현무 미사일 3,000기에 대해 밝혔다.

곧 중국에 침투한 비밀 요원이 핵 기지의 위치를 알려올 테고 3,000기가 일제히 날아오를 거라고.

지금 급한 건 퉁화와 다롄에 숨겨진 핵미사일 기지라고. KF-21는 그곳을 타격해야 한다고.

"그……렇군요."

충격인 듯 잠시 휘청한 마대길 앞에 장대운은 계약서를 한 장 내놨다.

한참 후에나 꺼낼 것이라 여겼는데.

양도 계약서였다.

이미 장대운과 조상기 대표의 사인이 들어간…… 날짜도 열흘 전으로 적힌.

"오필승 디펜스가 가진 신형 현무 미사일의 전량을 대한민국 국방부에 양도한다는 내용입니다. 장관님의 사인만 들어가면 끝이죠. 동참하시겠습니까?"

"그렇군요. 이미 준비됐어요. ……하하하하하, 제가 마다할 이유가 있겠습니까? 말씀하신 대로의 제원이라면 한 발로 작은 도시쯤은 증발시킬 전력인데."

"핵무기가 제거되는 순간 날아갈 겁니다."

"그렇군요. 결국 핵이 관건이었군요. 미국이 억제력이 되지 못했어요."

"장관님, 이번이 마지막이어야 합니다. 이번이 우리 민족이 겪을 마지막 전쟁이어야 합니다. 그러기 위해선 역사의 악평쯤은 달게 받아야겠지요?"

"예! 전혀 두렵지 않습니다. 오히려 기대됩니다. 3,000기나 달하는 녀석이 중국 전역을 수놓는 순간이요. 이 한 수로 중국은 그나마 우세하던 물량마저도 끊길 겁니다. 반드시 우리가 이깁니다."

"부탁드립니다. 하루만 잘 버텨 주세요."

"그러나 저는 아직 잘 이해하지 못하겠습니다. 어떻게 해서 숨겨놓은 핵 기지를 전부 파악한다는 건지."

"믿어 주세요."

"……하루라고 하셨습니까?"

"예."

"제 인생 최고 피 말리는 하루가 되겠군요."

마대길이 거침없이 사인했다.

◇ ◆ ◇

지린성 퉁화시 산둥성이.

가뜩이나 삼엄한 경계를 하는 제816유도탄 여단과 위장단대호 96115부대에서도 유독 심한 경계지로 천강인이 나타났다.

거침없었다. 사각을 이용하는 건지 곁을 스쳐도 경계병은 전혀 이상을 못 느꼈다.

금방이라도 발사할 요량처럼 단거리 탄도 미사일 DF-15A, DF-15B, DF-16이 똬리를 튼 뱀처럼 고개를 쳐들고 있었다.

진군하는 북한군을 견제할 목적인지는 몰라도 탄두에 핵은 없었다.

그거야 상황에 따라 얼마든지 달라질 수 있기에 천강인은 서둘러 미사일 포대가 놓인 장소에 손바닥만 한 신호 발생 장치를 부착했다.

핵탄두가 고이 보관된 장소에도.

"이거면 알아서 타격하겠지?"

다음으로 가 볼까?

사라선 천강인이 다시 나타난 곳은 제810유도탄 여단, 위장단대호 96113부대가 주둔한 랴오닝성 다롄시였다.

"여기에 핵을 품은 DF-21가 숨겨져 있어."

지하 시설이 있었다.

발사 버튼을 누름과 동시에 뚜껑이 열리며 날아가는 구조.

공략은 차라리 이런 곳이 더 쉬웠다.

퉁화시에 있던 것들은 이동식이라 지속적으로 관찰해야 하는데 고정식이니 위치만 잡으면 끝.

"이런 흉물들은 시설이랑 같이 파묻어 버려야지."

'완료'란 문자를 남기고 슥.

천강인이 다음으로 나타난 건 산둥성 라이우시에 있는 제822유도탄 여단이었다.

여기에서부턴 제로킬이 유도 장치와 함께 부착했다.

그리고 천강인이 다시 나타난 곳은 허난성 푸난시 인근 산둥성이였다.

10층 규모의 거대한 건물로 천강인이 들어섰다.

주변에는 최소 3개 중대 병력이 주변을 빼곡히 둘러싸고 있었는데 내부엔 수십 명의 인원이 헤드셋으로 넘어오는 정보를 처리하기 바빴다.

"북한 8군단이 압록강을 넘어 단둥과 전안구를 장악했습니다. 7기동 군단이 안산시로 향합니다."

"북한 10군단과 9군단이 연변을 장악하고 지린시 방향으로 움직입니다."

"북한 820기갑 사단이 압록강 인근까지 도달했습니다."

"북한 1, 2, 3, 4군단이 압록강 인근까지 도달했습니다."

"북한 5군단이 두만강 인근에 도달했습니다."

"한국군 전차가 평양 인근까지 올라옵니다."

"한국군 KF-16 전투기가 평양 영공을 날아다닙니다."

"한국군 전방 보병 사단들이 북한 영토에 올라왔습니다."

레이더 기지였다.

건물 자체가 하나의 거대한 레이더.

그 통제실에서 중국군 병사들이 한국 전역을 다 지켜보고 있었다.

위이잉 윙 소음을 낼 때마다 실시간으로 한국군의 움직임이 보고돼 넘어왔고 현황판은 그 정보를 토대로 북부전구의 붉은빛이 뒤로 밀리고 푸른빛이 점차 영역을 넓혀 가는 그림을 그려 냈다.

이 그림이 중국군 사령부로 넘어갔다.

천강인은 구석에 조용히 서서 이걸 다 지켜봤다.

누구도 그를 발견하지 못하고 지나치기 바빴다. 아예 없는 사람처럼.

"이거는 지금 당장 없애야겠는데."

이 레이더 하나가 동으로는 저 멀리 홋카이도, 북으로는 몽골을 넘어 러시아, 남으로는 대만을 넘어 필리핀, 서로는 인도까지 관할한다.

한국이 THAAD 레이더 하나 설치했다고 그 지랄을 떨더니 중국은 더한 짓을 벌이고 있었다.

이런 레이더가 두 대나 더 있었다.

"이걸 깨부수면 중국도 잠시 눈이 멀겠지?"

Chapter. 87

Chapter. 87

쾅.

보고서를 마구 구겨 버리는 장리쉰.

"뭐 이런 개 같은 일이……!!!"

분노의 일갈이 중난하이에 울려 퍼졌다.

패배, 패배, 패배…….

올라오는 건 온통 패배였다.

새벽이 어슴푸레 오는 시각, 전격 침공 개시라는 계획이 틀어진 것까진 장리쉰도 이해할 수 있었다. 일을 하다 보면 변수가 생기고 전쟁은 더욱 그러할 테니까. 자칫 실수가 있었더라도 그에 걸맞게 수정하면 된다고 판단했다.

"그런데 그사이 79집단군이 전멸에 가까운 피해를 입었다고?! 이게 말이 돼?!"

78집단군마저 궤멸 직전까지 몰렸다고 한다.

북부전구의 전력 2/3가 개전 한 시간도 안 돼 망가졌다는 것.

전투에 직접 참가하지 않은 산둥성 80집단군만 겨우 멀쩡하다는 것.

도무지 이해할 수 없는 결과였다.

아무리 그래도 한국도 아니고 북한이랑 싸워서 지다니.

구겨진 보고서를 다시 펼쳐 첫 장을 보았다.

"그래, 우리가 먼저 포격했다고 치자. 그래서 북한의 일개 부대를 전멸시켰다고 치자고. 그 순간 전투기 소리가 들렸다고? 그 전투기가 부대 진지를 폭격했다고?"

백 번 다 양보해 새카만 밤에 전투기가 좀 날아다닐 수 있었다.

전쟁에 대한 긴장감이 높아진 때였으니 경계 차원에서라도 충분히 그럴 수 있었다.

그런데 그놈이 날아다닐 동안 우리가 몰랐다는 거다.

아무런 대비를 못 했다.

"레이더는 도대체 뭘 했는데?"

믿을 수가 없었다.

이 내용대로라면 그 전투기가 스텔스기라는 뜻이 된다.

적이 스텔스 전투기를 보유하고 있다는 것.

아직 중국도 갖지 못한 완벽한 스텔스, 최신예 전투기를 말이다.

"한국인……가?"

명백한 증거는 없지만.

이후 벌어진 사건은 처참하기 이를 데 없었다.

북한은 기다렸다는 듯이 70여 기의 노동미사일을 발사했고 뒤이어 300여 기의 스커드 미사일이 뒤따랐다. 미사일 폭격을 받은 78, 79집단군의 본거지는 물론 새벽 전투를 위해 막사에서 쉬던 북부 전구의 공군 전력 1, 2, 3, 31, 61, 63, 88, 89 여단은 아무것도 못 하고 파괴됐다.

수백 대의 전투기가…….

중국이 자랑하는 알토란 같은 J-20, J-10, J-16, JH-7 전투기가 이륙도 못 해 보고 산화해 버린 것이다. 금이야 옥이야 키운 조종사들과 함께.

"로켓군도 끝장났다고? 어떻게? 어떻게!!!!"

보고서에는 산둥의 지난시에 주둔 중인 653, 656 로켓 여단을 제외한 동북방을 수호하던 65기지, 651, 652, 654, 655 로켓 여단 모두 제 기능을 잃었다 쓰여 있었다. 노동미사일과 스커드 미사일이 그곳을 불바다로 만들었다는 것.

동북 3성이 무주공산이 됐다.

북한군 땅크가 마음대로 활개 쳐도 막을 병력이 없다.

"말도 안 돼."

어떻게 북한 따위에 위대한 중국 땅이 유린당할 수 있을까?

더 기가 막힌 건.

때도 좋게 무선 통신망이 엉망이 되며 인민이 대혼란에 빠졌다는 것이다. DG 인베스트는 이 모든 게 중국 정부의 지시를 받은 홍커 연맹의 소행이라는데.

맹세코 자신은 들은 바 없었다.

지시 내린 적도 없었다.

전쟁에서 승리하면 자연스럽게 손에 떨어질 물건을 왜 건들까.

“더 늦으면 안 됩니다. 결단을 내리셔야 합니다.”

마오창이 조심스럽게 조언했다.

더 늦기 전에 동부전구, 중부전구의 병력을 움직여야 한다고.

맞다. 맞는 소리다.

북한군이 땅크를 몰고 동북 3성 요소요소마다 진을 치고 라인을 형성하고 그 곁으로 미사일 여단이 붙으면 형세가 공고해진다. 이대로 전쟁이 고착된다면 전후 그걸 근거로 자기 땅이라 우기겠지.

중국이 북한에서 펴려던 전술과 유사하다.

하지만 장리쉰은 그런 건 눈에 하나도 들어오지 않았다.

초반에 밀린다고는 하나 순식간에 뒤엎을 카드가 있으니.

그보다 훨씬 더, 몹시, 아주 궁금한 게 있었다.

무선 통신 혼란은 이 시점 대체 왜 일어난 걸까?

자신조차 전화하다 엉뚱한 자에게 주석 사칭범으로 욕먹지 않았나.

설마 이것도 한국이?

“차이나 모바일의 진상은?”

“아, 그건…… 쑤더우 상무위원이 관련됐다는 정황이 포착됐습니다.”

“쑤더우면……!!”

“맞습니다. 이번 기회에 퇴출시키려던 자입니다. 주석님의 4선에 반기를 든.”

“…….”

왠지 퍼즐이 맞는다.

퇴출시키려 했기에 정보를 공유하지 않았다.

퇴출시키려 한다는 걸 알았기에 그놈은 퇴직금에 눈독 들였다. 중국 정부도 함부로 건들지 못할 무언가로…….

"그래서 차이나 모바일을 가지려 했던가? 정확히는 오필승 테크의 통신 기술을? ……평소 통신망 사업에 관심이 많더니 그게 가능하다고 생각한 건가? 중국 내에서나 통할 일을……. 어리석은 놈."

역시 퇴출시키려 한 결정이 옳았다.

더 볼 것도 없다.

"……."

"그건 그렇고 마이클 댐프시는 포섭이 가능하다 하답니까?"

이것도 중요했다.

매디슨이 비명에 가며 견고하다 여겼던 밀약이 흔들렸다.

당장의 전쟁도 중요하지만, 전리품을 손에 넣을 수 없다면 허울만 좋아질 뿐이다. 어쩌면 중국에 큰 흉터만 남기는 악수가 된다.

"전언으로는 FED가 따로 접근하겠다 했습니다."

"그러게 시작할 때 전부 포함시키라 했거늘."

파이가 작아진다고 대안을 마련해 두지 않은 게 패착이었다.

장리쉰도 적극 찬성했지만, 이 순간 그런 기억 따윈 하나도 남지 않았다.

"저쪽은 기다리는 수밖에 없는 것 같습니다."

"허어~ 언제까지요? 전쟁은 금방 끝납니다. 생각보다 길지 않을 거예요. 혹여나 마이클 댐프시가 참여하지 않으면 우리는 닭 쫓던 개가 될 수 있습니다."

장리쉰은 답답했다.

그까짓 미국 대통령?

4년 만에 한 번, 재수 좋아야 8년.

좋게 말해 선출직이고 나쁘게 말해 세력의 허수아비라 불리는 직이라지만 가진 권력은 진짜였다.

마이클 댐프시가 거절하는 순간 중국은, 자신은, 전쟁에서 이겨도 아무것도 남는 게 없다.

중국이 가진 미국 채권의 50%와 중국 내 DG 인베스트의 지분과 자산.

족히 1조 달러를 호가할 가치에 대한 권리가 한순간에 사라진다.

이게 제일 중요했다.

미국에 강력하게 요구해야 한다.

당장 약속을 지켜라.

"우린 이미 전쟁 중입니다. 확답을 해 주지 않는다면 폭로한다 전하세요."

"그렇게……까지요?"

마오창이 머뭇대자 장리쉰은 목소리에 더 힘을 줬다.

"벌써 북부전구가 궤멸적 피해를 입었습니다. 복구까지 얼마나 걸릴까? 전쟁에서 승리해 북한 영토를 손에 넣어도 큰 의미가 없습니다. 잘못했다간 파멸이 오겠죠. 잊지 마세요. 우린 아무 데도 물러설 곳이 없습니다. 이젠 모 아니면 도입니다."

"알……겠습니다. 그리 경고하겠습니다."

무거운 표정으로 승복한 마오창이 막 몸을 돌리려는데,

비서가 급히 들어왔다.

"다롄의 핵미사일 기지가 파괴됐다고 합니다!"

"다롄 기지가?!"

"다롄시 공습에 대한 정보 수집을 위해 파견 나간 병력이 돌아가던 중 미사일 폭격을 목격했다고 전해 왔습니다."

"다롄 핵 기지면 지하에 만들어 놓은 거 아니오?"

"확인해 본 결과 일대가 완전히 무너졌다고 합니다."

"하아…… 북한 국경 인근에 핵미사일 기지가 몇 개 있지?"

"두 개입니다. 다롄과 퉁화."

장리쉰과 마오창은 서로의 얼굴을 보았다.

다롄이 당했다면 퉁화도 당했을 확률이 높았다.

"퉁화는 연락이 안 되나?"

"현재까지 아무런 연락이 안 됩니다."

그때 또 비서가 한 명 뛰어왔다.

표정을 보니 이도 좋은 일이 아님을 직감하게 했다.

"LPAR이 파괴됐습니다."

"뭐?!"

"허난성 푸난시로 옮겼던 LPAR이 파괴됐다는 연락을 받았습니다."

"뭐랏!!"

LPAR은 초대형 위상 배열 레이더를 말했다.

주한 미군의 고고도 미사일 방어 체계 THAAD에 대응하여 중국이 야심 차게 준비한 초대형 조기 경보 레이더 시스템.

제원으로는 5,500km 밖 거리의 10㎡ 크기 물체를 탐지할 수준이라고.

이에 반해 한국군의 그린파인 레이더는 500km, 주한 미군의

THAAD는 800~900km, X-밴드 레이더는 2,000km를 탐지할 수 있다고 한다.

중국은 전쟁 개시 전, 산둥성 이위한현에 있던 LPAR을 허난성 푸난시로 옮겼다. 안전한 내륙 쪽으로.

"공습인가?"

"아닙니다. 어떤 보고도 올라오지 않았습니다."

"그럼 뭔가?!"

"그게……."

우물쭈물하고 있는 비서 뒤로 비서 한 명이 또 뛰어 들어왔다.

"LPAR이 파괴됐습니다."

"……."

장리쉰은 순간 이것들이 지금 사람을 놀리나? 분노가 치솟았다.

방금 LPAR가 파괴됐다는 소식을 들었는데 파괴된 것이 또 파괴돼?

다 잡아다 총살을 시켜야 정신을 차리려…….

그때 마오창이 다급하게 물었다.

"혹시 저장성, 헤이룽장성의 LPAR인가?!"

"예, 뒤늦게 보고가 올라왔습니다."

"아!"

"저장성, 헤이룽장성 LPAR도 파괴됐다고? 허어……."

중국군이 보유한 LPAR은 총 세 대였다.

세 대 모두 파괴됐다는 건 한반도에서 넘어오던 모든 정보가 올스톱된다는 것.

그 사실을 겨우 기억한 장리쉰은 자기 머리를 부여잡았다.

정신 차려야 한다.

정신 차려야 한다.

'아까 분명 공습은 아니라고 했다. 미사일이나 폭격이었다면 단박에 캐치했을 거야. 그렇다면 스텔스기? 그 존재마저 의심스러운 스텔스기의 짓인가? ……아니야. 그렇다면 작전 반경이 너무 넓어. 한국이 설사 LPAR의 위치를 캐치했더라도 현무 미사일을 날리지 굳이 스텔스기를 거기까지 보내진 않을 거야. 그렇다면…… 테러인가? 특수 부대?'

그게 맞는 것 같았다.

특수 부대든 특수 요원이든 뭐든 어떤 놈들이 이 땅에서 암약하고 있다는 것.

'그렇다고 해도 어느 틈에 침투시킨 거지? 대체 언제?'

그러다 또 정신이 번쩍 들었다.

이러고 있을 시간이 없었다.

적은 실시간으로 중국의 전력을 깎아 먹고 있었다.

더 넋 놓고 있다간 정말 못 볼 꼴을 볼 수도 있었다.

위기감이 머리끝까지 치솟는다.

'더 늦어선 안 돼. 한시 빨리 적의 예봉을 꺾어야 한다.'

장리쉰은 결단을 내렸다.

"즉시 중부전구과 동부전구 전력을 투입하세요. 총력전으로 밀어 버리세요!"

"알겠습니다."

마오창이 기쁜 얼굴로 명령을 받는다.

"그리고 총리는 이 길로 미국에 경고하시오. 더는 참지 않을 거라고."

"이를 말씀입니까. 최후통첩하겠습니다."

◇ ◆ ◇

대한민국 국방부 종합 사령부 통제실.

수십 개의 모니터가 바쁘게 돌아가는 가운데 갑자기 붉은 경광등이 켜지며 사이렌이 울렸다.

사이렌이 가리키는 의미는 하나였다.

중국의 내륙군이 움직인다.

통제실 모두의 표정이 급격히 어두워졌다가 다시금 결의를 다졌다.

"동부전구 움직입니다."

"중부전구 움직입니다."

"산둥성 80집단군이 출격합니다."

보고가 이어지자마자 누군가 외쳤다.

"로켓군은?!"

"아직…… 아직입니다!"

우리 쪽 현무 미사일이 제대로 견제해 주고 있다는 것.

여기까지 듣고서야 마대길 국방부 장관이 겨우 안도의 한숨을 내쉬며 장대운에게 다가갔다.

장대운은 가진 태블릿 PC를 보고 있었는데 중국 지도에 붉은 점들이 점점 많아지고 있었다.

"중부전구 육군 81, 82, 83 집단군이 북진을 시작했습니다. 공군 병력도 동부전구와 산둥성 방향으로 이동하고 있습니다. 해군도 활동을 시작했습니다. 동해 함대, 북해 함대가 기동하려 합니다."

중부전구는 수도 베이징시를 비롯하여 톈진시, 허베이성, 산시성(산서), 산시성(섬서), 허난성, 후베이성 중국의 중앙 다섯 개 성을 관할한다. 특징은 내륙에만 위치해 해군이 없다.

동부전구는 최대의 무역 도시 상하이를 비롯하여 장쑤성, 저장성, 안후이성, 장시성, 푸젠성 다섯 개 성을 포함하는 중국의 동남부를 지배하는 군구였다. 대만을 괴롭힐 때 자주 등장하는 군구.

소속된 동해 함대는 저장성 닝보시에 있는데 중국군이 가장 돈을 많이 쏟아붓는 함대였다. 미국의 제7함대와 맞붙을 것을 가정하고.

참고로 같이 출격하는 산둥성 80집단군 소속 북해 함대는 서해를 끼고 북한과 한국이 주 경계 대상이라 가장 작았는데 전단급 규모였다. 중국 남쪽 끝 광둥성 잔장시에 위치한 남해 함대는 남중국해를 해역으로 두고 동남아시아의 깡패라 불린다. 거리 및 지정학적 관계로 이번 전쟁에서는 제외됐다.

같은 이유로 서부전구와 남부전구도 한중전쟁에서 제외됐다. 물론 이도 상황에 따라 얼마든지 변할 순 있었다.

"끝내 한판 붙으려나 보네요. 조금만 더 시간을 끌었으면 좋았을 것을."

"다행인 건 중국 로켓군은 여전히 조용하다는 겁니다."

"북한군이 선빵을 때렸다고는 하나 우리 현무 미사일이 가만히 있으니 지켜보는 걸 겁니다. 하지만 이 대치가 마냥 계속되진 않을 거예요. 그러니 최우선적으로 경계해야 합니다. 우리는 그 미사일에 TNT가 아닌 핵탄두를 탑재하고 있다 여겨야 하니까요."

"……네."

장대운은 태블릿 PC를 마대길에게 보여 주었다.

실시간으로 붉은 점이 늘어나고 있었다.

"누가 더 빠르냐는 싸움인 것 같네요. 우리가 빠를지 저들의 결심이 더 빠를지."

"후우…… 전쟁이 정말 버튼 하나로 끝나는 시대가 왔군요. 그래도 먼 훗날의 얘기일 줄 알았는데."

"인류가 핵으로 진입한 이상 피할 수 없는 흐름이죠. 우리도 이제부터라도 핵을 가져야겠습니다."

"옳습니다. 그동안 너무 미국에 눌려 살았습니다. 핵무기가 기천 개나 있는 이웃을 둔 나라가 핵이 없다니. 이처럼 어이없는 꼴은 후손에겐 물려주지 말아야 합니다."

"맞아요. 그러니 반드시 승리해 주세요. 패배한다면 우린 멸망입니다."

◇ ◆ ◇

북한 의주 비행장.

"저것이 그거가?"

"맞습네다. 남조선이 자랑하는 스텔스 전투기."

"스텔스 전투기! 히야~~ 때깔 한번 기차구나. 무신 황금으로 만들었네? 거 번쩍번쩍하는구만."

황칠나무 옻 도료로 마감된 KF-21은 언뜻 보면 황금으로 도색한 듯했다.

현재 KF-21은 북한에 10대가 들어가 있었다.

이곳 의주 비행장에 5대, 평양에 5대.

의주 비행장에서 보급받는 KF-21은 북진한 병력 수호의 임무를 받았고 평양의 KF-21은 서해 수호를 명받았다.

한국도 남은 20대 중 서울에 15대, 제주도로 5대 내려보냈다.

"저거이 아무리 날아다녀도 레이다에 안 잡힌다는 거 맞네?"

"맞습네다. 그날 우리 상공에서 실컷 날아다녔어도 못 찾았습네다. 저 중국 놈들도 못 잡아서 처맞았디 않습네까."

"남조선이 발전하긴 했나 보다. 중국도 없는 스텔스 전투기를 다 갖고."

"미그기는 쨉도 안 된답네다. 그나마 양키 놈들의 랩터가 빗댄다고."

"고래? 저거이 한 대 얼마간?"

"남조선 동무들이 말하는 걸 들었는데. 8천만 달러씩 한답네다."

"8천만 달러면 얼마간?"

"남조선 돈으로 1천억이라던데. 잘 모르겠습네다."

"뭐라?! 1천억?!"

"예."

"허어…… 저거이 다섯 대면 5천억이가?"

"금덩어리보다 비싸디요."

"정홍진 소좌."

"예, 대좌님."

"이제 통일돼야 하갔디? 그렇지 않나?"

"어휴~ 모르셨습네다. 이렇게 생각하는 게 맞는지. 대좌 동무도 보셨다시피 철교 건너가는 남조선 땅크랑 포들 어마어마하디 않았습네까. 병력들은 또 어떻시오. 덩치가 막 어휴~ 내래 밀리지 않으려고 이 악물고 버텼습네다. 어제만 생각하면 남조선이랑 친하게 가자는 위대한 수령 동지의 결단이 맞는 것 같기도 하고……."

"맞디. 아무렴 맞갔디. 우리가 너무 오래 고립됐다야. 이제라도 합쳐야 늦디 않는기래……. 이념이고 나발이고 더 늦었다간 다 굶어 죽는 기래. 어휴~~~."

긴 한숨이 끝나자마자 기다렸다는 듯이 사이렌이 울렸다.

뭐야? 뭐야? 할 새도 없이 남조선 조종사들이 튀어나와 KF-21에 오르고 하늘로 슝.

다섯 대 모두 날아올라 어디론가 간다.

멍하던 두 사람에게도 명령이 떨어졌다.

"거기 뭐 하네?! 날래 오라! 중국에서 미그기 날아온다! 날래 오라!"

◇ ◆ ◇

AWACS(공중 조기 경보 통제기)의 통제에 따라 방향을 잡은 KF-21은 산둥성에서 출발한 15, 34, 55여단 J-10 전투기 편대와 마주치게 되었다.

그들이 조우한 곳은 다롄시 인접 대략 50km 지점 해상.

현대전에서 전투기 간 공중전은 인간의 시력에 의지하지 않는다.

레이더에 잡힌 적기를 분석한 AWACS가 각 KF-21에 표적을 할

당하면 끝.

최대 탑재량 7,700kg을 완벽하게 채운 AIM-2000 미사일이 일제히 무기창에서 뛰쳐나갔다. 기체는 물론 무기까지 스텔스 도료를 입힌 미친 짓거리에 J-10 전투기 편대는 아무런 경보도 받지 못하고 다롄시로 향하는 길목, 그 창창한 앞바다에서 격추당한다.

80집단군 사령관의 명령에 따라 출격한 150여 대가 15분이 지나지 않아 수십 대를 잃고 다시 수십 대가 위험에 처하자 중국 편대는 기겁해 급히 선회했고 산둥으로 돌아갔다. 서해상에 유령이 떠 있음을 알렸다.

이뿐만이 아니었다.

저장성에서 이륙한 7, 8, 83, 85여단 J-16 전투기 편대들도 마찬가지였다.

중부전구, 동부전구의 전력이 움직인다는 경보를 받자마자 이 일대에 시선을 집중한 E-737 피스아이가 중국 전투기의 이륙을 알렸고 대응하여 날아오른 15기의 KF-21는 적이 서해상을 채 절반도 못 건넜을 즈음 표적을 할당받았다.

그리고 콰콰콰콰콰콰콰쾅.

1백여 대가 순식간에 쓸려 나가자 중국 공군은 그야말로 혼돈의 도가니에 빠졌다.

"이, 이게 어떻게 된 일이야?!"

중국 동부전구 공군 7여단장 후춘허는 책상을 쾅 쳤다.

기세 좋게 이륙한 J-16 편대가 작전 개시 10분도 안 돼 절반이 날아가고 비 맞은 똥개마냥 벌벌 떨며 도망쳐 왔다.

안후이성, 상수성, 푸젠성 공군 병력이 속속들이 도착하고 있는 이때 이 무슨 해괴망측한 일인지.

체면이 잔뜩 상한 후춘허는 당장에라도 다시 날아가라 명령할 판이었지만 부관 류제의 생각은 달랐다.

"침착하셔야 합니다. 아무래도 스텔스기가 나타난 것 같습니다."

"뭐?! 스텔스기?!"

"한국군이 스텔스기 개발에 성공한 것 같습니다."

"혹시 그거 말인가? KF-21."

"예."

"좋아 봤자 4.5세대라 했잖아! 그 과학 개발원이 스텔스에 성공하려면 최소 10년은 더 걸린다 했잖아!"

"살아 돌아온 조종사들의 증언에 따르면 영문도 모르고 당했다고 했습니다. 뭔가가 왔다 싶은 순간 바로 옆에서 날던 전투기가 터져 나갔다고요. 이게 스텔스기 짓이 아니면 뭐겠습니까?!"

그때 위관 장교가 사령부로 뛰어 들어왔다.

"중난하이의 전언입니다. '한국에 스텔스기가 있다는 정황 포착. 작전 시 유념.' 입니다."

중난하이라니.

걔들은 스텔스기의 존재를 알았다?

이걸 알았으면 미리미리…….

"하아……."

"……."

위관 장교가 나가자마자 후춘허는 류제를 봤다.

"그러니까 있긴 있다는 거구만."

"그뿐만이 아닙니다. 우리 조종사들이 미사일이 날아올 때까지 전혀 인지하지 못했다는 겁니다."

"……!"

"한국 놈들이 미사일에도 스텔스 도료를 입힌 게 틀림없습니다!"

"뭐?! 이 미친놈들이!!"

후춘허도 전략 물자로서 스텔스 도료가 얼마나 비싼지 쯤은 알고 있었다.

가히 살 떨릴 정도라는 것.

그 비싼 걸, 전투기에 발라도 모자랄 것을 무기에까지 덮는다고?

"아주 돈이 썩어 나는 놈들이……. 어! 그건 스텔스 도료마저 독자 개발에 성공했다는 건가?"

"아주 싼 값에 활용할 방법은 찾은 게 틀림없습니다. 그렇지 않고서야 이렇게는 못 합니다."

"하아…… 그래서 이번에 당한 전투기가 몇 대지?"

"출격 250대 중 무사 복귀는 142대입니다."

"10분 만에 108대가 날아갔다고?!"

다시 부글부글 끓는 후춘허에 류제는 침을 꼴깍 삼켰다.

제 분에 못 이겨 출동 명령을 내리는 순간 어쩔 수 없더라도 따라야 했기 때문이었다.

후춘허는 군부 강경파에서도 손에 꼽는 행동파였다.

성질머리가 어떤지 익히 겪어 왔다.

경험상 이때 잘못 가로막았다간 오른팔인 자신이라도 턱이 돌아간다.

그러나 턱 돌아갈 걱정과는 달리 후춘허의 눈빛은 금세 냉정을 찾았다.

"전투기도 발견 못 하고 미사일도 어떻게 날아오르는지 모른다? 이대로 이륙시킨다는 건 표적을 대 주는 것과 같겠군."

"……예."

이게 스텔스기의 가치라는 것.

과연 돈값을 한다.

저 미국이 F-22 랩터를 싸고도는 이유를 후춘허도 알 것 같았다.

"그렇다고 이대로 있어야 하나?"

"현재로선 정보 조사가 먼저입니다. 적 스텔스기가 몇 대인지조차 모르는 이때 함부로 출격할 수 없습니다. 우리만이 아닙니다. 함께 출격한 8, 83, 85여단 모두 당했습니다."

맞는 얘기였다.

혼자 당한 것도 아니라 네 개 여단이 한꺼번에 당했다.

일단 물타기가 된다는 것.

문제는 장리쉰이라는 인간인데.

아쉽게도 후춘허는 장리쉰 계열이 아니었다.

이 사실이 알려지는 순간, 무슨 수를 써서라도 옷을 벗기겠지.

한중전쟁에서 승리하더라도 아니, 옷 벗는 거로 끝난다면 차라리 다행이다. 반드시 재판장에 오르게 될 거다. 답이 정해진 대로 온갖 모욕을 당한 채로.

후춘허도 결단을 내렸다.

"우린 가만히 있어야겠군."

"예?!"

"뭘 그렇게 쳐다보나? 또 출격하려고?"

"아, 아닙니다."

"어차피 저놈들도 넘어오지만 말라는 거 아니야?"

"그야…… 아!"

"이제 알겠냐? 우리가 지금 어떤 상황인지."

"예."

류제가 보기에도 가능성 높은 추리였다.

안 그래도 눈엣가시인 후춘허가 초전부터 박살 났으니 회생은 불가능해졌다. 만회하려고 덤벼 봤자 얼마나 큰 공을 세울 것이고 그것이 또 공으로 인정될 확률도 적다는 것.

전쟁에서 이기든 지든 후춘허와 그 라인들은 장기밀매하듯 따로 도려내져 어디론가 보내질 것이다.

즉 지금 후춘허는 전쟁 후를 선택하고 있었다.

다른 8, 83, 85여단장들도 처지가 비슷하겠다. 더욱이 한국군이 미온적이다. 끝장낼 생각이었다면 제일 먼저 출격한 7여단부터 불바다를 만들었을 테니.

그러나 한국군은 그러지 않았다.

이는 곧 우리 군이 서해상에서 물러나는 즉시 되돌아갔다는 뜻이 된다.

"지금 조종사들은 어디에 있지?"

"한곳에 몰아 놨습니다."

"잘됐군. 앞으로 우린 싸우지 않는다. 최대한 전력 보존으로 돌입한다."

"정신 교육이 필요하겠군요. 준비하겠습니다."

뻔한 의도였으나 류제도 동의했다.

후춘허가 날아가면 자신도 날아간다.

총력을 다해도 모자랄 전쟁 중에 이 무슨 정치질인가 하여 한숨이 나왔지만 이게 영~ 틀린 판단이 아니라는 게 아이러니였다.

중국은 장리쉰 라인이 아니면 안 된다.

후춘허는 이전 주석의 라인이다.

잔재라고나 할까?

난징군구에서 동부전구로의 개편 때도 후춘허의 유임을 두고도 얼마나 말이 많았는지 모른다.

'맞아. 누구 좋으라고 총력을 다해? 지금은 여단장의 판단이 옳아. 압도적으로 이겨도 겨우 유임일 텐데 초전박살 났어. 반드시 책임대에 오를 거야.'

우리는 몰랐다고 하면 된다.

중난하이의 연락조차 딜레이 되는 판에 일선 부대끼리의 소통 오류가 대수일까. 안 그래도 망가진 무선 통신 덕에 이리 뛰고 저리 뛰어다니느라 바쁜 통에.

LPAR 레이더도 파괴됐다고 그러고 군사 위성 쪽도 신통찮다.

모든 게 몸 사리기에 딱 좋았다.

"류제."

"옙."

"우린 말이야. 전쟁이 한창일 때도 움직이지 않는다. 중난하이의 직접 지시가 아니라면 절대 사수다."

"알겠습니다!"

"딴 놈들이 죄다 스텔스기에 당하는 만큼 살아날 확률이 높아져. 무슨 뜻인지 알겠어?"

"예, 반드시 그리돼야 합니다!"

"그래, 가자. 그래야 우리가 산다. 다른 여단장에게도 알려."

◇ ◆ ◇

제주도 해상 서쪽으로 100km 지점.

다섯 대의 KF-21 전투기가 저장성 닝보시로 향하는 중이었다.

중국 최대 무역 도시 상하이 바로 아래쪽에 위치한 닝보시는 상하이 못지않은 중국의 중요한 경제 축인 항구 도시였다. 7세기 이래로 외국과의 무역을 위한 창구로써 소비재, 전기 제품, 직물, 식품, 공업 도구의 주요 수출항으로 입지를 다졌고 2008년 바다를 횡단하는 33km 길이의 교량인 항저우만 대교의 완성으로 상하이와 오가는 데 두 시간 이하로 끊기자 입지가 대폭 상승해 외국인들이 주목하는 도시가 됐고 부동산 가격 또한 상하이 주변 도시들의 두 배 수준으로 껑충 치솟으며 제2의 활황기를 맞이한 도시였다.

KF-21 편대가 이 시점, 상하이가 아닌 닝보시로 향한 건 중요한 이유가 있었다.

중국 최강의 함대인 동해 함대의 주둔지가 닝보시 인저우구에 있기 때문이었다.

"통제실, 도착까지 얼마나 걸리지?"

"약 5분입니다."

"5분이라. 각 전투기는 명령을 하달한다. 무기 체계를 점검하라."

"라저."

1분이 여삼추 같았다.

특히나 이렇게 특공대로 나설 때는 더더욱.

소령 이진평은 전투기 내부에 비치한 지도를 보았다.

닝보시 인저우구 군항.

이곳에 주둔한 중국 동해 함대에도 진격 명령이 떨어졌다.

엔진의 예열이 끝나자마자 대양을 향해 출격할 테고 그 길로 제주도 해역으로 오르며 한반도의 바다에 폭력적 긴장감을 불어넣겠지.

이진평 소령이 맡은 임무는 중국 동해 함대의 저격이었다. 샹산만을 나오기 전 타격한다.

최대 속도로 날아가는 KF-21 편대에는 오로지 한국형 초음속 미사일만 실려 있었다.

각 4기씩 총 20기.

이것만도 기체의 최대 탑재량을 가뿐히 넘어선다.

이 때문에 다른 무장은 모두 포기했다.

'두 번은 없어. 한 번의 기회밖에 없다. 죽어도 제로킬만큼은 놈들 머리 위로 가져다 놓아야 해.'

폭격을 기획했단들 전투기 다섯 대 전력으로 함대를 상대하는 건 불가능하다.

그러나 제로킬이라면 얘기가 달라진다.

더구나 초음속 미사일에 실린 녀석이라면 가진 바 능력을 십분 발휘해 줄 것이다.

이진평 소령이 입을 앙다물었다.

걱정은 그만.

지금부터는 한국의 국방력을 믿어야 할 때.

그래, 우리는 우리 할 일에만 충실하자.

"잠수함 전대 상황은?"

"이미 매복을 끝냈다고 합니다. 공격 신호만 미리 주시면 알아서 기동할 겁니다. 혹여나 제로킬의 반경에서 빠져나간 함선이 있다면 요격할 겁니다."

"바로 움직이라고 해. 우리도 곧 한계 라인에 진입한다."

"알겠습니다."

그 순간 레이더가 붉은빛을 띠며 동해 함대의 기동을 알렸다.

출동 준비를 마치고 뱃고동을 울렸다는 뜻이다.

그 상태로 유유히 샹산만을 빠져나오겠지.

이진평 소령의 입매도 비틀렸다.

그렇지 않아도 꼴 보기 싫던 놈들이라.

얼마 전까지 이어도를 노리고 겁박하던 놈들.

저놈들을 자유롭게 두는 순간 한반도의 바다는 평화를 잃는다. 저 축복받은 7광구까지 위협받는다.

천벌을 내려 줄 때다.

"준비된 전투기로부터 발사하라. 신속히 발사 후 복귀한다. 발사!"

""""발사!""""

탄두에 제로킬을 실은 한국형 초음속 미사일이 KF-21 무기창을 빠져나와 가속을 시작했다.

순식간에 마하 3.0을 넘어 마하 4.0에 도달하려는 순간 미사일은 어느새 샹산만에 진입했고 중국 동해 함대가 뭔가 이상함을 느꼈을 때는 상공 100m 시섬에 노날했다.

콰콰콰콰콰콰콰콰콰콰콰쾅.

한꺼번에 터지는 20기의 미사일.

갑판수부터 제독까지 모두가 놀라 하늘에서 벌어진 폭죽놀이를 봤다.

그리고,

쿠우우우우우우우우우우웅.

끼이이이이이이이이이이이이이이이잉.

무거운 쇳소리와 함께 함대의 엔진이 멈췄다. 모든 계기판이 먹통이 됐다.

이게 무슨 일인지.

아비규환의 동해 함대.

그걸 확인이라도 한 듯 돌아가는 KF-21은 이진평 소령의 입매만큼 가벼워진 몸으로 속도를 올렸다.

이는 산둥성 칭다오시에서 출격한 북해 함대에도 동일하게 적용됐다.

"후우…… 그런 일이 있었군요."

"예, 모든 준비를 마친 상태입니다. 댐프시 대통령 대행께서 동참하시면 곧 있을 대통령 선거도 또한 우리가 총력전으로 돕겠습니다."

매디슨 라이트 부부의 사망으로 인해 생긴 공백을 절차에 따라 마이클 댐프시 부통령이 대통령 권한 대행으로 자리 잡으며 그 특

유의 안정감으로 정국을 회복시키자 FED 이사회 의장과 군수 복합 기업의 수장이 만남을 청했다.

만나지 않을 이유가 없어 자리를 마련했더니 한중전쟁의 발단에 관한 이야기를 털어놓는다. 매디슨 라이트도 이 일에 한 몫 거들었다고. 이 일로 굉장한 보상이 있을 테고 사실 네가 제일 좋지만 너 아니더라도 할 사람은 많다고.

고압적인 분위기를 은연중 풍기며 으름장을 놨다.

"일단 알겠습니다. 생각할 시간을 주시겠습니까?"

"물론이죠. 하지만 길게 드리지는 못하는 건 아실 겁니다. 곧 대선 후보 경선이 벌어질 테니까요."

"압니다……."

"그럼 우리는 일어나겠습니다."

두 사람은 마이클 댐프시의 동참을 확신한다는 듯 일어났다.

거침없이 백악관을 빠져나가며 대기 중이던 리무진에 올랐고 군수 복합 기업 수장이 FED 의장을 보며 입을 열었다.

"생각보다 호응이 미적지근합니다."

"그렇더군요. 혹여 당황했을 수도 있지요."

"대안은 마련하셨습니까?"

"최선은 마이클 댐프시이나 차선도 있습니다. 론다 에거시 상원의원이죠."

"역시 공화당이군요."

"민주당은 좀…… 그렇지요?"

바이른 스캔들로 민주당은 나락으로 떨어졌다.

누가 올라오든 대통령이 되기는 요원하다.

고개를 절레 흔드는 FED 이사회 의장에 군수 복합 기업 수장은 미소 지었다.

“무슨 말인지 알겠습니다. 어쨌든 준비는 완료됐군요. 그나저나 이번 중한전쟁의 승리는 누가 가져갈 것 같습니까?”

“초전은 한반도의 우세지만 곧 뒤집히겠죠. 그렇지 않더라도 반드시 뒤집힐 겁니다. 한국엔 없고 중국엔 있는 게 있으니까요. ……장리쉰은 절대 자기 것을 놓으려 하지 않을 겁니다.”

“안 그래도 마오창이 그러더군요. 빨리 성사시키라고요. 협박성 뉘앙스로.”

“중한전쟁의 결말도 마찬가지일 겁니다.”

“핵이 등장할 걸 확신하시는군요.”

“그게 뭐든 우리야 한국의 기술력만 무사하면 되지 않겠습니까?”

“그렇죠. 그렇습니다. 그거면 되는군요. 하하하하하하하.”

“하하하하하하하하하.”

“근데 매디슨 라이트를 죽인 범인은 아직도입니까?”

“……”

백악관에서 유유히 멀어져 가는 리무진.

그 뒤꽁무니를 창가에 선 마이클 댐프시가 바라보고 있었다.

안쪽 문이 열리며 정홍식이 등장했다.

마이클 댐프시가 몸을 돌려 정홍식을 보았다.

“당신 말대로 똑같이 제안하더군요. 이렇게 될 줄 알고 있었습니까?"

"중의적인 표현 같은데 정확하게 질문해 주세요."

"매디슨을 밀면서 비밀리에 나를 지원한 이유가 이때를 위함이었습니까? 그때 요구한 건 딱 한 가지였죠. 어떤 시국에라도 거절받지 않을 단 한 번의 독대 시간. 난 아무래도 이 일을 예상하신 거로 보입니다."

"뭐, 장대운 대통령님의 선견지명이 하루 이틀 일도 아니고 그렇게 놀랄 일입니까?"

도리어 태연하게 대꾸하는 정홍식에, 마이클 댐프시는 불끈 주먹을 쥐었다.

어쨌든 이 상황을 예측했다는 뜻이다.

매디슨 라이트의 배신을.

답을 마친 정홍식은 주인의 허락도 없이 소파에 앉았다.

탁자 위에 놓인 위스키를 잔에 따라 그 향취를 잠깐 음미했다. 아직까지 서서 자신을 쳐다보는 집주인과 그 노골적인 불만의 시선과 상관없이 여유로운 미소로서.

"장대운 대통령님은 앉아서 10년을 내다보십니다. 지금까지의 업적이 전부 그걸 보여 주지 않나요? 새삼스럽습니다. 자, 미스터 프레지던트, 앉으시죠."

"난 아직 미국 대통령이 아닙니다."

"곧 그리될 겁니다. 죽지만 않는다면."

"뭐……라고요?"

아직도 앉지 않는 마이클 댐프시에 정홍식은 다시 맞은편 소파를 가리켰나.

잠시 버티던 그가 별수가 없다는 듯 앉자.

"전쟁은 곧 끝날 겁니다."

"……?"

"전쟁이 끝나는 순간 저들은 죽습니다. 한 명 예외 없이."

"설마…… 매디슨도……."

"아, 급하게 결정할 필요는 없습니다."

정홍식은 시계를 살폈다.

"어디 보자~ 이제 3시간가량 남았군요."

"3시간……이라면?"

"전쟁이 끝날 시간이죠."

"뭐라고요? 그 시간 안에 한국이 중국을 이긴다는 겁니까?"

"저들은 한국의 기술과 DG 인베스트의 자산, 북한 땅을 노리고 한중전쟁을 일으켰어요. 타깃을 장대운 대통령님으로 잡았다는 겁니다. 감히 말이죠. 누구도 예외 없이 파멸을 맞게 될 겁니다. 잊지 마세요. 우리 대통령님은 뒤끝이 아주 깁니다."

할 말을 다 마쳤다는 듯 정홍식은 일어났다.

이렇게 간다고?

아직 아무것도 정해지지 않았는데?

곧장 문으로 향하던 정홍식은 무언가를 떠올렸다는 듯 몸을 돌렸다.

"아 참, 출마하세요. 물론 당신도, 당신 부모에서 자손까지 전부 죽음을 각오한다면 또다시 배신해도 좋습니다만. 그다지 추천해 드리고 싶지는 않군요. 그럼."

백악관에서, 백악관 주인을 죽이겠다 말하는 인간을 볼 줄은 몰랐던 마이클 댐프시는 아무런 반격도 하지 못한 채 정홍식이 나가는 걸 봐야 했다.

얼마나 됐을까?

그가 백악관에서 완전히 나갔는지 비서실장이 한 사람을 데려왔다.

두폴 루이티 CIA 동아시아 국장이었다. 약속한 대로 비서실장은 다시 밖으로 나갔다.

"당신이 누가 매디슨을 죽였는지 안다고 했다죠? 내가 도저히 납득할 수 없어서 불렀어요. 정말 저 한국이 미국 대통령을 암살할 능력이 있다는 겁니까?"

물으면서도 마이클 댐프시는 제발 아니라고 답해 주길 바랐다.

정홍식의 태도가 허세였길.

그러나 두폴 루이티의 대답은 뼈가 시릴 만큼 간명했다.

"아주 손쉽게 죽일 수 있습니다."

"뭐라고요?!"

"지금에라도 그가 마음먹으면 대통령 권한 대행께서는 죽습니다. 가족분들도 전부."

"!!!"

두폴 루이티는 경악에 입을 다물지 못하는 마이클 댐프시에게 1급을 넘어 특급 비밀이라며 캔디의 존재를 밝혔다.

증거는 어디에도 없으나 캔디와 대적한 자는 반드시 멸망했음을.

그렇기에 라이트 대통령 가족의 몰살도 캔디의 소행이라며 아주 담백하게 말해 주었다.

"증거가 없다면서요?"

"증거가 없는 게 증거입니다."

"……!"

"캔디가 아니라면 세상 누구도 할 수 없으니까요."

"말도 안 돼. 그런 인간이 존재한다고요? 그걸 나더러 믿으라고요?!"

"캔디의 동료 중에는 2km 밖 나뭇잎 속에 숨은 참새도 맞추는 인간이 있습니다. 왜 없다고 단정하시죠?"

"……."

"캔디는 그런 자들조차 감히 적대할 생각을 못 하는 자입니다. 심지어 우리 CIA조차도요."

"허어…… 진정 그런 자가 있다고요? 어……째서 비밀로 한 겁니까?"

"대통령님을 보호하기 위해서입니다. 존재를 알게 된다면 틀림없이 오판할 테니까요. 캔디를 가지려 들거나 죽이려 들거나. CIA도 역시 캔디를 오판하여 국장 두 명과 국장급 인사, 간부 수십 명을 잃었습니다. 그들과 선이 닿아 있던 요원 수백이 날아갔죠. 창사 이래 처음으로 공황을 맛봤습니다. 대통령 권한 대행께서는 이 사실을 믿을 수 있습니까?"

"……."

그저 입을 떡.

"CIA에는 한때 이런 말도 돌았습니다. 캔디를 적대한다는 생각도 품지 마라. 만일 그랬다간 밤에 캔디가 찾아간다. 역시나 적대 의사를 밝힌 자마다 다음 날 시체로 발견됐죠. 그 가족과 함께."

"그……렇군요. 진짜 그런 자가 있었군요. 허어…… 그, 근데. 그렇다면 왜 지금은 알려 주는 겁니까? 차라리 모르는 게 나았을 텐데요."

"이 역시도 대통령 권한 대행을 보호하기 위해서입니다. 캔디가 장대운 대통령을 돕고 있다는 정황이 드러났으니까요."

"정황일 뿐이잖소."

"캔디는 그거면 됩니다. 왜 부정하시죠? 아직도 믿기지 않습니까?"

"그야……."

대답을 망설이는 마이클 댐프시를 본 두폴 루이티는 조용히 일어났다.

"왜 일어나시오?"

"대통령 권한 대행의 태도를 보아하니 아무래도 곧 장례식이 열릴 것 같네요. 저는 오래 살고 싶습니다. 캔디에 관해선 알려드릴 만큼 알려드렸고. 그럼 좋은 판단하시길."

"백악관! 여기 벙커에 들어가면 되잖소!!"

"CIA 국장급 중 그 생각을 안 해 본 자가 있었던 것 같습니까? 다른 나라에 있다는 걸 확인하고 일부러 전세기에 올라탄 인간도 있었습니다. 어땠을 것 같나요?"

"……."

"그럼. 아 참. 쉿. 혼자만 아셔야 합니다. 잘못 발설했다간 또 다 죽습니다."

끝까지 좋은 말은 1도 없이 태도를 고수한 두폴 루이티는 문을 나섰고.

마이클 댐프시는 혼란에 머리가 터질 지경이었다.

그런 인간이 있다는 것도 상식적이지 않고 도대체 인간인지도 의심스러웠다. CIA가 두려워 꽁꽁 싸매는 인간이라니.

'으응?'

그러다 조용함을 느꼈다.

돌아보니 백악관 응접실에 적막이 흐르고 있었다.

혼자다.

오싹.

만일 지금 그놈이 쳐들어온다면?

그 사실을 깨닫자 마이클 댐프시는 순간 전신을 욱죄 오는 감각에 몸을 떨었다.

"여기도 세상에서 가장 안전한 곳이 아니었던가?"

그러나 FED 이사회 의장이 건넨 제안은 참으로 달콤하였다.

매디슨 라이트의 앞으로 책정된 몫이 자그마치 1조 달러어치를 호가한다고 했다.

1조 달러.

그 1조 달러를 덜컥 주겠다고 한다. 정책 몇 개 만들고 행정력을 동원해 주는 대가로.

"하아……."

그거면 댐프시 가문은 영세불멸을 기대해도 좋을 것이다. 이 미국 사회에서 누구보다 거대한 성과를 쌓을 수 있으니. 그 번영이 자손 대대로 이어질 만큼.

솔직히 말해 정홍식이 이곳 백악관에 도사리고 있다는 걸 알면서도 가슴 떨렸다. 이렇게 경고를 받았으면서도 놓기 힘들 만큼 매력적이다.

"후우……."

마이클 댐프시는 둘 사이에서 저울질에 들어갔다.

흙탕물이 침전하듯 점점 아래로 아래로.

그렇게 조용한 가운데 혼자만의 정리에 들어갔고 창공에서 창창하던 해가 뉘엿해질 즈음 밖에서 비서실장이 헐레벌떡 뛰어 들어왔다.

"한국에서 탄도 미사일을 쏘았습니다!"

"……."

뭔가? 하며 사태 파악이 덜 된 마이클 댐프시의 귓가로 비서실장의 목소리가 다시 선명히 꽂혔다.

"한국이 탄도 미사일을 쐈습니다. 최소 1천 기입니다."

"예? 뭐라고욧?!"

◇ ◆ ◇

"끝났습니다. 3분 후면 중국의 모든 핵 시설과 핵무기가 무용지물이 될 겁니다. 일반적인 미사일 기지까지 전부 타깃으로 넣었으니 이제부턴 대통령님의 몫입니다."

고대했던 전화를 받았다.

군사 위성과 연동된 태블릿 PC에 찍힌 붉은 점은 800여 개였다. 여기에서 더 늘어나지 않고 그대로 있다.

정말 위치 추적이 끝났다는 것.

바로 명령했다.

각 점마다 사이좋게 두 발씩 표적을 강제 할당하라고.

탄두 10톤짜리 육덕진 탄도 미사일이…… 한 방이면 도시 하나가 날아갈 무지막지한 녀석을 장대운은 만에 하나라도 빗나간다는 가정을 없애기 위해 과감히 투자했다.

점 하나당 두 기씩 날리라고.

그리고 준비는 끝났다.

붉은 점이 생길 때마다 통제실은 경도와 위도를 강제 입력했고 마지막 붉은 점도 방금 마쳤다는 연락이 왔다.

더 망설일 이유가 있나?

"발사하세요."

명령을 이어받은 계엄사령관 마대길이 외쳤다.

"발사!"

1,600여 기의 미사일이 일제히 대기를 뚫고 날아올랐다. 순식간에 한반도 상공으로 올라가 밤하늘을 수놓았다.

어쩌면 새벽을 여는 이들은 보았을 수도 있겠다.

한반도의 새 역사를 쓸 '북벌'이, 그 피날레를 장식할 우리의 이쁜이들이 날아오르는 모습을.

그리고 10초도 지나지 않아 중국 내 800여 개의 붉은 점이 일제히 사라졌다.

제로킬이 터졌다는 것.

역시나 그 일대가 암흑에 빠진 듯 검게 변한다.

반면, 우리 이쁜이들은 어느새 고고도에 올라 우주 공간을 유영하였다. 깊은 바닷속 전설의 인어가 헤엄치듯 고요한 물길 가운데 떠다니는 녀석들.

그 녀석들이 어느 지점에 도달하자 다시 지상으로 고개를 돌렸다.

이후부터는 직진.

혜성이 내리꽂히듯 삽시간에 초속 7km 속도를 넘기며 방금까지의 온화하던 모습을 지우고 무자비한 표정을 드러냈다.

장대운도 더는 살피지 않았다.

“2차 목표도 파괴하세요.”

“2차 미사일 발사!”

감정이 없는 목소리에 반응한 마대길 장관이 다시 소리쳤다.

이번 이쁜이들은 중국 유력 군부대와 공군 기지, 군항으로 향했다. 중국의 마지막 여력까지 끊어 버릴 요량으로.

그걸 보고서야 장대운은 일어났다.

통제실에 있던 모든 이가 장대운을 보았다.

담담하게 선언했다.

“이 시간부로 북벌을 종료합니다. 우리는 승리했습니다.”

“““““““와아아아아아아아아아아아이~~~~~~~~.”””””””

한순간에 전력의 90%가 날아간 중국.

2,500여 기의 10톤짜리 선물을 한가득 안은 현무 미사일을 버텨낼 국가는 사실상 지구상에 없었다. 미국마저 그러할진대 저 중국이 뭐라고…….

그리고 한국군의 승리는 필연이었다.

중국은 한반도 전역을 커버하던 LPAR 레이더가 파괴되며 한쪽 눈을 상실했고 인공위성마저 제 기능을 못 하며 다른 한쪽 눈도 실명에 가깝게 시력을 잃었다.

우왕좌왕.

무선 통신도 망가지고 그나마 있는 지엽적 규모의 레이더로는 방어하기도 급급.

똘똘 뭉쳐야 할 군부도 파벌 간 분열이 심각하다.

그 사이 제로킬이 터지며 중국의 핵전력이 무용지물이 된 순간, 주요 기지와 항만이 파괴되는 순간 중국군의 승리는 한없이 '0'에 수렴하게 됐다. 현대전에서 인구수는 생산력 외 그리 큰 의미가 없으니까.

"별이 떨어졌다. 작전 개시다. 밟아라. 밟아. 날래날래 가자우."

부르르릉,

부릉 부르르르르르르르.

쐐액.

쐐애애액.

북한군 땅크들이 굉음을 내며 달렸다.

무주공산이 된 중국 영공을 KF-16 전투기가 날아다니며 북한 기갑 전력과 보병들을 수호했다.

새벽길 간간이 벌어지는 저항에 발길이 멈출라치면 틀림없이 독사미사일이 날아가 인근을 초토화시키며 길을 열었다.

나머진 건들지도 않았다.

땅크만 앞세우고 무조건 전진.

중국도 새벽을 여는 자들이 있었다.

못 보던 병력의 출현에 흠칫 놀라거나 고개를 갸웃댔지만 이내 또 자기 일이 아니라는 듯 현업에 들어갔다.

누구 하나 말리는 사람 없이 곧장 베이징 중심부 중난하이로 쳐들어간 북한 전력들.

세뇌돼 무뇌적 떼거리로 몰려다니던 저 중국 인민들조차 무언가 일이 잘못됐음을 깨달았을 즈음엔 북한 땅크가 대놓고 축포를 쏘았다.

퍼퍼펑

퍼퍼퍼퍼퍼펑.

고래고래 불렀다.

장리쉰아, 장리쉰아, 어서 기어 나와라.

어서 나와서 무릎 꿇어라.

넌 끝났다. 개자식아.

장리쉰도 주위가 포위되었음을 깨닫는 데는 오랜 시간이 필요 없었다.

갑작스레 터진 굉음.

그리고 포격.

언제 몰려왔는지 북한 기갑 전력이 중난하이를 빽빽이 둘러싸고 있다.

처음엔 어이가 없었다.

너희가 왜 거기에 있어?

북진하던 80집단군 병력은 도대체 어디에 있고? 중부전구 그 많던 병력은 지금 무얼 하고?

비서신을 총동원해 서놈들 좀 어떻게 해 보라고 소리쳐 보지만.

돌아온 건 비참한 현실뿐이었다.

밤사이 세상이 뒤집혔다.

중국군이 궤멸되었다.

마지막 보루이던 핵전력도 또한 전부 파괴됐다.

중국이 패배했다.

자신도 끝났다.

"아아, 아아아, 으아아아아아아아아아아아아아~~~~~~~~~~~~~."

Chapter. 88

Chapter. 88

“장리쉰을 잡았다네요. 큰 고비를 넘겼습니다. 이제부터가 중요합니다. 저 중국을 어떻게 요리할지 의견을 내보세요.”

이 한마디에 새벽녘 잠도 깨지 않은 채로 사회 각계각층의 대표격 인물들이 국방부로 끌려왔다.

정치는 물론 경제, 문화, 교육, 언론, 종교계에 이름난 이들이 대거 등장하며 두리번댄다.

맞다.

세상은 아직 한중전쟁이 종장에 이르렀다는 걸 모른다.

허둥지둥, 왜 끌려왔나 걱정 혹은 의기 가득한 그들의 눈빛을 보며 장대운은 담담히 말했다.

“오늘 10월 3일 07시부로 한국이 중국을 상대로 전쟁에서 승리했음을 공식 선언할 겁니다.”

깜짝 놀란다.

도무지 믿기지 않는다는 표정들이었다.

지금 한창 전쟁 중일 텐데 갑자기 승리했다니 영문을 모르겠다는 것.

그러든 말든 장대운은 대국민 브리핑을 위해 프레스룸으로 떠났고 도종현이 바통을 이어받았다.

"들으셨다시피, 한국이 승리했습니다. 조금 전, 북한 병력이 베이징에 들어가 장리쉰을 잡았다고 연락받았습니다."

도종현은 장대운에 비해 조금 편한지 곧바로 질문이 쏟아졌으나 무시했다.

"지금부터 여러분이 고민해야 할 일은 어떻게 이겼냐가 아닌, 저 중국을 어떻게 해야 제대로 요리할 수 있냐는 겁니다. 다시는 고개 들지 못하게, 다시는 주변 국가들에 깡패짓 못 하게 하려면 어떻게 제약을 걸고 족쇄를 채워야 하는지 말이죠. 무슨 뜻인지 알겠습니까?"

그래도 얼떨떨해하는 이들을 보며,

"지금쯤이면 북한 김정운 위원장이 중난하이에 들어갔을 겁니다. 장대운 대통령님은 곧 세계를 상대로 한중전쟁의 승리를 선언하시겠죠. 이제 세계가 우리를 지켜볼 거란 뜻입니다. 어서 머리를 맞대세요. 참고로 대통령님은 중국의 4분할을 구상 중이십니다. 되도록 이 구상에 맞게 잡아 주셨으면 좋겠습니다."

말을 마치자마자 비서진들이 들어오며 각 계 인사들이 검토해야 할 항목 등 필요한 자료를 잔뜩 넘겨줬다.

방을 빠져나오며 도종현은 알 듯 모를 듯 미소 지었다.

대계는 이미 완성됐다. 대통령의 머릿속에.

이들을 부른 건 쇼였다.

중지를 모아 결정했다는 명분.

일방적으로 이용당하는 처지지만, 그만한 반대급부가 있으니 됐다.

더없는 영광이 돌아갈 테니.

새 나라 건설에, 수천 년 대적의 침몰에 한 손 거들었다는 이름으로 말이다.

"부디 힘내 주십시오. 여러분의 결정이 우리 민족의 향후 1천 년을 결정할 겁니다."

◇ ◆ ◇

"캬아~ 내래 이런 날이 올 줄은 몰랐소."

"저도 그렇습니다. 위원장님."

"지금도 심장이 벌렁대오. 김문호 동지가 나를 필사적으로 말리지 않았다면 어떻게 됐을까?"

"……."

"중난하이에 핵을 날리겠다는 나를 김 동지가 말리지 않았다면 아마도 오늘은 없었을 거요. 내래 정말 고맙소."

"아닙니다. 저는 제 할 일을 했을 뿐입니다."

어제, 중국의 핵미사일 350여 기가 한반도를 겨냥하고 있다는 소식을 들은 김정운은 순간적으로 이성이 날아갔다.

북안군 선력이 중국군을 빗자루로 먼지를 쓸 듯 밀어내고 있는 형국이라 기뻐하고 있었는데 뒤통수를 거하게 맞은 것.

핵은 달랐다.

제아무리 승기를 잡고 있다 한들 한 방이면 모든 게 무용지물.

그런 괴물 같은 미사일이 350여 기나 한반도 요소요소를 겨냥하고 있었다는 건 곧 중국이 애초 핵전쟁을 전제로 이 전쟁을 일으켰다는 뜻이었다.

저놈들이 쏘기 전에 자기가 먼저 중난하이를 날리겠다는 김정운을 김문호는 사력을 다해 막았다.

하루만, 딱 하루만 참아 달라고.

이미 조치를 취했으니 하루만 기다려 보고 그때도 달라지는 게 없다면 뜻대로 하라고.

그 결과 김정운은 보무도 좋게 중난하이에 입성했다.

1호 열차 태양호를 타고서 말이다.

"하하하하하하, 아하하하하하하하하하하하하하하하~~~~~~~~~~."

전신을 곪게 하던 막힌 혈이 파바바박 완벽하게 뚫린 것처럼 통쾌 자체로 웃어 댄 김정운은 북한군 장교의 안내를 받으며 당당히 장리쉰의 집무실로 향했다.

거기엔 장리쉰은 물론 마오창 총리, 중국 정부의 수뇌부들이 전부 잡혀 와 있었다.

김정운도 이때부터는 정색한 표정으로 다가섰다.

"아직도 빳빳하구만. 기래. 항복하갔소?"

"감히! 네놈이!!"

시뻘겋게 충혈된 눈으로 노려보는 장리쉰에도 김정운은 1도 타격을 받지 않았다.

도리어 그러면 후회할 텐데 하며 휴대폰을 빼 들었다.

"나요. 장 대통령님. 장리쉰이 항복을 안 하겠다 하오. 고개를 빳빳이 드는데 일단 때려눕히면 어떻겠소? 안 된다는 거요? 기러면 어쩌면 좋소? 저리 버티는데. 아아, 기렇소? 내일 바오터우에 있는 기계와 철강 산업 단지를 지우겠다는 말이오? 허허허허, 날래 인민들 대피시키라고요? 허음, 알았소. 내래 빨리 방송으로 날리리다. 끊갔소."

장리쉰을 향해 웃어 보였다.

"리쉰아, 네가 성질내며 버틸 때마다 하나씩 하나씩 중국이 가진 도시와 산업이 지워질 거다. 바오터우를 시작으로 베이징의 기계, 시안의 섬유, 자동차, 정유, 난징의 화학, 철강, 청두와 충칭은 어휴~ 여긴 전부 공업 지대구만. 고럼 다 지워 버려야디. 아 참, 상하이도 있구나. 상하이는 안 그래도 꼴같잖았는데 도시 자체를 없애 버려야 갔어. 쿠쿠쿠쿠쿡."

"너, 너……."

장리쉰이 잡아먹을 듯 손가락으로 가리키지만.

역시 전혀 영향받지 않은 김정운은 말을 계속 이었다.

"아직 한국에는 10톤짜리 탄두 현무 미사일이 500기나 있다. 이거면 너네 중국을 20세기로 되돌리는 것도 일이 아니디. 계속 버텨 보라우. 난 네놈이 버텨 줄수록 더 기쁘다. 뭐 하나. 날래 바오터우에 방송 날리지 않고. 내일 바오터우가 지워진다. 죽기 싫으면 싹 다 피하라 알리라."

"옙, 날래 방송 내보내겠습네다!"

상교 하나가 서둘러 뛰어나가고 1분도 지나지 않아 또 한 명의

장교가 들어와 중난하이에 지하 감옥이 있음을 알렸다.

거기에 꽤 많은 사람이 잡혀 있다고.

쑤더우 상무위원도 있다고.

김정운이 웃었다.

"이거이, 일이 재밌게 돌아가는구만."

◇ ◆ ◇

【특보. 한중전쟁의 종막. 한국이 승리하다!】

【남북한의 승리! 한중전쟁, 거대 중국을 상대로 남북한이 이겼다!】

【어메이징 코리아! 절대적으로 불리하다 여긴 전쟁, 수십 배 큰 중국을 상대로 남북한이 승리를 거머쥐다!】

【마구 밀려드는 한반도군에 무장 해제당하는 중국 인민해방군. 그 얼굴에 깃든 건 차라리 잘됐다는 미소?】

【살아남은 중국 군인과의 인터뷰. 어제는 차라리 악몽이었다】

【한국 국방부 발표. 중국군은 현재 전력의 90%를 상실한 상태. 중국군은 처음부터 남북한의 상대가 아니었다】

【남북한 정부, 중국을 다시 20세기 시절로 되돌릴 계획】

【수천 년 악연의 종지부를 찍다. 한반도와 중국, 애증의 관계를 조명해 보다】

【장대운 대통령, 중국에 관해서 만큼은 한 치의 양보도 없는 대강경 노선 채택】

【장대운 대통령 국정 지지율, 마의 90%를 뚫어 내다!】

【하루아침에 지워진 중국의 바오터우시. 장대운 대통령, 하루에 하나씩 중국의 산업 도시를 지우겠다 선언. 급히 피난길에 오른 중국 인민들】

【한국 정부, 이 조치는 장리쉰 주석의 항복 불가에 대한 대처일 뿐】

【베이징 기계 산업 단지가 사라지다. 내일은 시안시의 공업 지구 예고】

【장대운 대통령의 검지가 한 곳을 찍다! 일주일 후 상하이란 도시는 지구상에서 사라질 것】

【너무 가혹하지 않냐는 요청에 장대운 대통령의 曰, 중국은 1,000여 기의 핵미사일이 존재했고 전쟁 시작 전 그중 350여 기를 한반도 주요 도시에 겨냥했다. 나는 중국 인민을 다 죽이는 한이 있어도 이 일을 멈추지 않을 것이다】

몇 개의 도시가 진짜로 사라졌다.

중국 인민들도 단순 엄포가 아니란 걸 온몸으로 깨달았다.

그리고 어제 상하이가 예고당했다.

상하이가 멸망을 목전에 뒀다는 것.

2,500만 인구수의…… 중국 인민은 물론 수많은 글로벌 기업들의 자산이 몰려 있는 거대 도시가 곧 파괴된다.

외교적 항의는 둘째치고 일단 살아야 했다.

설마……는 사라진 지 오래.

장대운 개또라이는 중국 인민을 다 죽이는 한이 있더라도 멈추지 않겠나 선언했다.

다들 어버버 하는 사이 눈치 빠른 몇몇이 가산을 챙겨 도시를 빠져나가고 그걸 본, 그제야 정신이 번쩍 든 상하이 시민들이 한꺼번에 움직였다.

대혼란이 일었다. 도망가다 자기들끼리 부딪히고 짓밟고 다치고 사망하고……. 그런 중 몇몇은 이게 전부 장리쉰이 항복을 하지 않아 벌어진 사태란 걸 부르짖었다.

자기는 안 죽으니까 끄떡도 안 하는 거라고.

그 원성이 중난하이로 향했다.

상하이의 원성이 중국 전역으로 퍼졌다. 상하이가 없어져도 끄떡없을 독심인데 다른 도시인들 죽든 말든 흔들릴까.

인민들이 거리로 나왔다.

일제히 장리쉰의 퇴진과 항복을 외쳤다.

제발 용서해 달라고 한국을 향해 빌었다.

그 뉴스가 전 세계로 퍼져 나갔다.

◇ ◆ ◇

오랜만에 청와대로 돌아온 장대운은 아비규환에 빠진 중국과는 달리 모처럼의 여유를 즐겼다.

티타임도 하고 중국발 뉴스를 보며 희죽신공을 펼치고.

처 울든 말든.

다 자업자득이라 생각했다.

만일 그 핵을 우리가 맞았다면?

그것만 생각하면 저리 울부짖는 것도 다 가식처럼 여겨진다.

전혀 불쌍하지 않다.

"암, 인간으로 보면 안 되지. 14억이란 인구수로도 개혁이 안 되는 종특이었는데 저걸 우리 수준으로 보면 역사가 되풀이되는 거야."

"맞습니다."

문이 열리며 천강인이 들어왔다.

"오오, 왔어요?"

"이제 일을 마무리해 볼까 해서 인사차 왔습니다."

"인사차라면……?"

"FED 이사회와 그 배후 세력, 군수 복합 기업들만 손보면 우리나라를 위협할 만한 것이 없다고 판단됩니다. 닭 잡는 칼로 돌아가려고요."

"아……."

아쉽다.

아쉽다. 너무 아쉽다.

조금 더 곁에 머물러 줬으면 좋겠는데.

하지만 천강인의 말이 맞다.

이만큼 해 준 것만도 그는 우리 민족에게 할 도리를 다했다.

장대운의 눈빛에 인정의 기미가 찾아들자 천강인이 크게 웃었다.

"역시. 기대를 저버리지 않는군요."

"예?"

"보통의 권력자였다면 절대 저를 놓으려 하지 않을 테니까요."

그러나 나 죽었습니다.

"아…… 사실 섭섭하긴 합니다."

"섭섭 안 하시는 것도 제가 섭섭합니다."

"그렇군요. 묘하게 커트라인을 통과한 건가요?"

"그 덕에 장대운 대통령님과는 연을 계속 이어도 될 것 같다는 확신을 받았습니다. 친구로서요."

그제야 장대운도 활짝 웃었다.

"친구, 좋죠. 그래, 우리 친구 합시다. 다른 사람은 몰라도 내가 천강인 씨를 압니다. 그거면 되지 않습니까?"

"충분합니다. 만족합니다. 친구. 그럼 저는 이제 마무리하러 가겠습니다."

"잘 다녀오세요."

"예."

문 쪽으로 향하던 그가 다시 돌아봤다.

"아 참, 친구가 생긴 것에 흥분해 중요한 걸 놓치고 갈 뻔했군요."

품에서 쪽지를 하나 내놓는다.

주소가 적혀 있었다.

"본의 아니게 중국 곳곳을 돌아다니다 보니 줍게 된 건데. 확실히 큰 땅덩이답게 재물도 비례하여 많더군요. 일본은 상대가 안 될 만큼 어마어마했습니다."

"재물……요? 일본이요?"

"하하하하하, 실은 일본 중앙은행에 있던 걸 제가 따로 챙겼습니다."

"……거기 분명 폭격 맞았다고 들었는데."

"그런가요? 잘됐네요. 어쨌든 중국 건 고스란히 옮겨 놨습니다. 한 푼도 손 안 대고요. 우리도 땅덩이가 넓어진 만큼 돈 들어갈 데가 많지 않을까요?"

"……헐."

"그럼 유용하게 쓰십시오. 전 갑니다."

바람처럼 사라진다. 대놓고. 문으로 나가지도 않고.

정신 차린 장대운은 급히 수도 사령부 병력을 차출해 쪽지에 적힌 주소지로 보냈다.

캬~~ 올라오는 보고가 심박하다.

셀 수 없을 만큼 달러의 산이 널려 있고 팔뚝만 한 금괴가 가늠이 안 될 만큼 빛을 발하고 있더라.

철통 경비 아래 정확한 계수를 위해 한국은행 인력들을 추가로 파견했다.

전부 확인해 보니.

금괴 15,236톤 외 현금 3조 1,200억 달러란다.

순간 중국의 금 보유량과 외환 보유고가 떠올랐다.

21년 기준으로 금이 1,948톤, 외환보유고가 3조 2,970억 달러라고 했다.

외환보유고는 전 세계 국가 중 중국이 1위.

한국은 8위로 4,476억 달러.

이 중 대부분이 우리 손으로 넘어온 모양이다. 참고로 중국이 보고한 금 보유량 1,948톤을 믿는 국가는 없었다. 대략 그 10배수로 어림짐작하고 있는데.

이걸 방금 챙기고 나니 또 이런 생각이 들었다.

"중국의 해외 자산도 챙겨야겠어. 일대일로로 취득한 해외 자산들. 그것도 상당하다지?"

물의를 일으키고 있긴 하나 한국이 들어가 교통 정리해 주면 끝날 일이다.

원래 잘하는 상생의 길로.

"이야~ 배부른데. 배가 빵빵하니 뭐든 할 수 있을 것 같구만."

신난다.

일본이 가진 우량 채권으로 연간 500조 원의 추가 세수가 생긴 것도 기쁘지만 이렇게 공돈이 들어온 것도 사람을 아주 행복하게 해 준다.

그러다 또 번뜩.

"가만! 중국이 차이나 모바일을 건드렸으니 중국이 가진 해외 채권의 50%도 DG 인베스트에 귀속되는 거잖아!"

미국의 목줄을 쥘 강력한 카드가 또 들어온다는 것.

중국이 가진 미국 국채는 1조 달러가량이었다.

이 중 절반이라도 5천억 달러.

미국 정부가 허튼짓하는 순간 이 5천억 달러를 시장에 한꺼번에 뿌리는 거다. 그러면 놀란 헤지 세력들도 무슨 일인가 하여 채권을 마구 던지겠지. 거기에 DG 인베스트가 미국 내 자산을 외국으로 옮긴다는 발표를 해 버린다면?

미국의 파산도 상상 속의 일이 아니다.

행여나 돈을 있는 대로 찍어 내 막는다 한들 달러와 미국 국채는 그 가치가 폭락을 면치 못할 테고 이것은 이것대로 기축 통화로서 자격을 박탈당할 큰 요인이 될 수 있다.

"으흐흐흐흥, 기뻐. 남은 건 승전 협상인데. 이도 대세는 막을 수 없겠지."

상하이 멸망 하루 전,

다섯 기의 현무 미사일이 상하이를 겨누고 날아오를 준비를 마쳤다는 뉴스가 전 세계에 방영되었다. 탄두 10톤짜리 탄도 미사일이 상하이시에 떨어질 경우 어떤 결과를 일으킬 건지 군사 전문가들이 나와 가진 바 지식을 마구 떠들었다.

불안에 불안이 증폭된 중국 관영 매체는 혹여나 상하이에 남은 사람이 있다면 빨리 대피하라 외쳤고 살아남은 중국군도 상하이시로 들어가는 모든 길목에 바리케이드를 치고 출입을 막았다.

야경이 아름다운…… 중국의 발전을 대표하던 상하이가 순식간에 어둠으로 휩싸였다.

그때 또 하나의 뉴스가 떴다.

≪아아, 방금 한국 정부가 발표했습니다. 내일 상하이를 지우고 일주일 후 베이징도 지울 계획이랍니다. 아아아~~ 하늘이시여, 어째서 우리 중국에 이런 시련을 주시나이까?!≫

울부짖는 아나운서처럼 베이징시 시민들도 더는 남 일처럼 머뭇대지 않고 거리로 뛰쳐나왔다. 장리쉰 퇴진을 외치며 중난하이로 몰려들었다.

콰광.

콰콰콰광.

그러나 이런 걸 두고 볼 심성운이 아니다.

바로 땅크로 응수하며 지금부터 접근하는 것들은 공격으로 간주하고 다 죽여 버리겠다 엄포했다.

북한 인민군도 일제히 총부리를 돌리며 중난하이에 접근하는 인민을 노려보았다.

할 수 없었던 군중은 대신 확성기와 스피커를 동원해 장리쉰 퇴진을 외쳤고 그 무리는 시간이 갈수록 커졌다.

그 시각, 김정운은 마오창 총리와 쑤더우 상무위원을 따로 불렀다.

"슬슬 결정해야 할 때가 아니네?"

"……."

"……."

"언제까지 썩은 동아줄을 쥐고 있을 텐가?"

"……."

"……."

"둘 중 하나다. 같이 죽든가. 아니면 제안을 받고 부귀영화를 누리든가. 그 중심에 누가 서겠나? 줄 때 받으라. 다음 타자 기다린다."

장리쉰의 다음 시대를 열 기수에 대한 얘기였다.

너희 둘이 지목됐다고.

너는 북쪽, 너는 남쪽.

절망적인 상황에도 눈이 번쩍 뜨일 매력적인 제안이라.

결국 두 사람은 고개를 끄덕였다.

곧장 행동에 돌입했다.

"장 주석님, 상하이는 우리의 기반입니다. 진정 이대로 놔두실 겁니까?"

"장 주석님, 다음은 베이징을 멸망시킨다고 합니다. 그때도 이렇게 버티실 겁니까?"

"중국은 이미 졌습니다. 정말 이대로 사회 인프라를 전부 망가뜨렸다간 아무것도 남지 않을 겁니다!"

"어서 움직이십시오. 더 가다간 정말 회복할 수 없는 나락으로 떨어질 겁니다. 뭐라도 남겨져 있어야 와신상담을 하든 말든 하지요!"

"빨리 결단을 내리십시오. 내일이 되면 우리 중국은 진짜 삼류국이 될 겁니다."

어느새 장리쉰 퇴진 궐기는 중난하이 심부까지 들릴 만큼 커졌고 최측근 보좌진마저 항복을 종용한다.

제아무리 용가리 통뼈인 인간이라도 버티기는 무리였다.

이러다 상하이가 날아가는 순간 진짜 반란이 일어날 테니.

어쩌면 저 간악한 김정운이 그걸 노리고 있을지도 모른다.

'크음…… 잘못하면 이번 일의 먹잇감으로 나를 인민들에게 던져 줄 수도 있겠구나. 저 김정운이라면 그러고도 남을 놈이다.'

현실이 확 다가왔다.

그러고 보니 항복 문서에 사인할 인간도 참 많았다. 주석 장리쉰이 죽더라도 얼마든지 권한 대행할 수 있는 인간이.

허탈했다.

4선과 동시에 영구 집권의 토대가 될 자원이라 생각했는데 칼을 거꾸로 돌리니 하나하나가 위협적이다.

장리쉰은 결국 고개를 숙였다.

죽으면 자신만 손해다.

그날로 세계를 흔들 뉴스가 날아올랐다.

【장리쉰 주석 항복. 중국 항복】

【중국의 무조건적인 항복. 다윗에 쓰러진 골리앗】

【승천하는 한반도. 몰락하는 중국 대륙. 훗날 역사는 오늘을 어떻게 기록할까?】

협상 테이블이 곧바로 마련됐다.

무조건적인 항복을 외쳤으니 이제부턴 배상 문제를 해결할 때다.

우리가 요구한 건 크게 다섯 가지였다.

1. 성장급 이상 간부 전체의 진심 어린 사과.
2. 지정한 영토의 영구 할양.
3. 군대 해산.
4. 배상금.
5. 중국 4분할.

장리쉰은 이걸 보자마자 길길이 날뛰었다. 아직 세부 사항은 꺼내지도 않았는데.

이럴 수는 없다며 어떻게 이런 걸 요구할 수 있냐며 피를 토하듯 항의한다.

그러나 김문호를 참모로 대동한 김정운은 낯빛 하나 바꾸지 않고 한 마디만 던졌다.

"사인 안 하면 넌 죽어."

자살당할 거야.

우린 내일 네 부고를 바깥에 알리며 항복한 굴욕감을 이기지 못해 스스로 목을 맸다 발표할 거야. 그러고는 네 시신을 천안문 광장에 걸어 놓겠지. 당연히 그 옆에는 네가 중국 인민을 향해 저질러 왔던 죄악을 전부 늘어놓을 거야.

그런 다음 뭘 할 거냐면…… 동탁 알지? 화르르륵. 그렇게 될 거야.

"그, 그런 짓을 하면 세계가 가만히 있을 것 같아?!"

"설마 그걸 우리가 하겠니? 돈 몇 푼이면 하겠다는 인간들이 이 나라에 10억이 넘는다."

"그런……."

"네가 더 잘 알지 않니. 중국 민족이라는 놈들은 지배자에 순응하는 민족인걸. 우리 한민족처럼 옳고 그르다를 따지지 않는다는 걸."

"……."

"그래서 이대로 죽을래?"

"……."

말을 던지면서도 김정운은 장리쉰이 죽음을 택하지 않을 걸 알고 있었다.

태생적으로 겁쟁이인 놈이다.

대의를 위해 초개와 같이 몸을 던진다는 개념은 이놈의 인식에는 없었다. 그런 유는 앞으로 100년을 더 살아도 절대 다다르지 못할 고고함일 테니.

'어떻게든 살아남으려 하겠지.'

어떻게든 살아남아 옛 영광을 재현하려 할 것이다.

그렇기에 더더욱 마음껏 휘저어도 뒤탈이 없다.

'항복까진 어려워도 항복한 이상 또 옷 벗기는 건 쉽디.'

뭐든 처음이 어려운 법이다.

이미 버린 몸이라 판단되면 이놈은 자국의 미래가 망가지든 말든 자기 살길만 모색할 것이다.

이쯤에서 당근도 하나 준다.

"적어도 4분할 중 하나는 챙겨야 할 거 아니니? 기것마저 남 줄 건가?"

"……!"

스위치에 불이 들어왔다.

권력에서의 영구 배제가 아닌, 1/4이라도 영속성을 띨 가능성.

그 가능성의 발아에 장리쉰의 눈빛이 돌변했다.

김정운, 김문호도 시선을 마주쳤다.

오케이 끝.

【한중 협상 급진전! 지지부진할 거라는 당초 예상과는 달리 며칠 내 타결 가능?】

【협상 내용에 대해선 아직 오리무중. 한일전쟁 때와 비슷한 맥락으로 갈 거라는 의견이 지배적이다】

【귀추가 주목되는 가운데 한국과 중국의 운명은?】

그렇게 며칠이 지나지 않아 놀라운 발표가 떴다.

이번엔 중국 베이징이 아닌 한국 서울에서였다.

장대운이 장리쉰, 김정운, 장대운 사인이 든 항복 문서를 공개해 버린 것이다.

≪국민 여러분, 기뻐해 주십시오. 수천 년의 대적이 드디어 무릎 꿇고 고개를 조아렸습니다. 수단과 방법을 안 가리고 우리 민족의 정기를 훼손하던 최악의 적이 드디어 그 잘못을 인정하고 참회의 눈물로써 사죄를 올리고 있습니다.≫

장대운의 뒤로 영상이 떴다.

베이징 시민들이 지켜보는 가운데 장리쉰이 삼궤구고두례를 하는 모습이.

단상에 앉은 김정운이 껄껄껄 웃고 있었다.

성장급 이상 전 간부가 무릎 꿇고 김정운을 향해 바닥에 엎드렸다.

하하하하하하, 아하하하하하하하하하하하하~~~~~~~~~~.

≪저들은 곧 기차를 타고 평양으로 갈 겁니다. 다시 평양시민들 앞에서 똑같은 의식을 치를 겁니다. 그리고 마지막으로 우리 대한민국 영토로 넘어와 현충원 앞에서 다시 똑같은 의식을 치르게 될 겁니다. 국민 여러분, 이것으로 지난날의 상처가 다 아물지는 않을 걸 나는 알고 있습니다. 그러나 나는 믿습니다. 이것이 단지 시작이라는 것을요…….≫

장리쉰이 오는 일정에 맞춰 이산가족부터 한국전쟁 참전 용사와 그 가족들을 전부 모셨다.

그들 앞에서 장리쉰은 인조가 홍타이지에게 했듯 이마를 바닥에 박았다.

한 번, 두 번, 세 번…….

수백에 다다르는 성장급 인사들이 찬 바닥에 엎드려 죄를 청하였다.

장대운은 받지 않았다.

왜 가장 선두에 서서 받지 않았냐는 질문에 이렇게 답했다.

"나는 그런 것에는 관심이 없습니다. 내가 고대하는 건 한없이 강력하고도 풍요로운 우리 민족의 미래입니다."

이 말을 실천이라도 하듯 항복 문서에 들어간 내용을 세간에 공개했다.

한민족이 앞으로 어떤 환경에서 살아갈지에 대한 화두와 함께.

세계가 깜짝 놀랐다.

다섯 개 대전제에 아래 세부 항목은 가히 중국을 죽이기에 모자람이 없었다.

1. 성장급 이상 간부 전체의 진심 어린 사과와 현충원 참배.

- 총 삼 회의 삼궤구고두례. 베이징, 평양, 현충원.

2. 지정한 영토 영구 할양.

- 네이멍구 자치구 영구 할양.

- 간쑤성 우베이시를 포함 북쪽 네 개 시 영구 할양.

- 동북 3성 영구 할양.

- 중국 동부, 남부 해안 지대를 기준으로 폭 100km 내 지역 영구 할양.

- 국경 간 20km 구간 평화의 지대 설치.

- 영구 할양된 영토 내 중국인 일제 소개.

3. 군대 해산.

- 치안 인력 외 무력 집단 설립 불가.

- 외적 침략 시 한반도군이 대응.

4. 배상금.

- 모든 해외 자산 일괄 양도.

5. 중국 4분할.

- 중화인민공화국

- 중화민국

- 티베트 공화국

- 동투르키스탄 공화국

중국 말살이었다.

경악할 만큼 잔혹한 조치에 세계가 기함을 토했다.

이래도 되는 거냐고?

이런 식이라면 중국은 역사 속으로 사라질 거라고.

그러면서도 고개를 끄덕이는 이들이 상당수 나왔다.

이 정도는 돼야 깡패국 중국을 제어할 수 있지 않겠냐는 의견으로.

그런 것과 상관없이 김정운은 지금 독립을 전제로 티베트 지도자와 회교도 지도자들과 만나고 있었다.

◇ ◆ ◇

세계의 이목이 한민족의 중국 죽이기 작업에 몰입하고 있을 때.

미국에서도 초대형 스캔들이 터졌다.

【한중전쟁의 민낯. 여기에도 미국이 관여한 결정적인 증거가 나왔다!】

【단독 보도. 미국이 중국과 손잡고 한중전쟁을 일으켰다!】

처음 이 보도가 나갔을 때만 하더라도 이 중요한 때 이 무슨 말도 안 되는 찌라시 뉴스인가 대다수가 눈살을 찌푸렸지만.

【전 CIA 국장 칼 듀란스의 문건 확보. 한중전쟁은 FED 이사회와 군수 복합 기업, 미국 정부의 작품이었다】

【전 대통령 매디슨 라이트와 중국 주석 장리쉰과의 밀약. 한중전쟁에서 승리하면 중국 내 DG 인베스트 자산과 북한 땅의 절반을 주겠다!】

【CIA의 장대운 대통령 암살 시도. 미군 기지로 용병 암살자들이 착륙하다】

【한중전쟁은 몇몇의 이익을 위한 전쟁이었다! 미국은 도대체 어디까지 추락할 것인가!!!】

【최근 FED 이사회와 군수 복합 기업의 수장이 비밀리 백악관에 출입한 기록 확보. 마이클 댐프시 대통령 권한 대행도 한통속?】

【묵묵부답인 백악관. 바이든 스캔들부터 미국은 어째서 동맹국

들에 전쟁을 강요하는가?!】

갈수록 점입가경인 보도에 미국 사회도 더는 버티지 못하고 술렁였다.

그 시선을 일제히 백악관으로 돌렸고 답변을 요구했다.

마이클 댐프시도 작심하고 나왔다.

≪실제로 찾아왔습니다. 내게 매디슨 라이트의 몫으로 책정된 자산을 주겠다 약속했습니다. 약 1조 달러가량 되더군요. 장리쉰 주석에게 약속한 중국 내 DG 인베스트 자산도 그 정도 가치라 했습니다. 이러더군요. 나더러 DG 인베스트의 수뇌부를 국가 안보법으로 평생을 해를 보지 못하게 잡아 두라고요. DG 인베스트의 자산을 헐값에 매수할 수 있게 행정적으로 도와 달라고요. 한국의 반도체 기술과 배터리 기술을 빼앗아 올 수 있게 한국 정부를 압박해 달라고요…….≫

방송을 보는 모든 미국인이 경악하였다.

이 무슨 날강도 같은 짓을.

자랑스러운 미국이 한 번도 아니고 두 번씩이나 동맹국에 전쟁을 일으켰다. 두 번이나 한국을 망가뜨리려 했다는 소식에 망연자실하였다.

≪그러나 난 단호하게 거절했습니다. 우리 미국은 그런 비열한 짓을 하지 않아도 세계 최강대국입니다. 자랑스러운 성조기 앞에

서서 당당히 말했습니다. 내가 있는 한 절대로 그럴 일은 없을 거라고 외쳤습니다. 그리고 한국은 승리했습니다. 그 선택이 틀리지 않았음에 가슴을 쓸어내립니다. 무수한 살해 협박에도 굴하지 않았던 지난 며칠의 내가 기특합니다…….≫

더 들을 것도 없었다.

이후 나온 발언은 유혹에 흔들리지 않은 자기 자랑에 동맹국인 한국과의 관계를 회복하는데 힘쓰겠다는 내용뿐 어디에도 책임지겠다는 얘기는 없었으니까.

◇ ◆ ◇

대만 어느 주택가.

가만히 앉아 TV에 나오는 마이클 댐프시의 발표를 보던 여성도 더는 참을 수 없다는 듯 일어났다.

"진짜였어. 진짜 미국이 관련된 거였어."

운 좋게 피했다.

먹을 것 좀 사러 잠시 밖으로 나갔을 뿐인데.

돌아오다 수십의 깡패들과 함께 작업장으로 향하는 그놈을 봤다.

얼마 있지 않아 피투성이가 된 홍커 연맹 단원들이 끌려 나왔다. 선두엔 남자친구가 있었다. 고래고래 악을 쓰며 어떻게 이렇게 뒤통수칠 수 있냐고 소리치는, 몽둥이에 머리를 맞고 실신하는 남자친구를 봤다.

여성은 그 즉시 홍콩을 통해 대만으로 건너가 지금까지 은둔하였다. 이 주택은 남자친구가 마련해 놓은 안가였다. 혹여나 모를 위기에 대비해, 피치 못할 사정으로 서로 떨어지더라도 이곳으로 오면 만날 수 있다고.

먹을 걸 살 때를 제외하곤 바깥출입을 삼가며 지금까지 기다렸건만.

남자친구는 돌아오지 않았다.

어쩌면 영원히 돌아오지 못할지도 모르겠다.

"내가 복수해 줄게."

손에 쥔 USB를 보았다.

그날로 하나의 영상이 너튜브를 타게 된다.

제목은

[중국 공산당의 명령을 받아 차이나 모바일을 해킹한 홍커 연맹]

…………

…………

∽ 이거 미국이랑도 다 얘기된 거라더라.

∽ 그래요?

∽ 나도 들은 건데. 우리가 북한 먹고 미국이 한국을 마비시키고 DG 인베스트 먹는다더라. 이러면 어떻게 되겠냐?

∽ 그래요? 그렇다면야……. 이거 진짜 큰 건이네. 흐흠, 알았어요. 분명히 말하는데 우린 잘못 없는 겁니다. 우린 시키는 대로만 하는 거예요.

∽ 이 자식이 오늘따라 왜 이렇게 예민해?

∽ 장난해요? 이번에 성공하면 차이나 모바일뿐만 아니라 세계 통신망마저 다 가져가려는 거 모를 거 같아요? 우리더러 세계 통신망에 접속해 바이러스 심으라고 할 거잖아요.

∽ ……어떻게 알았어?

∽ 뻔한 거 아니에요?

∽ 알았어. 알았어. 더 챙겨 달라는 거지? 얼마면 되냐?

∽ 미국 달러로 인당 1백만 달러씩 추가요.

∽ 1백만 달러나?

∽ 그깟 푼돈도 못 씁니까? 매년 한국이 로열티로 가져가는 돈이 얼만데. 다 때려치워요?

∽ 알았다. 알았어. 어휴~ 내 당에 가서 얘기하마. 수당만 올려주면 되지? 그러면 되는 거지?

∽ 확실히 해요. 나중에 딴소리하면 재미없습니다.

∽ 걱정 마라. 대금은 바로 지급할 테니까. 대신 1백만 달러는 성공 수당으로 나가는 거다.

∽ 알았어요. 딜.

∽ 딜이다.

∽ 이제 방해되니까 가세요.

∽ 알았다. 지시 떨어지면 파고들 수 있게 세팅이나 잘해 놔라. 나 간다.

【충격! 한중전쟁의 주범이 미국. 70년 공든 탑이 와르르. 영원할 거라 믿은 우리가 잘못인가?】

【전쟁뿐만 아니라 대통령 암살 시도까지. 우린 도대체 누굴 품

안에 안고 있었던 것인가?】

【바이른에, 라이트까지. 그러나 징조는 클린턴 때부터였다. 미국은 처음부터 동아시아 계획에 한국의 안위를 넣지 않았다】

【한미 동맹 파기를 정식으로 건의한다. 한국 내 가진 모든 미국 자산의 동결을 원한다】

【미국은 우리의 적. 우리는 미국에 의해 모든 걸 잃을 뻔했다!】

장대운이 미소로서 신문을 접었다.

도종현도 편안한 미소로 말을 걸었다.

"마음에 드십니까?"

"마음에 들죠. 드디어 우리 한국인의 인식에서 미국을 걷어 냈는데."

"참으로 고단한 나날이었습니다."

"고단했죠. 너무 힘겨웠어요."

"그래도 해냈잖습니까. 누가 이 사실을 부인하겠습니까."

웃는다.

같이 웃었다.

"그렇겠죠. 아 참, 그건 보냈나요?"

"아, NPT 탈퇴서 말이죠?"

"예."

"보냈습니다."

"이 사실을 국민께 알려 주세요. 우리도 이젠 핵의 시대로 넘어가야겠다고요."

"자료는 만들어 놨습니다. 바로 배포하죠."

다음 날로 이런 기사가 떴다.

【한국, 드디어 핵의 세계로 진입. NPT 탈퇴서 제출】

【장대운 대통령의 결단, 우리도 핵무기를 만든다. 더는 핵으로 설움을 겪지 않겠다】

【한국, 5년 내 핵 강국으로서 우뚝 설 계획 발표. 이 같은 전격적 행보를 걷게 된 계기는?】

【특종! 장대운 대통령과의 단독 인터뷰. 한국의 핵 계획은 이렇게 만들어지게 되었다】

≪중국과 전쟁을 하다 보니 너무 황당했습니다. 얘들은 가진 핵무기만 1,000개가 넘어가더라고요. 그중 350여 개를 한반도 요소요소에다가 겨냥해 놨었고요. 탐지 범위 5,500km짜리 LPAR로 우리 영토를 훤히 내다보면서 말이죠. 이게 무슨 뜻이냐면요. ……본래는 절대로 한중전쟁이 일어나선 안 됐다는 뜻입니다. 우린 정말 멸망할 뻔했거든요. 미국은 이런 걸 알면서도 일언반구가 없었어요. 도리어 이번 기회에 우리 것을 빼앗으려 했죠. 우리가 핵 쪽으로 접근하려 할 때마다 알러지 반응을 일으킨 주제에. ……결국 이유가 있었던 겁니다. 국민 여러분도 보셨다시피 얘들은 다 계획이 있었다는 거죠. 그래서 결단했습니다. 이전과는 비할 데 없이 커진 영토를 지키려면 재래식으로는 한계가 있겠구나. 그래서 핵을 실은 ICBM을 1,000기만 만들어 놓을 생각입……. ≫

이 인터뷰가 방송을 타자마자 세계 관영 매체들이 일제히 이 사실을 알렸다. 각국 미국 대사관으로 몰려가 정말 이런 일이 있었는지 해명 자료를 요구했다. 앞으로 한국이 어떤 식으로 변화할지 도무지 감이 안 잡힌다 멘트와 함께.

그렇지 않아도 한중전쟁 결과를 보고 모두가 놀란 상태였다.

세계 2위의 군사 대국 중국을 핵미사일 한 기도 없이 발라 버린 나라다.

이런 나라가 핵까지 가진다면 동아시아의 주도권은 어떻게 될 것인가?

일본이 쪼개지고 중국마저 전쟁에서 패했으니 거칠 것 없어진 한국의 행보에 주목하고 있을 때.

또 하나의 중국발 태풍이 세계를 휩쓸었다.

할양 sale로 영토의 1/3을 잃었지만 그래도 거대한 중국이 곧 4개로 분할된다는 뉴스였다. 그중 3개가 다른 체제로 독립한다는 내용으로.

티베트 공화국(독립)

영토 : 전 티베트 자치구, 칭하이 성.

인구 : 1,400만여 명.

수도 : 라싸.

공용 언어 : 티베트어, 한국어.

동투르키스탄 공화국(독립)

영토 : 전 신장 위구르 자치구.

인구 : 2,500만여 명.

수도 : 우루무치.

공용 언어 : 튀르크어, 한국어.

중화민국(독립)

영토 : 안후이성, 장시성, 후난성, 구이저우성 외 각 성 일부.

인구 : 7억여 명.

수도 : 우한.

공용 언어 : 광둥어, 한국어, 영어.

중화인민공화국

영토 : 산시성, 허난성, 산시성, 후베이성, 간쑤성 외 각 성 일부.

인구 : 6억여 명.

수도 : 난양.

공용 언어 : 북경어.

느긋하게 알아볼 새가 없었다.

중화민국과 중화인민공화국의 행보가 급격해졌기 때문이었다.

6개월 내로 할양한 영토에서 거주하는 중국인을 소개해야 한다는 지침에 따라 일제히 작업에 들어갔다.

시간이 빠듯하다.

북방 거대 지역은 물론 동남부 해안 라인을 따라 발전시킨 도시에 거주하는 인민을 옮겨 와야 한다.

이들이 빠지면 인구수에, 향후 개발 계획에 커다란 공백이 생긴다.

특히나 중국의 동남부는 중국의 엘리트들이 모인 곳이다.

중국 부의 90% 이상이 쏠린 곳.

이들이 한국에 귀속되는 순간 안 그래도 암울한 중국은 미래마저 구겨진다.

앞으로 민주주의를 천명할 중화민국으로선 동남부 해안 도시의 발전상을 오롯이 겪은 인적 자원은 필수였다.

공안들이 골목골목을 다니며 악착같이 긁어 대기 시작하자 여기저기에서 비명이 속출했다.

당연히 저항도 만만치 않았다.

서방 세계와 직접적으로 맞닿으며 최신 문물을 거리낌 없이 누리던 이들은 아무것도 없는 내륙 지역으로 들어가고 싶어 않아 했다.

상하이 폭격 예고로 이미 아노미를 경험했던 이들 중 눈치 빠른 자들은 가진 부를 바리바리 싸 들고 대만으로 도망갔고 그렇지 못한 자들은 가진 기반을 통째로 날릴 수 없으니 몽둥이라도 들고 대항했다.

피 터지고 깨지고 불타오르고 또 다른 아비규환이 벌어졌다.

수억에 달하는 인민이 하늘을 보며 통곡에 이를 때 놀라운 소식이 하나 올라왔다.

【산둥반도 인민들, 한국에 귀속 요청. 우리는 원래 백제의 후손이다!!!】

거의 동시에 지린성에서도 똑같은 뉴스가 올라왔다.

【연변족 자치구 인민들, 한국에 귀속 요청. 우린 원래 조선인이다. 우리를 받아 달라!】

그제야 할양 지역 인민들도 깨달았다.

차라리 한국 소속이 되자.

그러면 공안도 못 건드린다.

상하이에서도, 홍콩에서도, 마카오, 하이난성 할 것 없이 자진해서 한국 소속이 되겠다는 신청이 올랐다.

이 사실에 중화인민공화국과 중화민국은 당황했고 한국은 물론 북한도 깜짝 놀라 허둥댔다.

"이거 어떡하죠?"

"뭘 어떡해요. 받아들이면 안 되지."

"예?"

"설마 차라리 잘 됐다고 여기신 거예요?"

"그야…… 우리 인구가 적으니까요……."

"그 땅을 다 놀리는 한이 있더라도 섞으면 안 돼요. 쟤들은 믿을 수가 없어요. 이게 원칙입니다."

"음……."

"물론 다 거절은 아니에요. 산둥반도 인민이랑 연변 쪽은 귀화 시험을 통과한 자들만 받아 주세요. 2년까지 유예를 주고. 아 참, 범죄 이력이 있는 자들은 무조건 추방입니다."

"아…… 알겠습니다. 어쩌면 그게 나을지도 모르겠네요."

"규슈는 어떻게 됐나요?"

"규슈에 세 개 사단이 들어갔습니다. 우리가 들어가자 대대적으로 환영하더랍니다."

중국에 넘겨줬던 규슈는 한국이 이어받기로 했다.

전쟁에서 패하고 4분할까지 된 중화인민공화국이 규슈를 신탁 통치하는 건 너무 이상하잖나.

그래서 내보내고 한국군을 상륙시켰다.

"한국 신탁 통치 지역은 공용어로 일본어와 한국어를 사용합니다. 무슨 뜻인지 아시죠?"

"모든 공적인 시설을 이용하려면 한국어를 배워야 한다는 거죠?"

"그럼요."

장대운은 믿었다.

한국 문화의 힘을.

김구 선생님 뜻대로 한국은 이제 세계 문화 이슈의 중심지였다. 문화는 문화강국으로 흐르기 마련, 일본과 한국은 고대로부터 문화적 수준 차이가 명백했다.

그 열등감을 채우고자 서양의 좋은 것만 보면 가져다 놓는 일본과는 전혀 차원이 다른 자존감이 규슈에 상륙한 것이다.

아마도 머지않아 한국에 편승하게 되겠지. 지금은 어려울지라도 젊은 세대부터 차곡차곡 10년, 20년, 30년……이 지나면 규슈는 어느새 한국화가 되어 있을 것이다.

앞으로 구주도라고 불러야 하나?

끝.

"그리고 대만은 아직도 망설이나요?"

"아! 제가 깜빡했습니다. 우리 한반도가 주도하는 동아시아 동맹에 참여하기로 했습니다. 아니, 반드시 끼워 달라고 사정하는 중입니다."

한국, 북한, 중화인민공화국, 중화민국, 동투르키스탄 공화국, 티베트 공화국에 몽골까지…… 7개국이 합동으로 하는 연맹체를 구상 중이다. 여기에 대만이 낀다면 반도체라는 또 하나의 무기가 생긴다. 한국과 대만을 잇는 반도체 클러스터.

"좋아요. 끼워 주세요. 대신 우리 말을 잘 따라야 합니다."

"여부가 있겠습니까? 차이링 총통이 무슨 조건이든 수락하겠다고 연락 왔습니다."

"하긴 중국이 무너졌는데 국민당 따위가 무슨 힘을 발휘하겠어요. 자, 가시죠. 우리도 우리 할 일을 해야죠."

"옙."

도종현과 함께 청와대 춘추관으로 향했다.

단상에 선 장대운은 가타부타 따지지도 않고 두괄식 표현으로 이곳에 모인 모든 기자를 놀라게 했다.

"대한민국은 앞으로 오랜 미국과의 인연을 끊고 새로운 길을 모색하려 합니다. 이유야 군이 설명할 이유가 없을 테고. 맞습니다. 한미 동맹을 파기하려 합니다. 정부 부처가 모든 역량을 가동해 이에 대한 충격을 대비하고 있고 또 그럴 각오가 섰으니 허튼소리는 듣지 않겠습니다. 국회는 이에 대한 표결을 준비해 주십시오. 우리가 사람 좋게 대했더니 미국이 우릴 개호구로 압니다. 본때를 보여줘야죠? 끝."

이 소식이 알려지자마자 한창 대통령 선거 중이던 마이클 댐프시가 날아왔다.

쫄리긴 한가 보다.

아니, 졸라 쫄려야 옳다.

중국이 내 손에 들어왔다. 중국을 압도할 잠재력의 북한이, 그 너머의 막대한 땅덩이가 내 손에 있다. 그리고 대만마저 알아서 수그리고 왔다.

미국은 서양은 이제 생필품부터 반도체까지 조달 걱정에 벌벌 떨어야 했다. 우리가 수량 조절에 들어갈 테니까.

"아이고, 먼 길을 다 오셨네요. 전쟁할 땐 코빼기도 안 보이더니."

"아, 아…… 하하하하, 죄송합니다. 저도 뭐가 뭔지 모르고 권한 대행에 올랐던 터라."

"그렇다고 보기엔 즉답을 피하셨더라고요. 정 장관께서 직접 가셨는데도 불구하고. 내 돈을 그렇게 처드시고 말이에요."

그제야 분위기 파악을 하고 마이클 댐프시는 자세를 바로 했다.

여기에서 말 한마디 잘못 나가면 대통령이고 뭐고 인생이 끝장난다는 걸 깨달은 모양.

"죄송합니다. 제가 좀 우매합니다. 용서해 주십시오. 정말 열심히 하겠습니다."

"까불지 마시고. 여기 왜 온 거예요?"

"저, 그게…… 동맹 파기를 재고해 주십시오."

"그건 결정 났어요. 댁 같으면 남의 집에 두 번이나 불 지른 이웃이랑 친하게 지내고 싶을까요?"

"아, 아닙니다. 충분한 사죄를 드리겠습니다. 다만 동맹 파기는 양국의 이익에 치명적인 결과를 초래할……."

"그건 내 알 바 아니고. 본론이나 말해요. 뭘 갖고 왔어요?"

이놈도 의도에 의도를 섞는다. 그 의도 속에 진짜를 감추는 놈.

나쁘다는 게 아니었다.

미국 정치인은 물론 정치인의 숙명을 타고난 인간들의 습관 같은 거니.

그러나 머뭇거리는 건 못 봐준다. 당장에라도 내쫓을 듯 날을 세우니 속내를 털어놓는다.

"에게~~ 홍어 X만 한 걸 들고 무슨 거래를 하겠다고 여기까지 오셨대?"

"그, 그럼 뭘 원하십니까? 말씀을 해 주십시오. 제가 무조건 타결시키겠습니다."

너무 절절해서 눈물이 주르륵 날 것 같은 마이클 댐프시한테 손가락 두 개를 폈다.

"20년. 대한민국 전 수출품에 관한 20년 무관세."

"예?! 그건 너무 불공평한……."

"전쟁 일으키려 한 건 공평하고?"

"……."

"아무튼 나는 내 할 말 다했으니 가세요. 참고로 지금 한미 동맹파기 건이 국회에 상정됐어요. 시간이 별로 없답니다. 하려면 하고 말려면 마시고."

일어났다.

망연자실 돌아간 마이클 댐프시에 미국의 씽크탱크들은 한국산 수출품 20년 무관세와 동아시아 연맹의 파괴력을 두고 열심히 저울질하겠지.

시간은 얼마 걸리지 않아 예상대로 결국 20년 무관세가 승인됐다.

당연했다.

동아시아 맹주가 된 한국의 비위를 거슬렀다간 미국은 밑바닥부터 치고 올라오는 인플레이션에 국가 붕괴를 걱정해야 한다.

“대신 주한 미군은 꺼져야겠죠?”

“지당한 말씀이십니다.”

“꺼지라고 하세요.”

“옙.”

그날로 한국 영토에 주둔하며 손가락에 꽂힌 가시처럼 굴던…… 저 멀리 유구도에서 기생하던 미군은 짐을 싸야 했다. 머나먼 괌으로.

이것도 상당한 충격일 텐데 미국의 저항이 적었던 이유는 도쿄도의 존재 때문이었다. 신탁 통치 지역을 기반으로 동아시아에 어느 정도 영향력을 행사할 수 있게 됐으니.

하지만 미국의 뒤통수를 때릴 건 이것만이 아니었다.

2차로 가자.

“DG 인베스트를 한국에 들이세요.”

“아하! 그것참 좋은 선택이십니다.”

몹쓸 것들이 감히 국가 안보법을 적용해 영원히 가둬 두겠다고 했다. 내 식구를.

까딱했으면 메간과 라일리, 카일이 그 꼴을 당할 뻔했다.

이걸 알고도 그들을 방치하는 건 장대운의 스타일이 아니다.

처음엔 가까운 캐나다로 옮길까 하다가 이참에 아예 뜨는 게 낫겠다 싶어 한국에 자리를 마련했다. 명분도 좋고.

게다가 중국이, 중국 내 DG 인베스트 자산을 강제로 합병하려 하였음을 인정했다. 그 증거를 장리쉰이 문서로서 도장 찍어 줬다.

이에 계약에 따라 중국이 가진 미국 채권 중 50%가 DG 인베스트의 소유가 됐다.

자그마치 5,000억 달러어치의 채권.

그 권리를 어제 양도받았다.

"싹 다 가지고 이사하라고 하세요. 아직도 미국에 살고 싶대요? 언제 잡아갈지 모르는데?"

"옙."

"아 참, 문호는 뭐래요? 김정운이 하겠대요?"

"동참하겠다 했습니다."

"정말요? 정말 하나의 나라가 되겠대요?"

"지금 이대로의 조건이면 하겠다고 했답니다. 큰 물의도 없이."

"그래요? 그럼 당장 만나자고 해요. 이게 제일 중요합니다."

"예."

◇ ◆ ◇

석 달 후.

≪보십시오. 국민 여러분, 이 장면이 보이십니까? 지금 우리는 역사에 길이 남을 순간을 두 눈으로 보고 있습니다. ……기나긴 세월을 둘러 남북이 합쳐진 것뿐만 아니라 민족의 고토를 되찾고 저 남쪽 동남아시아까지 기세를 뻗어 나가게 되다니요. 이 얼마나 영광스러운 날입니까. 이런 날을 맞이하게 될 줄 국민 여러분은 아셨습니까? 저는 정말 몰랐습니다. 이런 날을 진짜로 만나게 될 줄은

정말 흐흐흑……. ≫

터진 울음 속에서 고려연방이 출범했다.

The Union of KOREA.

외국에서도 북한을 North KOREA로 부르니 간단하게 KOREA를 살리자 해서 국호를 고려라 지정했다.

그렇게 북한을 고려연방의 조선주,

남한을 대한주로 바꾸는 걸 시작으로,

전 네이멍구 자치구와 간쑤성 북쪽, 베이징시 일부, 톈진시를 잇는 거대한 땅을 고구려주,

전 랴오닝성과 지린성, 네이멍구 자치구 북쪽을 통틀어 발해주,

전 헤이룽장성을 신라주,

전 허베이성, 산둥성, 장쑤성, 상하이, 저장성으로 이어지는 100km 폭의 해안 벨트를 백제주,

전 푸젠성, 광둥성, 광시장족자치구, 윈난성으로 이어지는 100km 폭의 해안 벨트를 청해주로 명명했다.

1국 7주 체제를 지향한 것.

연방 대통령의 임기는 5년에 3선까지 가능했고 현시점, 고려연방으로서 개국은 하되 약간의 기간을 둬 5년 후에 일제히 선거를 치르자 약속했다.

"축하드립니다. 정말 대단한 업적을 남기셨습니다."

"길이 남을 업적이지요. 정말 대단한 일입니다."

"암요. 암요. 공고히 될 줄 알았던 구도가 이렇게나 쉽게 바뀌다니. 꿈에도 몰랐습니다."

“이제 곧 고려연방의 시대가 열리겠지요?”

“말도 마십시오. 생필품은 물론 반도체에 배터리까지 가졌어요. 얼마 전엔 방사능 문제를 해결하겠다 덤비고 있답니다. 앞으로는 고려연방 빼고는 아무것도 이뤄지지 않을 겁니다.”

“동남아시아의 일대일로도 상당 부분 긴장감이 해소됐답니다. 역시 한국인이 들어가면 안 되는 일이 없어요. 중국은 마냥 빼앗기 바빴지만, 한국은 서로 잘살아 보자고 다독인답니다. 그 진심에 현지인들도 많이 녹아 버렸다네요.”

각국 축하 사절이 새롭게 탄생한 동아시아의 패자와 그 패자가 이끌 시대를 예언했다. 여기엔 47대 미국 대통령이 된 마이클 댐프시도 있었지만, 주인공은 명확했다.

≪곧 식이 열릴 예정이니 귀빈께서는 식장으로 들어오시기 바랍니다.≫

안내에 따라 수천의 사람들이 흐름을 타듯 이동하였다.

오늘은 고려연방 개국 축하연도 있지만 아주 작은 이벤트도 하나 섞여 있었다.

김문호의 결혼식.

늘 어긋나던 김문호와 이정희도 드디어 혼이 묶이게 됐다.

결정적인 계기는 김문호가 한중전쟁 최전방으로 자원해서 싸우러 갔다는 소식 때문이었다.

이정희는 뒤집어졌고.

역시나 죽음 앞에선 고집이고 아집이니 하는 것들은 한낱 허상에 불과하다는 게 드러났다.

"모두 기뻐해 주십시오. 이 성스러운 날 한 쌍의 부부가 탄생합니다. 신랑은 고려연방 정치의 역군으로서 목숨을 초개와 같이 던져 한중전쟁을 승리로 이끌었고 신부는 세계 최고의 기술력으로 고려연방 경제를 이끌어나가고 있습니다. 이 얼마나 뜻깊은 순간입니까. 이 얼마나 감격스러운 순간입니까. 저는 할 수 있는 모든 것을 동원해 이 부부의 행복을 빌어 주고 싶습니다. 신랑 김문호 군, 신부 이정희 양. 주례의 말이 들리시나요?"

"예!!!"

"예……."

신부의 수줍은 대답에 하하하하, 하하하하하하하하 웃음꽃이 폈다.

장대운도 웃었다.

그랬다. 이렇게 웃고 살면 그것이 바로 행복이다.

주변을 보았다.

아내, 아이들, 동료와 친구들.

전부 내 가족이다.

그들이 하하하하하하하 웃고 있었다.

"기쁩니다. 감격스럽습니다. 두 분도, 더도 말고 덜도 말고 딱 오늘만 같이 사랑하세요. 이만 주례를 마칩니다. 끝. 하하하하하하하하하하하하하하~~~~~~~~~~."

에필로그.

에필로그.

고려연방 탄생 며칠 전.

"돌이킬 수 없는 수모를 당하긴 했지만 괜찮다. 아직 나에겐 중화인민공화국이 있고 나는 적법한 절차를 거친 정통의 주석이다. 멍청한 한국은 아무것도 모르고 나의 통치권을 인정해 줬지만, 기회는 얼마든지 만들 수 있다. 앞으로 고민해야 할 건 이 나라를 어떻게 이끌어 예전의 성세를 회복할까인데……."

장리쉰은 천만다행이라 생각했다.

영토의 1/3을 할양당하고 바다도 빼앗기고 그나마 남은 영토마저 4개로 쪼개져 풍비박산이 났지만, 중화인민공화국이라도 건진 게 어디냐고 자축했다.

입장 바꿔, 자신이 장대운이었다면 절대로 가만히 두지 않았을 텐데.

권력부터 빼앗고 어떻게든 끌어내려 모욕을 줬을 텐데.

이놈이 전쟁의 원흉이라고.

너희들의 고통은 전부 이놈 때문이라고.

죽음으로 몰았을 텐데.

"하여튼 물러. 그러니 너희들이 그 모양인 거다. 쿠쿠쿠쿠쿡."

살아 있으면 된다.

살아 권력까지 잡았는데 나머지야 어떻게 되든 무슨 상관인가.

어차피 남아도는 게 인간이고 땅덩이인데.

먼 훗날, 한국이 전부 발전시켜 놓았을 때 다시 찾으면 된다. 국토 회복의 기치를 걸고.

그러나 지금은 한반도군을 배경으로 권력을 공고히 할 때다. 혹여나 불온한 마음을 품은 무리가 생기기 전에, 그것이 현실이 되기 전에 삭초제근 해야 한다.

그때 수뇌부들이 우르르 들어왔다.

"오오~ 잘 왔소. 마침 상의할 게 있었는데 인민들 소개는 어떻게 됐소? 한반도군이 빨리 치우라던데. 그때까지 원전 가동은 꿈도 꾸지 말라고 하더란 말입니다. 아, 그리고 감찰부의 기능을 대폭 강화해 혹여나 모를 반동분자를……."

툭.

누가 종이 뭉치를 던졌다.

마오창이었다.

장리쉰은 뭐냐고 묻기보다 종이 뭉치를 먼저 살폈다.

보고서였다.

거기엔 이번 한중전쟁이 매디슨 라이트와 FED 이사회, 군수 복합 기업, 장리쉰의 합작품이라는 내용이 적혀 있었다. 이들이 자기 욕심에 일으킨 전쟁이라고.

"이건……!"

"이제 슬슬 진실을 알려 줄 때도 되지 않았습니까?"

마오창의 말에 장리쉰은 애가 갑자기 왜 이러나 싶었다.

이미 두어 달 전에 밝혀진 진상이 아닌가?

전쟁이 발발하려는 데 이해 당사자끼리 밀약 정도는 있을 수 있는 일이다.

뭔가 억울한 마음이 든 장리쉰은 미간을 팍 찌푸렸다.

"총리도 알고 있는 줄 알았는데."

"알고 있었죠. 전쟁에서 승리하면 당연히 우리 것이 될 테니까요. 근데 그걸 가지려 전쟁을 일으킨 줄은 몰랐습니다!"

밀약은 핫라인으로 했다.

마오창에게 말하지 않은 건 혼자 다 먹기 위해서였다.

장리쉰은 되레 뻔뻔하게 나갔다.

"거 조삼모사 아니오."

기가 막힌 듯 마오창이 입매를 비튼다.

"이겼으면 그렇게 됐겠지요."

"허어이, 이 사람들. 내가 나 혼자 잘 살자고 벌인 짓이오? 다 같이 나눠 먹으려 한 거잖소."

"나눠 먹으려 했다면 미리 말씀했겠죠. 1조 달러요? 허어~ 그거 우리한테 얼마나 나눠 주려 한 겁니까?"

"그야……."

머뭇대는 장리쉰에 수뇌부들은 식삼했나.

1위안 한 장도 나누지 않았을 거라고.

배신감이 커지고 있을 때 마오창은 시중에 떠도는 '차이나 모바일 해킹' 영상을 틀었다. 나누려 했다면 이것도 우리가 알았어야 했을 거라며.

"이건 내가 한 게 아니잖아! 내가 안 했어! 총리도 아는 사실 아니오!!"

장리쉰이 극구 부인했다.

뭐라고 말 좀 해 보라고 마오창을 보나 마오창은 검지로 정확히 장리쉰을 가리켰다.

"이것도 저 자가 한 짓입니다. 그걸 쑤더우 상무위원에게 뒤집어씌운 거죠. 자기가 했다고 인정한 문서를 내가 받아 한반도군에 제출했습니다. DG 인베스트가 그걸 근거로 미국 상무부로부터 중국이 가진 채권 50%를 가져갔고요."

"너, 너…… 마오창. 갑자기 왜?!"

갑자기 거꾸로 말하는 마오창에 장리쉰은 일순 말이 막혔다.

그 문서는 어차피 끝난 일이니 누가 도장을 찍은들 무슨 상관이냐며, 차라리 이거로 한반도군이나 달래자며 마오창이 받아 간 것이다.

장리쉰도 정신이 번쩍 들었다.

'……! 가만 이놈들.'

1조 달러도 그렇고 차이나 모바일 해킹 건도 그렇고 전부 알려진 사건이다.

알면서도 이런다는 건……!!!

'설마…….'

그런 장리쉰을 두고 마오창은 수뇌부들을 돌아보았다.

"무엇을 더 망설이십니까? 이미 이 자의 죄상은 낱낱이 밝혀졌소. 이 자를 가만히 둔다면 인민들이 우릴 인정하겠습니까? 잘했든 잘못했든 이 자가 있으면 우린 파멸입니다."

"그렇지만 한반도군이 장리쉰을 지목했잖소."

한반도군의 결정을 훼손하기 어렵다는 듯 우려가 나왔다.

마오창은 자신 있게 나섰다. 이런 일을 벌일 수 있게 된 배경이 바로 김정운이었으니.

"그건 내가 협상하겠소. 내가 반드시 관철시키겠소."

"정말입니까?"

"그렇소. 한반도군도 더는 혼란을 원하지 않을 테니 우리 요청을 들어줄 것이오. 실패하면 내가 모든 걸 책임지겠소."

"그렇다면야……. 맞소! 총리의 말씀이 지당하오. 장리쉰은 중한전쟁 패배의 책임을 지고 사임하는 게 옳소."

"사임하시오. 당신은 주석 자격이 없소!"

"사임하시오!! 당신이 죽어야 우리가 산다지 않소."

"뭐 하시오?! 당신이 그 자리에 있으면 안 된다지 않소. 어서 내려오시오!"

"사임하시오~~~~~~~~~."

충성을 맹세하던 이들이 이빨을 들이민다.

말만이 아니다.

대거리하듯 달려들었고 옷가지마저 반쯤 찢긴 장리쉰은 결국 중난하이 심부에 갇혔다. 자신이 정적을 가둬 두고 치욕을 주던 장소에.

이후 마오창을 대표로 하는 중화인민공화국의 수뇌부들은 한반도군과의 협상이 잘 이뤄졌는지 장리쉰의 실각을 대대적으로 알리며 이미 밝혀진 중한전쟁의 모든 책임을 다시 장리쉰에게 몰았다. 중국식 과장 양념을 쳐 가며 돌로 쳐 죽여도 모자랄 놈으로.

한순간에 만인지상에서 사리사욕을 채우기 위해 14억 중국 인민을 나락으로 빠트린 개돼지가 된 장리쉰은 이 모든 걸 감옥에 달린 TV를 통해 전부 지켜봐야 했다.

그 와중에 고려연방 탄생 소식도 나왔다. 그 자리에서 누군가가 결혼하는 것도.

처음엔 어이가 없어 부정했다.

장장 15년을 통치하고 군림했다. 호령 한 번이면 14억 인구가 일제히 움직였다.

그런데 갑자기 이 꼴이라고?

충격도 이런 충격이 없다.

"아니야. 그럴 리 없어."

부정하다가 또 분노했다.

"내가 그토록 잘 먹고 잘살게 해 줬는데 감히 나에게 손가락질해?! 쓰레기통이나 뒤지던 놈들을 세계 최강대국으로 올려놓았는데 어떤 놈이 내 공을 무시해?!"

빠드득.

이를 갈며 소리치고 길길이 날뛰었지만.

현실은 쇠창살 감옥이다.

3평 남짓한 공간에 갇힌 죄수.

"알았어. 알았어. 내 과오를 인정할게. 욕심이 과했다. 내가 인정하겠다. 내가 인정하겠다고. 그러니까 날 풀어 줘! 얼른. ……제발 좀 풀어 주세요. 천지신명이시여, 저 장리쉰, 풀어만 주시면 개과천선하여 인민을 위해 살겠습니다."

아무리 목 놓아 기도해도 눈 뜨면 감옥이었다.

하루로는 부족한가 싶어 근 일주일을 기도에 열을 올렸건만.

감옥이었다.

"……."

털썩 주저앉은 장리쉰은 멍한 표정으로 차가운 창살을 만졌다. 그러고 보니 침상도 바닥도 공기도 모두 자신에게 냉랭하다.

저 14억 인민의 눈빛처럼.

"내가 죽으면 내 가족은 어쩌지? 링링이가 곧 손주를 낳는다고 했는데. 내가 죽으면 그 녀석들은 어떻게 되나?"

덜컥 겁이 났다가 한숨만 푹푹.

침상에 기대 천장만 쳐다보았다.

고려연방이 어쩌고저쩌고 앞으로 동아시아의 패자로서 어떤 사업을 펼치고 하니 마니 하던 뉴스에서 갑자기 속보라며 미국 뉴스가 나온다.

FED 이사회 의장이라는 놈이 눈물 콧물 쏟으며 외치고 있었다.

≪맞습니다. 한중전쟁의 의혹을 모두 인정합니다. FED 이사회가 이번 한중전쟁의 음모를 꾸몄고 군수 복합 기업을 끌어들였습니다. 매디슨 라이트 전 대통령도 우리와 손을 잡았고 장리쉰 주석도 역시 동참했습니다. 맞습니다. 흐으으으엉, 제발 살려 주십시오. FED 이사진들이 다 죽었어요. 실무진도 다 죽었어요. 다음은

저입니다. 제발 누가 좀 살려 주십시오. 살려만 주신다면 뭐든 다 하겠습니다. 으어어어어어어어엉~~~~~~~.≫

꼴사나웠다.

본디 사내라면 나락으로 떨어졌어도 담대히 이겨 내야 하는 법인데.

피식 웃었다.

"그러네. 그러고 보면 한세상 잘 살았다. 누가 나처럼 살아 봤겠어. 역사상 어떤 영웅도 나와 같이는 못 살아 봤을 거다. 이 정도면 사나이 인생으로 제법 괜찮지 않겠……."

"주석님."

누가 부른다.

이상하다. 여기엔 아무도 없는…….

"주석님."

"으응?"

"주석님, 저 왕슈칭입니다."

"왕슈칭?"

누군지 모르겠다.

"예전 주석님께서 목숨을 살려 주신 왕슈칭입니다. 10년 전 CIA 중국지부 와해 사건 때 휘말려 죽을 뻔한 걸 구명해 주셨습니다."

"오, 오오, 너군."

여전히 모르겠지만 일단 아는 척해 본다.

분위기도 그렇고 혹시 모를 구명줄일 수도 있으니.

"제가 여기에서 탈출시켜 드리겠습니다."

"뭐?"

"어서 일어나십시오. 곧 놈들이 몰려올 겁니다."

진짜로 문을 딴다.

직접 들어오더니 팔을 당긴다.

"어서요. 어서."

"어, 어, 알았네."

달렸다. 바깥엔 겨울비가 내리고 있었다.

그 차가운 비를 흠뻑 맞으며 집무실 뒷길을 타고 몇 개의 좁은 길을 지나니 정말 차량이 한 대 대기하고 있었다.

웬걸.

'진짜로 탈출할 수 있다는 건가?'

살 희망이 생기자 장리쉰은 아랫입술을 꽉 깨물었다.

살아난다면, 살아난다면…… 오늘의 치욕을 반드시 갚고 말리라.

자동차는 출발했고 몇 번의 갈아타기를 하자 어느새 베이징시에서 빠져나왔다. 멀어져 가는 베이징시를 보며 장리쉰은 문득 자신의 처지도 저렇지 않으냐는 느낌을 받았다.

지는 태양으로.

그러다 또 가족들이 생각났다.

감상에 젖으면 안 된다. 정신 똑바로 차려야 한다.

"내 가족은?"

"죄송합니다. 거기까진 저희도……."

이해하지만 아쉽다.

이 아쉬움을 속으로 삼켜야 하는 처지가 비참하다.

≪알립니다! 알립니다! 민족의 반역자 장리쉰이 탈출했다고 합니다. 어디에서 전쟁을 획책할지 모를 전쟁광이기에 극도로 위험한 인물입니다. 장리쉰을 발견하는 인민은 즉시 인근 군부대나 공안에 신고 바랍니다. 신고 포상금은 1억 위안(약 190억 원)입니다.≫

차량용 라디오에서 반복해서 흘러나온 목소리에 장리쉰은 불뚝 분노가 치솟았다.

민족의 반역자라니.

이 장리쉰더러 전쟁광이라니.

현상금이 고작 1억 위안이라니.

어떻게 사람을 이렇게 바닥으로 떨어뜨릴 수 있나.

덕분에 탈출시켜 준 자들도 믿지 못하게 돼 버렸다. 자신에게는 고작이지만 1억 위안이면 팔자가 바뀐다.

서둘러 말했다.

"날 지키면 인당 5억 위안씩 주겠다."

"……걱정 마십시오. 저희는 돈 때문에 움직이는 게 아닙니다."

대답이 늦다.

이놈들이 구해 준 건 결국 충정이 아니다. 숨겨 둔 돈을 원한 것이다.

'…….'

더는 못 믿겠다.

기회를 봐 탈출하자.

그러나 차량이 두어 시간을 더 달려 도착한 곳엔 예상외로 헬기가 한 대 있었다. 군용 헬기였다. 공격용이 아닌 수송용.

군인들이 나왔다.

인계한 그들은 가방의 돈을 확인하고는 아쉬운 듯 입맛을 다신 후 다른 차를 타고 떠나갔다.

그사이 누가 와서 경례를 붙인다.

"친젠오 대좌입니다. 그동안 고생이 많으셨습니다. 오르시지요."

"고……맙네."

오르면서도 헬기를 날릴 수 있나? 란 의문이 들었다. 현시점 중국의 모든 영공은 한국의 허락 없인 드론도 못 띄울 텐데.

그럼에도 헬기는 날아 남쪽으로 내려갔다.

도착한 곳은 후베이성 이창시 당양에 있는 중부전구 소속 39공군 여단이었다.

여단장이라는 사람이 나온다.

친근하게 굴지만 얼굴이 가물가물하다.

둘러보니 진짜로 기지가 무사하였다.

여단장 설명도 같았다. 39여단은 모든 전력이 무사하니 안심해도 된다고. 우한의 38여단도 전력이 그대로라고.

장리쉰은 아무리 생각해도 이상했다.

한국의 그 빠꼼이들이 이걸 놔뒀다고?

꼭꼭 숨겨 놓은 핵 기지마저 악착같이 찾아낸 놈들이?

하지만 더 자세히 들여다보니 왠지 이해가 갔다.

38, 39여단은 수송 여단이었다. Il-76 다목적 전략 수송기로 중국 여기저기에 병력이나 보급을 실어 나를 삭성으로 만든 중간 기착점.

'…….'

보급 물자가 꽤 쌓여 있긴 했지만, 전력이라고 해 봤자 호위로 붙여 둔 J-7 스무 기가 전부다. J-7은 30년이 넘은 기종. 소위 비 맞으면 고장 난다는.

병력의 무장도 형편없었다.

대놓고 물어봤다.

이거로 싸움이 되겠냐고?

'뭐라고? 내가 있으니 가능하게 됐다고? 이놈들 사태 파악이 안 되나? 마오창은 내가 여기 있는 걸 알면 미사일부터 날릴 텐데. 도망친 순간 죽여도 무방하게 됐잖아. 더욱이 군부대라니. 전쟁광이 다시 전쟁을 일으키려 했다고……. 아이고, 두야.'

이놈들도 결국 줄을 대려는 목적뿐이었다.

중국 4분할이 완성되면 쓰레기통으로 구겨질 인생, 이 장리쉰을 손에 쥐고 향후 정국에서 한 자리를 차지하겠다는 것.

그럼 그렇지 하고 실망하고 있는데.

어찌 알았던지 베이징에서 통신이 왔다. 죄인이 거기 있는 걸 아니 내놓으라고 겁박한다.

레이더병이 급하게 달려왔다. 상양시에서 전투기가 날아온다고.

비상이 걸리고 전투기가 출격하고 난리가 아니었다.

장리쉰은 이것도 도저히 이해가 안 됐다.

이창시에 들어온 지 하루나 됐나? 고작 1시간 남짓이다.

빨라도 너무 빠르다.

'말도 안 돼. 중국군이 이토록 빠르다고?'

어쩌면 이도 한반도군이 짜놓은 판이 아닌지.

병사에 의해 안전한 곳으로 이동당하던 장리쉰은 이를 악물었다.

"나를…… 죽이려고 이렇게까지 한다고? ……물러났잖아. 물러났으면 된 거 아니야?! 왜 나를 못 죽여서 난리지?! 그냥 보내 주면 되잖아. 망명할게. 망명하면 되잖아. 내가 도대체 뭘 얼마나 잘못했다고 이렇게까지 죽이려 해?!!"

알고는 있었다.

자신이 살아 있는 한 마오창과 그 배신자 패거리들은 매일이 불안할 거란 걸. 그래서 어떻게든 잡아 끝장을 볼 거란 걸.

이 장리쉰의 죽음을 끝으로 면죄부를 세울 생각이란 걸.

이를 갈았다.

"내가 이대로 죽을 것 같아?!"

병사들을 보았다.

허둥지둥, 정신없이 뛰어다니는 것만 봐도 군기가 얼마나 해이한지 보인다.

이런 놈들에게 의탁했다간 죽는 날만 기다려야 할 것이다.

앞서 안내하던 병사의 어깨를 잡았다.

"헛, 주석님!"

"자네가 나 좀 도와주게."

"저, 전…… 안내 임무를 맡아서…… 주석님을 안전한 곳까지……."

"그 명령이 우선인가? 내 명령이 우선인가?"

"당연히…… 주석님 명령이 우선입니다!"

"가세."

그 사이 상양시에서 출격한 53공군 여단 J-7 전투기와 39여단 J-7 전투기가 이창시 상공에서 맞붙었다.

아무것도 안 해도 공중분해 될 것 같은 노후된 기체가 쐐애액 쐐애액 바람 소리를 내며 날아다니며 불안감을 증폭시킨다.

도진개진, 레이더에 잡힌 순서대로 PL-9 중국판 AIM-9 사이드와인더가 튀어 나갔고 순식간에 스무 대가 공중에서 폭파되거나 이창시 내부로 추락했다.

콰콰쾅.

쾅.

쐐애애액, 쐐액.

일단 눈에 보이는 군용 트럭에 올라탄 장리쉰은 자꾸 머리 위에서 싸우는 전투기 때문에 불안했지만, 꾹 눌러 참았다. 멈추면 죽는다. 멈추면 개죽음이니까.

부대를 빠져나가자마자 운전하는 병사에게 소리쳤다.

"세게 밟아라. 최대 속도로 올려라!"

"옙."

그 순간.

쾅.

쉬유우우욱.

피이이이이이이잉.

뭔가 불안한 소리가 들렸고 검은 연기를 뿜는 전투기 한 대가 길옆 도도히 흐르는 장강으로 떨어졌다. 강물에 부딪혀 돌 수제비 하듯 튕겨 올랐다 날개가 사방팔방으로 떨어져 나간 전투기가 건너편

산에 부딪혀 폭발하였다.

'이런 게 전쟁이던가?'

장리쉰은 놀란 가슴을 진정시키며 전투기가 추락한 곳을 노려보고 있었는데 갑자기 미사일이 발사된다.

죽어 가던 조종사가 뭘 잘못 눌렀나?

그것이 희한한 곡선을 그리며 솟구쳐 오른다.

"어, 어……."

저 멀리 싼샤댐이 보였다.

저 흉측한 것이 싼샤댐으로 날아가고 있었다.

"어, 어어……."

쾅.

다행히 맞기 직전 떨어졌다.

댐은 무사하다.

그런데,

우우우웅.

우우우우우우우우우웅.

"뭔 소리가 들리지 않아?"

"예? 잘 모르겠습니다."

병사는 듣지 못했지만, 용울음 비슷한 소리가 들린 것 같다.

그때 다시 쾅! 소리가 울리며 전투기 한 대가 뱅글뱅글 돌며 싼샤댐으로 향하는 게 보였다.

제발! 이라고 빌 새도 없이 암살자들이 쓰는 톱니 표창처럼 날아간 전투기가 정통으로 싼샤댐 가운데에 꽂혔다.

그리고,

쾅 콰콰쾅.

폭발했다.

"헙!!!"

장리쉰은 자기도 모르게 입을 막았다.

그때 또 유폭인지 전투기에 실린 미사일인지 뭔지가 두 번째로 폭발하였다.

쾅 콰콰쾅.

~~우우우우우우웅~~.

~~우우우우우우우우우우우웅~~.

분명히 들린다.

아까보다 훨씬 긴 용울음 소리.

견고하던 댐이 일순 출렁인다.

장리쉰은 입을 막은 채 한순간도 빼놓지 않고 지켜보았다.

아슬아슬.

아찔아찔.

서늘서늘.

~~우우우웅 우우우우우우우우우우우우우우우웅~~.

커다란 울음이 대기에 퍼지고.

터질 듯 말 듯 조마조마하게 일렁이던 댐이 천천히 원상 복귀되는 게 보였다.

장리쉰은 자기도 모르게 가슴을 쓸어내렸다.

100만 년에 1번 빈도의 대홍수가 와도, 초당 7만m^3의 유량이 쏟아져도 끄떡없게 설계됐다고 하더니 그 말이 틀림없었다.

암, 전투기가 꽂혔음에도 버텨 냈으면 말 다 했지.

“그래, 그래, 이게 바로 우리 중국의 기술력이지. 아하하하하하하하~~~.”

희망이 솟았다.

자신도 저 싼샤댐처럼 버티다 보면 언젠가 다시 빛을 볼 날이 올지 모른다!

“아하하하하, 그래, 그거야. 그래, 그거라고. 아하하하하하하하하하하하하하~~~~.”

그 순간 전투기가 폭발했던 싼샤댐 중앙에서 투툭 투두둑 균열이 일었다.

자그맣던 균열이 삽시간으로 번져 가며 댐 전체에 퍼졌다.

우우우우우우우우우우우우우우웅.

마지막 비명을 지르는 것처럼 꿈틀대던 싼샤댐이 급기야 와르르 무너졌다.

한겨울임에도 높이 150m, 저장량 350억m^3의 수량이 한꺼번에 쏟아졌다.

새하얀 포말이 터져 나갔다.

출렁이며 거대한 해일이 일어났다.

장리쉰은 시속 100km로 쏟아져 오는 무차별적 폭력을 보며 입을 떡 벌렸다.

자기도 모르게 옆에서 운전하던 병사를 봤다.

잔뜩 겁먹은 병사가 이쪽을 본다.

“미안하네.”

〈완결〉

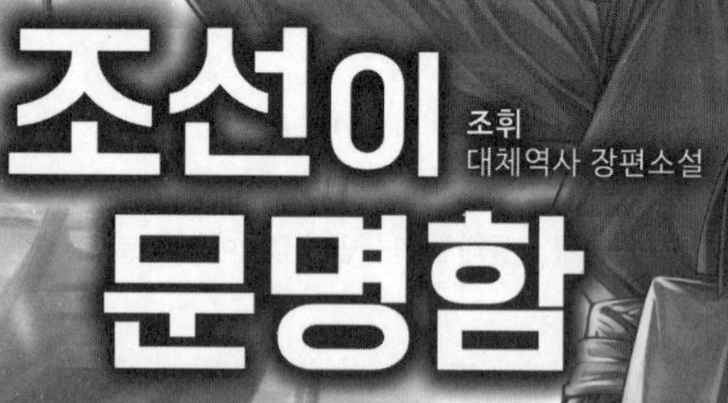
조선이
문명함
조휘
대체역사 장편소설

2
조선이 문명함
1
조선이 문명함
조선이
문명함
1

북두